袁騰飛——著

從前⑯

歷史是個什麼玩意兒

袁騰飛說中國史 II

明朝至甲午戰爭

導讀

從就範到解放

黃春木
建國中學歷史科教師

近年來，在大眾閱讀市場中的歷史類出版品呈現出一個值得注意的趨勢：「台灣史」是台灣出版社業績的大宗，「中國史」幾乎淪為簡體字轉為繁體字版的地盤，而「世界史」則是翻譯書的天下，但其中不少作品還是由簡體字版而來。就兩岸現勢和商品化邏輯而言，會出現上述結果，十分「合理」。

在風格或定位上，大眾化市場的各種歷史閱讀率多帶有濃濃的實用性和趣味性，前者用心於汲取所謂「歷史智慧」，後者往往充斥著窺秘或翻案的意向，甚至衝著學校教科書來，企圖補充或取代，《歷史是個什麼玩意兒》即屬這樣的一個新文本。

儘管對於台灣出版業在經營台灣史、中國史、世界史的大眾化閱讀市場所顯示的現象可以同情地理解，但我不禁對於讀者，尤其是中小學生歷史閱讀所可能面臨的問題感到憂心忡忡。有些朋友大概會直覺到主要的問題應是出在「史觀」上，但我認為問題不只如此。因著這次導讀的機會，以下討論就以「中國史」為主，並且一談歷史教育的理想，就教於方家。

簡體字出版品作者、翻譯者和編輯的水準素質都極不整齊，許多時候就連史實的正確性或重要而基本的概念都存在著不少謬誤，以袁騰飛先生這本《歷史是個什麼玩意兒》為例，對於元代「儒戶」或清代「考據學」的理解，對於明惠帝朱允炆、明成祖朱棣的混淆，對於明清社會自然經濟與貨幣經濟屬性的探究，對於理學與商業發展關係的分析，乃至一八七四年台灣已進入「一府八縣四廳」時期、一八九五年日軍攻台主要死傷原因、拉丁美洲各國在十九世紀中葉之前紛紛獨立的認知等，均出現不應該發生的錯誤或偏差。就我來看這樣的問題，其嚴重性實不在史觀「差異」（請注意：未必等同於對錯或優劣的判斷）所導致的困擾之下。

《歷史是個什麼玩意兒》簡體字版原來分為上、下兩冊，但分由不同出版社編輯發行；而繁體字版則分為三冊，第二冊的前、後兩半剛好分屬原來簡體字版不同編輯、出版作業而成，由於印刻出版社保存了原出版形式的樣貌，我們正好可以看出從「鴉片戰爭到甲午戰爭」這第二冊後半部的編輯比較用心，在史實的正確性方面也呈現類似情形，但不知這前、後半部的差異，有多少是編輯的責任，有多少該歸因於作者？

台灣的讀者在閱讀本書時，得先注意這個文本是袁騰飛先生口述的文字紀錄，保存了大量的口語形式，袁氏詼諧辛辣的風格因而傳神地躍然紙上，這是很不一樣的閱讀經驗，值得體會；尤其在人物刻畫或相關事件、氛圍的鋪陳上，雖還不到入木三分的境界，但「生動活潑」已是眾口皆碑。

台灣的歷史教科書，無論早期的「國編本」或十幾年來一綱多本下的「審定本」，因為種種因素的侷限，使得傳統中國史學對於人物刻畫的拿手絕活真的幾乎成為「絕」活了，學生的歷史學習因而多只剩下一堆人名、年代及事件，難以見出人物性格的繁複、人際互動的糾葛、臨事決斷的心理波折、重大事件歷史現場的情境等，這些不足，遂使得教科書之外的大眾化閱讀文本有機可趁，《歷史是個什麼玩意兒》正屬此類作品。

但從另一方面來看，《歷史是個什麼玩意兒》的架構或關懷的重點卻不是「別出心裁」的，依然落入「窠臼」之中，因此我認為本書無法實質地帶來閱讀的「解放」經驗，而依然是一種「就範」。所謂「窠臼」，指的是民族主義史觀或（傳統）革命史觀，以及秉持中國中心論的政治史論述。在這樣的舊「範兒」中，政治史分量占了極大比重，即便談經濟或社會課題，也很順溜地又導向政治；如此邏輯下，帝王將相、士紳菁英、英雄豪傑成為歷史舞台的主角，並且人物及政府往往非善即惡，構成改朝換代的主因。至於人民，就在政治經濟這般上層結構的框架中才終於呈現了出來，大眾生活沒有自己的節奏、內涵，以及主體性；人民其實在如此大敘述中已遭到客體化、邊緣化，只是以一種集體的形式被敘說或討論，因著皇上或朝廷的意念作為而憂喜禍福。

以下試舉幾個例子，加以說明與討論。

袁先生對於人物及其作為的刻畫之所以生動，要訣之一應該就在於將人物或事件的述評簡化、淺化，同時用詞口語化，又善於「挪用」今天的概念或景象來譬喻、比擬。但是這種單一化的論述，效果猶如京劇的臉譜，看似鮮明，其實反而導致歷史人物的面目失真或模糊，相關的事理看似都聽明白了，其實卻可能是錯解。譬如「乞丐身子皇帝命」中對於明太祖朱元璋的述說，抓著「乞丐／假和尚」大肆發揮，卻不曾對於元代末年的情勢，和「乞丐／假和尚」朱元璋何以最後能夠打敗群雄取得勝利等關鍵課題，加以探討。同樣的情形，在鄭和下西洋、康熙或雍正政績等處也可發現。

關於中國中心論的問題，有三個例子可以說明。其一，在談到荷蘭人控制台灣期間曾為平埔族創造文字時，袁氏指出平埔族是「當地少數民族」，以十七世紀的時空環境言，這自然是違背史實的；其二，袁氏提到「朝鮮、越南在歷史上也是中國領土」，儘管他隨即提到兩地很早就分出去了，但「也是中國領土」的說法還是有待商榷；其三，袁氏提到「歷史上很少有中國的對外戰爭，就大概跟阿拉伯打過一仗」，這顯然又是一個相當「反歷史」的見解，推敲此說，或許是以盛清時期的「中國」版圖為基礎加以理解，才有可能極其牽强地得出這個答案來。

再者，如果仔細檢視本書，必定可以發現「人民」只是配角，同時歷史上只有上層的政治、文化菁英和底層的庶民兩種「人」，以及前者主動、後者被動的關係，談不上有什麼互動。事實上，以中國之廣土眾民，區域的差異和階級的分殊是很自然的，同時上層結構對於底層民眾的影響不宜誇大，而且宋朝之前及宋朝之後的景況也相當不同。這些細緻而豐富的分析，在晚近的研究裡頭已經相當清楚透徹，但在本書篇幅中，或許就是要簡化、淺化，因此予以省略了，但這麼一來，「歷史究竟成了什麼玩意兒」就十分令人費解了。

簡化、淺化的類似現象，也可以在譬如「你看人家哥倫布、達伽瑪，什麼都沒有，幾兒湊錢，弄一艘小破船，帶回來一個拉丁美洲……」一說中見出。瞭解這段歷史的人，對於其中的諸多問題，自然可以一目了然。

當然，《歷史是個什麼玩意兒》還是有不少可觀之處，例如對於明清人口問題、手工業發展、土地政策、倭寇、鴉片戰爭及不平等條約、洋務運動、戊戌變法等討論及譬喻，說得相當透徹，不落俗套，我相信中國大陸的聽衆／讀者應該很能體會，甚至有「切膚之痛」的感受；而台灣的讀者受限於兩岸用語及生活經驗的差異，比較不容易感同身受。

上述所謂「舊範」，台灣的高中歷史教科書早已經有所調整，不再「就範」。過去幾年來，台灣在中學歷史課程綱要的編修及教科書的書寫上，已多方引進晚近二十多年間的研究成果，融入不少新文化史、社會史觀點和素材，有別於過去數十年間國編本的架構及內容。所以，就年少時曾經苦讀、精讀國編本教科書的台灣讀者而言，《歷史是個什麼玩意兒》的內容，其實是頗為「親切」的一種「舊範」，但對於九〇年代之後出生的高中生而言，除了有助於瞭解更多所謂的「史實」之外，本書倒也提供了一種「新」觀點，與現在的「審定本」教科書大量的新文化史、社會史觀點有所參照，而民族主義與多元文化，或者上層史（history from above）與基層史（history from below）的對比，也可以讓大家思考兩種迥異的歷史敘述立場，各有何特色及限制。

做為一個成熟的讀者，當在進行歷史閱讀時，應該要能夠意識到原來所有的文本，無論教科書，或打著「實用」、「新說」旗幟的坊間書籍，其實都是由大量的歷史解釋所構成，這裡頭不免都對史實做出取捨與編排，即使看起來好像沒有評論或價值判斷，但單是取捨或編排的動作，後頭依恃的觀點或立場早已經運作多時。所謂「史實」，早已經過層層篩檢而被精心地整理包裝，這當然就是「歷史解釋」了。

同時還必須指明的是，「解釋」及「歷史解釋」大不相同。一個不能努力儘量設身處地回到當時歷史脈絡而進行理解的解釋，隨意以今論古、強為之解的解釋，沒有資格稱之為歷史解釋；歷史解釋，必須先以歷史理解和史料證據為前提，方有其價值與意義。在這個課題上，《歷史是個什麼玩意兒》有許多例子可引以為鑑。

例如：「你看哪個世界歷史上，甚麼希特勒、墨索里尼不全是賊王八出身嘛。有哪一個出身高貴，受過良好教育，上台之後就搞獨裁的?沒有，是吧，沒聽說過。準都是這麼一幫人，之前寒酸，我可有今天了，我折騰死你們。……」這段文字原意是在批判朱元璋，但把希特勒、墨索里尼拉了進來，接著直接以全稱命題（universal statement）表達；我看到這段文字時，感到十分驚訝與不解，先不說希特勒、墨索里尼的「階級」問題，或者「賊王八」的意涵，事實上在「封建社會」、「早期資本主義社會」，或是「半封建半殖民社會」的歷史上，出身高貴且受過良好教育的獨裁者不勝枚舉，反例（Counterexample）俯拾皆是。因此這段文字充其量只能說是袁氏個人的「解釋」，但遠非「歷史解釋」。

再以中法戰爭「中國不敗而敗，法國不勝而勝」為例，這個論斷十分有名，不僅袁氏於本書中這樣評論，即使過去台灣的「國編本」教科書也持此說，並且與孫中山先生立志革命加以連結。然而，如果細究一八八五年情勢，當時清軍雖在中越邊界獲勝，但越南全境幾已落入法國之手；同一時間，法國控制了澎湖，並以軍艦封鎖台灣，也對東南各省形成威脅，而朝鮮於前一年底發生政變，日本趁中法戰爭之時機擴大事端，清、日兩軍在朝鮮形成對峙。試著想像一下，如果你是深知自身實力有限，無法同時應付兩個戰場，又身陷國內政治風暴的李鴻章，但仍對自強運動推行保有信心，評估日本的富強尚需十年左右方有所成，那麼將會如何權衡台灣、東南各省、朝鮮、越南局勢的輕重？如何比較中韓、中越的關係？感受到日患大於法禍、意識到台灣完整但危機四伏而越南幾已全部淪陷的李鴻章，如何看待一八八五年三月斃敵數百的「諒山大捷」？是要趁勝追擊收復越南，或見好就收徐圖部署？李鴻章的抉擇顯然是保留實力，換取時間建設與備戰，因此說服朝廷於四月和日本訂立天津條約，相約自朝鮮撤兵；同時又經過了數月的磋商，六月再於天津和法國訂立新約，清廷放棄早已被法國呑併的越南。如此一來，台灣的改制鞏固及朝鮮局勢的處理遂有了空間。

所謂「中國不敗而敗，法國不勝而勝」，其實是很簡化的解釋，孫中山先生如果確實因此立志革命，無可厚非，當時主戰派的輿論批判李鴻章的火力相當猛烈，提供了熱血澎湃的氛圍。不過，我們也得注意到孫先生在一八八五年時只是不足二十歲的一介平民，無法與聞國是，他對李鴻章政策的不滿可以理解，但我們今日佔了「事後聰明」的便宜，有機會可以回顧、綜覽一八八五年全部的內外情勢進行探究，所以我們不能依舊逕以類如「愚蠢的古人」之想像來評價李鴻章，我們（包括袁騰飛先生）若要做歷史解釋，就有責任必須更加貼近當時的脈絡，盡力比較分析各種可能的因素才成。

大致來看，《歷史是個什麼玩意兒》書名足以引發一種「詼諧幽默」的聯想，拜讀之後，又可能產生一種「辛辣酸麻」的感覺，對於喜好掌故、秘辛、異說的讀者而言，不求追根究底的閱讀，應該會帶來不少快意，但若要認真思索，意圖從中尋求歷史書寫或歷史詮釋的解放，則未必能稱心如意。《歷史是個什麼玩意兒》所能提供的，毋寧是一種風格的差異，有其價值，但難以奉為圭臬。真正的解放，無法經由「詼諧」或「辛辣」筆調而保證，實質上還是要以容忍差異、尊重證據作為基礎，以「內省」及「對話」作為依據。

晚近不少對於歷史知識學習認知的國內外研究顯示，大約在十五歲左右可以針對歷史知識開始進行抽象的邏輯思維，若參照Piaget的研究對於「形式運思期」的界定，時間上晚了四年左右。這樣的差距有其道理。Piaget的研究主要採用語文、數學科，即一般所謂的「工具學科」，運用文字、數字符號的能力確實較早進入抽象思維階段；然而夾帶大量經驗材料的自然學科（尤其是化學、生物學），甚至在經驗材料之外還又加上人世意義的社會學科（尤其歷史學、政治學、社會學等），展現抽象思維能力的時間通常就會晚個幾年。十五歲，大約是進入高中的階段，如果我們能夠「因勢利導」，一舉帶領學生進入抽象歷史思維的境界，以容忍差異、尊重證據作為基礎，以「內省」及「對話」作為依據，瞭解「歷史從來就不是單數，而是複數」，體認在一個成熟的民主社會中，應該可以尊重每個人的生命歷程與生活背景，海納各種歷史經驗與歷史解釋的立場，不偏執於所謂「正確」的歷史，能夠以平等的對話在各種歷史論述中見出獨特、多元，但最終須以「論據堅實、論證嚴密」來衡量每一個歷史敘述或論斷，這便是我們在高中以上的歷史教育應該發揮的啓蒙與解放的理想。

閱讀《歷史是個什麼玩意兒》，可以是隨意的、熱情的，或理性的，這等不同可以尊重，但若就歷史教育而言，理性是必備的態度，而這乃由容忍差異與尊重證據共同做出保證。

自序

呈現在您面前的這本書，是由精華學校網路課程的授課視頻整理而成的。它的出版，首先要感謝磨鐵文化的沈浩波先生和蘇靜先生，是他們在網上看到了我的課程，並決定把我這些貽笑大方的一家之言整理出版，給了我一個謬種流傳的機會。感謝精華教育的李峰學總裁和范開基校長，是他們的包容與開放，使我有一個大放厥詞的場所。還要感謝我的課程策劃劉娟小姐，我每一節課的成功都離不開她的辛勤付出。還有出版社和精華學校無數為我服務的編輯和工作人員們，他們一次次感動著我。當然，最應該感謝的還是成百上千選修我課程的學生們，以及支援、鼓勵，包括批評我的網友們。

我只是一名普通的中學歷史老師，從小因為喜歡歷史而讀歷史，因為愛歷史而在大學選擇歷史專業，最後順理成章地教歷史。不經意間，我的教學視頻片段被放到網路上，點擊率竟然超過了二千五百萬。在國外的學生告訴我，說我的視頻出現在優酷首頁、百度視頻首頁，我才知道自己「一夜成名」了，一切都已不可「挽回」……

我個人認為，中學的課堂應該是相對封閉的，不應該暴露在大庭廣衆之下，不像娛樂圈的明星，需要炒作，需要曝光自己，老師是需要把自己遮蓋起來的，而現在這種「非正常」出名，令我感覺比較尷尬。

豈能盡如人意，但求無愧我心。我只能是這麼來安慰一下自己，如果有解釋的機會，就儘量去解釋。我想跟大家說我絕對不是史上最牛的歷史老師，希望大家不要誤會。

對於我的課，有人說是嘩衆取寵。我感覺對於學生來講，興趣永遠是第一位的，牛不吃草不能强按頭。把學生講笑了，總比把他們講睡了要强些。現在的孩子有多少人喜歡看歷史書？尤其是那種乾巴巴的嚴肅的歷史書？讓他們自己去看書，不見得有效果，所以我喜歡用引人入勝的故事帶出知識點，並加上一些我個人對歷史事件的評價，以成一家之言。

歷史什麼人學了有用？大人物學了有大用，比如國家領導人學有用，吸取歷朝歷代治亂興衰的教訓，定國安邦。而現在的大部分高中生學習歷史目的是很明確的，就是考上一個好大學，畢業之後找一個好工作，奔一個錦繡前程。所以我覺得歷史這個學科應該是普及性質的教育，提高人文素養。我講歷史，就是培養學生對歷史學科興趣。聽我的課，記住了什麼是次要的，對歷史產生興趣，就是我最大的成功。

我們的歷史教育，雖然情況是越來越好了，但是也沒有完全達到無任何界限地研究歷史。國學大師錢穆先生他在《國史大綱》前面有一段話：「一、當信任何一國之國民，尤其是自稱知識在水平線以上之國民，對其本國已往歷史，應該略有所知。二、所謂對其本國已往歷史略有所知者，尤必附隨一種對其本國已往歷史之溫情與敬意。三、所謂對其本國已往歷史有一種溫情與敬意者……至少不會感到現在我們是站在已往歷史最高之頂點。」

比如說研究中國的明清時期，我們自己寫的歷史書把明清時期寫得一塌糊塗的，封建社會到了末世了，衰落了，怎麼都不行了。反過來去看西方歷史書，比如康橋歷史，是高度讚揚中國的明清時期的。中國那時的白銀占世界的一半；中國的農民是當時世界上最富裕的農民。為什麼我們自己這麼妄自菲薄？因為那是封建統治者，所謂的封建地主，我們不能歌頌他。

歷史應該是論從史出，得出的每個結論應該有史實做依託的。不能先拿出一個結論，然後把對我有利的史實拿來，有選擇性地遺忘，這樣是很可怕的。這種東西如果不徹底改變的話，歷史學的研究是很難有大的突破。我在講課的時候，也嘗試著能在這些方面盡自己的一份綿薄之力，至少讓學生不要相信沒有史實根據的事情。有的人說我顛覆了歷史，那麼想請問，你瞭解的那個我顛覆之前的歷史，是不是被顛覆過的？如果是，那我只不過是把顛覆的東西，又顛倒過來了。

我還是踏踏實實想做一名老師，就是普普通通的，本本分分的，混同於芸芸眾生的老師。我不是歷史學家，我大學學的是怎麼教歷史，嚴格意義上講並不是歷史本身，所以才疏學淺，講課難免有謬誤之處，歡迎各位讀者批評指正！

以上是我想說的話，權當本書的序言吧。

袁騰飛

二〇〇九年七月十八日

目錄

明朝至甲午戰爭　第二冊

第一冊◎先秦至宋元

第三冊◎辛亥革命至國共戰爭

第六章

最後的漢王朝

明

百姓擊鼓鳴冤，那鼓皮都是貪官皮，然後做這個縣官的椅子的坐墊。你坐在那裡你就得想想，你前任怎麼死的，你小心點。然後包括咱這漢字數字的大寫，這都是朱元璋發明的。你看他不認得字，能造字，省得你改啊。壹兩銀子，你把這數變十兩了，這你怎麼改啊？這都是朱元璋的發明啊，剝皮實草，這個非常的殘忍，能解決貪污問題嗎？

1 乞丐身子皇帝命

假和尚化緣

西元一三六八年，朱元璋即帝位，國號大明，建元洪武，以應天為南京。應天就是今天的這個南京，朱元璋就是明太祖。你看那廝長得那模樣，哪有一點帝王福相啊。那臉跟那個鞋拔子似的，對，就像鞋拔子，又像瓦刀，跟瓦刀似的滿臉麻子。這是明太祖真容，你給他畫成這樣，他宰了你；你美化他，把他畫得跟秦始皇漢武帝似的吧，天庭飽滿，地閣方圓，他也宰了你。所以這玩意兒沒法弄。

這個明朝是中國歷史上最黑暗的王朝，兩百七十六年裡有一百二十一年皇帝不上朝，上朝也不幹好事。你看那朱元璋就不幹好事，一個典型的暴君。他即帝位，就是中國歷史上出身最寒酸的皇帝。劉邦在前朝好歹還是街道居委會治保主任，還是奧運會志願者，領一幫老太太還能幹這個幹那個呢。你說朱元璋他是個什麼東西？乞丐，要飯的，皇覺寺出家為僧。讓他化緣？中國和尚是不化緣的。你什麼時候見過中國和尚化緣？化緣的全是騙子。中國的僧人只要化緣就全是騙子，中國的和尚是自食其力的。你像東南亞小乘佛教，那僧人都是化緣的。這化緣在中國推廣不開。就因為咱們中國人認為，這算什麼呀？這不是要飯嗎？那多丟人，九儒十丐比儒士還低級。

朱元璋進化圖
沒有皇帝相的朱元璋卻做上了皇帝，
他是中國史上出身最微寒的皇帝。

東南亞那小乘佛教國家，它的僧人是過午不食，一天就吃兩頓飯。中國僧人不行，因為我得幹活，我吃兩頓飯我下午腿軟。所以你大街上碰見僧人化緣，你別理他，那都是騙子。那回我碰上一個，阿彌陀佛。得，打住，打住，你矇誰，你矇我？你冒充什麼不好？有本事你冒充警察。我掏出十塊錢，我說你把《心經》給我背一遍，他都聽不懂，他說《心經》？沒聽懂。我說我起一頭，你能往下背，十塊錢就給你。你僧人哪有不會背《心經》的？那不會。我說就是那忽悠人的玩意兒。

臭要飯登基

朱元璋後來參加紅巾軍，慢慢地混壯了。所以說這傢伙賊王八出身嘛，是中國歷史上出身最寒酸的皇帝。這種王八蛋一當政，必然是採用暴政。你看那個世界歷史上，什麼希特勒、墨索里尼不全是賊王八出身嘛。有哪一個出身高貴，受過良好教育，上台之後就搞獨裁的？沒有，是吧，沒聽說過。准都是這麼一幫人，之前寒酸，我可有今天了，我折騰死你們。包括現在那些貪官污吏都是，十四歲以前沒穿過鞋，窮怕了，一有權就亂來。陳水扁不就是嗎？從前我窮得不行，所以一到現在，我可有今天了，摟吧，摟。真正像布希啊迪克．切尼啊這些人能貪污？人家放著四千多萬年薪不掙，掙這十八萬當這副總統，他貪污？你開玩笑啊。朱元璋原來叫朱重八，倆八嘛，朱倆八，二八一十六，是不是他們家十六個孩子，前面那些全死了，然後就剩他。也可能是十六號生的，是吧。

朱重八他當了皇帝，他爹和他爺爺不都得當皇帝嘛，所以都建了陵了。在鳳陽建了陵，後來被水庫給淹了，現在又露出來了。建陵的時候在這兒立碑，不能寫「肇祖原皇帝狗剩」，或者鐵蛋兒，你不能叫這個，還得起個名。所以他爹和他爺爺的名字，都是他給起的。

你想這種東西他要是當了官，他要當了這個皇帝，他最關心的事就是我這個政權不能丟啊，千辛萬苦搶過來不容易，我這皇位可不能丟了，不能讓我兒子再去化緣了，得千秋萬代一統江湖這麼傳下去。所以他要想辦法在宋元的基礎上進一步加强中央集權。

首先在中央廢除了丞相制度，六部尚書對皇帝直接負責。這個跟蒙古人不會玩兒有關。原來隋唐三省六部，到了這個宋朝更進一步，在三省的基礎上又建立二府三司。宰相、樞密、三司，等於進一步把三省的職權給分化了，同中書門下平章事，這相當於宰相。參知政事相當於副宰相。那同中書門下平章事他一般是不怎麼授予的，所以等於是這個權力分散，這個相權相對於皇權就非常弱。到了元朝，中書省集權，尚書、門下全都沒了。所以在元朝是權臣輩出。咱們講過中間十個皇帝，都不得好死吧，那都是被這些宰相給謀殺了，伯顏、脫脫之類的，這些個奸相、權相掌起權來，來害皇帝。

2 寧可錯殺一千，不可放過一個

冤魂三萬五

到了明朝，朱元璋就要吸取這個教訓，不能給予宰相太大權力。洪武十三年，他說宰相胡惟庸謀反，就用這個藉口殺掉了胡惟庸及其黨羽兩萬多人，這叫胡獄。這是朱元璋的第一次文化大革命，第一次就殺掉這個胡惟庸及其屬下兩萬多人。開國的文臣屠戮殆盡，基本上全殺光了。太祖皇帝起兵，文靠李善長，武靠徐達。李善長當時七十多歲了，風燭殘年，封國公，開國功臣之首，太子朱標的老師，也要上法場開刀。馬皇后就不幹啊，因為那個馬皇后是中國歷史上的賢后嘛，她就不幹，不幹她就不吃飯，絕食，哭。朱元璋說：「別的我什麼都可以聽你的，這件事你別管，我要為朱家開萬世太平，你別管。」後來這馬皇后就說，你看一般的老百姓家裡啊，這家長都知道尊重老師，逢年過節還給送送禮什麼的，知道師恩深重。可咱們皇家竟然要把孩子的老師殺死！朱元璋說你甭管，李善長謀反呢！馬皇后聽了直樂，說他七十多歲他謀什麼反，他七十七了還是七十幾了，他謀反能當幾年皇上？他這是不可能的事嘛。朱元璋不聽，最後李善長一家七十多口，全部殺掉。然後過年時，藉口大將軍藍玉謀反，這又掀起一場屠殺，殺掉了一萬五千多人。這一下，開國的武將也被殺光了。

所以經過這個史無前例的這兩次政治運動，三萬五千多人啊，開國的文武功臣屠戮殆盡，九個國公，二十多個侯全殺掉。他認為這個徐達的功勞不是最大嗎？徐達背上長瘡，不能吃發物啊。結果他偏偏送蒸鵝讓徐達吃。徐達吃完了這個蒸鵝之後，這個瘡就崩裂了，然後就死了。徐達是含著眼淚吃這蒸鵝的。想當初他跟這徐達簡直就是鐵哥們兒，親兄弟似的那種感覺，他也下得了手。你看這王八蛋狠的！開國之後他自己寫詔旨，功勞最大的，第一就是徐達嘛，「從予起兵於濠上，先存捧日之心」，就是從那會兒徐達就跟他幹。徐達要是把他扒下來自己來，完全可以，但一直捧著他。「來茲定鼎於江南，遂作擎天之柱」，徐達是擎天之柱，結果也難逃被殺的下場。

當初徐達的夫人進宮跟馬皇后聊天，是妯娌倆的那種感覺，當他是哥們兒，一塊打天下，妯娌倆聊天就沒什麼顧忌，說你們家房子真大，真好。那當然是說皇宮真大、真好了。朱元璋聽，馬上命令人把這個徐達的夫人亂棍打死。你什麼意思，你嫌我們家，你說我們家房子大，房子好，你有覬覦帝位，不臣之心。打死之後告訴徐達，說你這媳婦太壞了，這是禍害，我把她打死了，你謝恩吧。徐達還得謝恩。最後連徐達也給弄死。所以這是刻薄寡恩的一個人，你看這個賊王八出身的皇上都是這德行吧。朱元璋、李自成、洪秀全，那洪秀全就甭提了，那傢伙，把他比成什麼都不算是對那東西的侮辱。那就別提了。

皇帝兼宰相

這樣一來六部尚書直接對皇上負責，等於皇上兼任首相。應該是宰相幹的活，這個皇上給幹了。這下可怎麼辦啊？太忙啊，皇上忙不過來啊。朱元璋平均一天要看三百多件奏章。據說他幾天要處理三千多份奏章，忙不過來，朱元璋腦袋都大了。「百僚未起朕先起，百僚已睡朕未睡。不如江南富足翁，日高三丈猶擁被。」朱元璋能寫出這水平的詩已經不錯了，太慘。怎麼辦呢？設立殿閣大學士。由翰林學士入職內閣，幫助他看摺子，批這個摺子，對，就讓他們幹這個。但是這些翰林學士品級很低呀，六七品、七八品的樣子，品級很低，所以不會對這個中央構成威脅。到他以後的皇帝，成祖、仁宗、宣宗，到宣宗朝，翰林學士品級就越來越高了，到後來就二品一品，到最後學士管部，由各部的尚書兼任內閣大學士。

這樣一來的話，這個內閣實際上就變成了宰相。但是它比原來的宰相的權力大大地縮小了。為什麼呢？因為我們以後講軍機處也要講這問題。這個宰相是有自己的辦公府邸的，對吧。宰相得有宰相府啊，丞相也得有丞相府。所以這個中國古代，文官最高的加銜開府儀同三司，讓你幹麼？開府，建府，這就是說明你的地位高。你有府你就可以辟僚屬，像那個漢朝宰相十三曹，有龐大的一個辦公機構。到了這個明朝內閣學士是在內閣，我在皇宮裡邊辦公，就是那個太和門一進去，兩邊的那個平房，那就是內閣辦公的地方。他們沒有僚屬，頂多有點兒秘書什麼的，基本什麼事都得親歷親為，所以等於他就不是一個國家的正式機構，他的本差是吏部尚書，禮部侍郎什麼的，內閣學士是他的兼職，但是他實際上幹的事兒，等於這個宰相還是沒有。朱元璋立下聖旨，皇明祖訓：後世子孫不得預立丞相，臣工敢言立相者斬。你不能立丞相。你的大臣要建議你立丞相，你怎麼辦？把他殺了。你看這宋朝皇帝的祖訓——不得刑戮士大夫及上疏言事者。再看這個：臣工敢言立相者斬。你敢說立相，我就宰了你。宋朝是最可愛的王朝，他宅心仁厚。你看明朝這幫人，就沒法說了，中央的權力全給分散了。這個中國的宰相由獨相、群相到廢相，徹底沒有了。

三個方向盤

地方實行三司分權：承宣布政使司，管理民政和財政；提刑按察使司，管理監察和司法；都指揮使司，管理軍政，統稱為三司。這三司的級別是這個都指揮使司最高，正二品。然後這個布政司是正三品，按察司是從三品。他這麼搞，第一是跟這個蒙古人不會玩兒有關。秦漢的時候地方行政機構是幾級？郡縣兩級。然後到了漢朝郡國並行，郡國，也是轄縣。東漢末年開始，州郡縣三級。隋唐兩朝為了減輕人民負擔，去了一級，改成州縣兩級。但因為唐朝疆域太大了，州縣不夠，所以劃天下為二十二個道，進行監察。後來的道就變成了實際的一級掌管，變成了道、州、縣三級。北宋改道為路，路州縣三級。北宋的路一級設立四個長官，帥司、憲司、倉司、漕司。帥司叫經略安撫使，這個實際上是權力最重的。像范仲淹，經略安撫使兼知延州，抵抗西夏。憲司就是咱們講過的這個提點刑獄使。倉司，即提舉常平使，專管水利、茶鹽。王安石變法推行後，倉司也負責監督推行常平新法。漕司就是咱們講過的轉運使。

所以宋朝實際上地方就是四個機構。到了元朝他不會玩兒嘛，他又來一個行中書省。等於這個四司合一了。合一你這個權力就大了，大了之後到了明朝，等於又給分回去，從四司變成了三司。相當於省長由一個變成了仨。所以明朝一個省有三個省長，另外這省的名稱變成了布政司，後來又簡稱藩台。你看電視劇裡邊老提藩台衙門，藩台就是布政司。

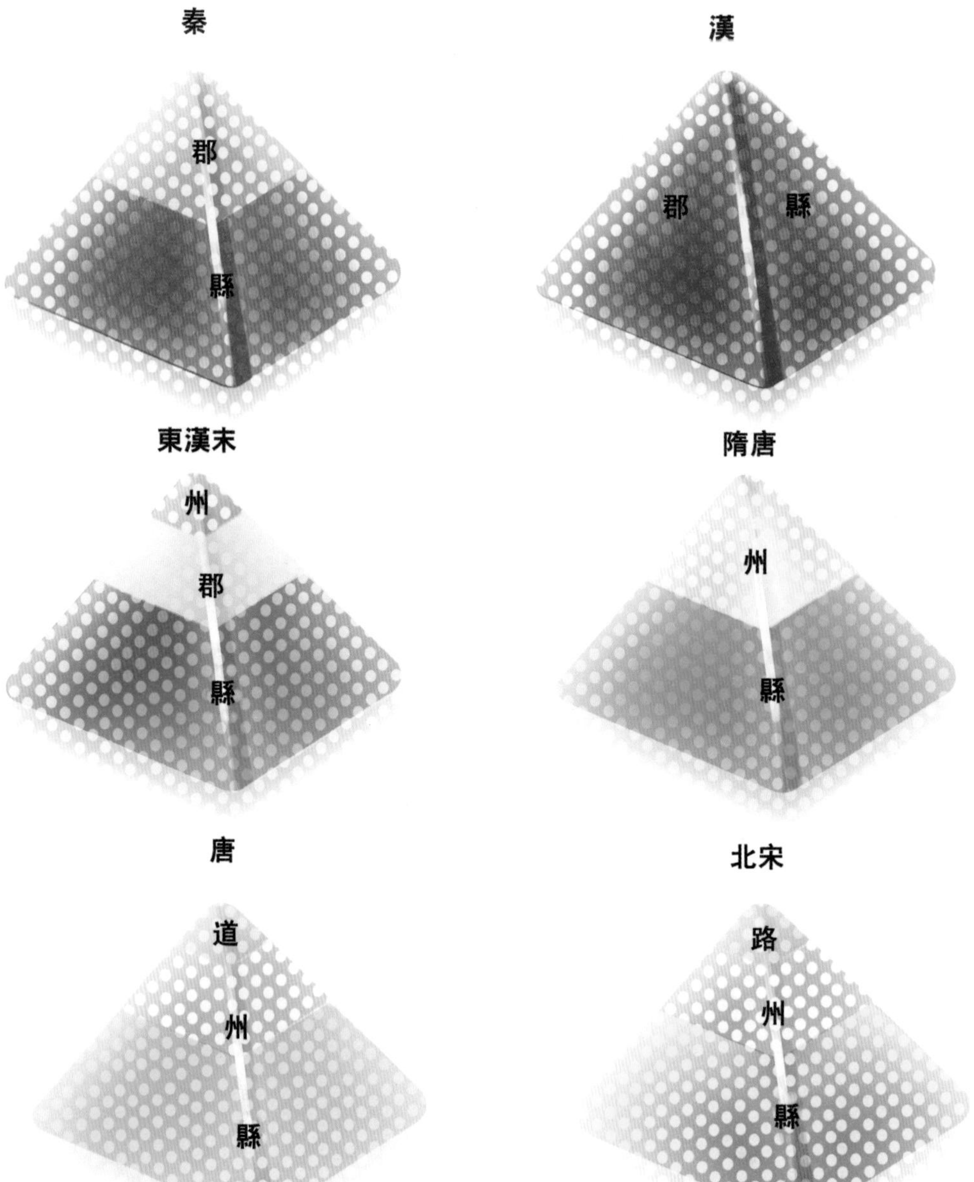

秦朝、漢朝、隋唐、北宋地方行政機構比較

秦朝的時候地方行政機構是郡縣兩級，然後到了漢朝郡國並行，郡國也就是轄縣。東翰末年開始，出現州郡縣三級。隋唐兩朝為了減輕人民負擔，去了一級，改成州縣兩級，但因為唐朝疆域太大了。州縣不夠，所以劃天下為二十二個道，進行監察。後來的道就變成了實際的一級掌管，就跟那州的感覺一樣了，變成了道、州、縣三級。北宋是改道為路，路、州、縣三級。

按察司，簡稱是臬台。都指揮使司簡稱都司。後來感覺到這個權力太分散，政出多門不好辦，就由中央派出官員巡撫某地，無定期、無定員。到了明末，巡撫變成了正式的機構，就相當於省長了。然後三司就變成了巡撫的下級。到了清朝，巡撫是正二品，布政司和按察司都變成三品，成為巡撫的下級，相當於民政廳、財政廳、司法廳、檢察廳。都司就更低了，成為綠營兵裡邊的中級官職。

五個車軲轆

中央改大都督府為五軍都督府。朱元璋初置統軍大元帥府，後改為樞密院，又改之為大都督府，節制中外諸軍事。洪武十三年（一三八〇年）以大都督府權力太大為由，在廢丞相制的同時，為防止軍權的過分集中，也廢大都督府，改為中、左、右、前、後五軍都督府，分別管理京師及各地衛所。五軍都督府各設左、右都督，正一品；都督同知，從一品；都督僉事，正二品。反正一堆都督，而且這些都督們沒有調兵權。五軍都督府和兵部互相制約，到打仗的時候，都督府統兵，兵部調兵，皇帝臨時派你為提督軍務總兵官到某地去打仗，所以像提督、總兵到後來也就變成了一個實職，一開始都是差遣。這個性質有些類似如今的市容整理辦公室，一開始就是臨時治事，後來這就成了常設機構了。所以這樣一來的話這個兵權就也被分散了。

這是我們講的明朝怎麼在中央，怎麼在官制上進行改革，廢丞相，地方設三司，然後中央五軍都督府分立。

遺體捐贈法

明朝律法森嚴，大明律增加了經濟立法的內容。說明當時商品經濟有一定的發展。朱元璋的時候規定，官員貪污超過六十貫，就相當於六十兩白銀。你貪污如果超過六十兩銀子，就被剝皮實草，皮扒下來，添上稻草，做成標本傳遞。這是貪官的下場，不許危害百姓。然後你這剝皮實草怎麼弄呢？就是說，傳遞完了幹麼？你的皮做成那個法鼓，就是縣衙門口那個。百姓擊鼓鳴冤，那鼓皮都是貪官皮，然後做這個縣官的椅子的坐墊。你坐在那裡你就得想想，你前任怎麼死的，你小心點。然後包括咱這漢字數位的大寫，這都是朱元璋發明的。你看他不認得字，能造字，省得你改啊。「壹」兩銀子，你把這數變十兩了，這你怎麼改啊？這都是朱元璋的發明啊，剝皮實草，這個非常的殘忍，能解決貪污問題嗎？解決不了。你扒一個十個站出來，因為能被扒的畢竟是太少數了，你解決不了。殺幾個貪官，表揚幾個清官，解決得了問題嗎？它是制度的事。

3 大臣靠邊站，太監說了算

處處有監控

另外就設立這個錦衣衛，由皇帝直接指揮，不受政府司法部門管轄。有一個官員叫錢宰。這哥們兒上朝啊，朱元璋就問，老錢啊，昨晚幹麼來了？錢宰說玩兒牌，紙牌，打拖拉機。跟誰玩兒了？我們部裡的老趙、老孫、老李一塊玩兒。所以結果呢？玩兒著玩兒著發現少了一張牌，玩兒不下去了。朱元璋微微一笑，從袖筒裡摸出一張紙牌，這是不是你昨天丟的那張牌？錢宰一看嚇得隆冬季節內衣都濕透了。那說明跟他玩兒牌那幫人裡有一個人是誰？錦衣衛，特務。你要在後邊罵皇上兩句，這王八蛋，得，今天讓你血濺當場。寫《送東陽馬生序》的宋濂，吏部尚書，太子的老師。上朝時朱元璋問他你昨天晚上幹麼？喝酒來著，開家宴，喝酒。你都跟誰喝？你左邊坐著誰，右邊坐著誰，宋濂一一回答，朱元璋很高興，你沒騙我。笑著摸出一張圖，你看這是昨天你們的座次圖，是吧？你看這玩意兒，這特務到無孔不入的這個地步。所以錦衣衛是國家機構，錦衣衛都指揮使正三品，還是國家機構，只不過不受這個朝廷管轄，皇帝直接指揮。

明成祖的時候設立東廠，憲宗設立了西廠，武宗設立了內行廠，東廠西廠內行廠，由宦官統領。這可就更麻煩了，大臣一旦有事要犯在宦官的手裡，那可就慘了。明朝因為是賊王八建立的王朝。像唐太宗，魏徵揪他衣服、抓他衣服，唐太宗說你幹什麼呀？你等著，我要宰了你這鄉巴佬。這個唐太宗對他進行什麼？威脅。唐太宗已經都給自個兒氣成這樣了，但是他能殺魏徵嗎？當然不能。朝廷律法在，你憑什麼隨便殺大臣，他犯什麼罪了？他抓你衣服，他犯哪條罪了？朝廷有律法在，不能隨便開殺戒，你隨便罵大臣也不行。你罵大臣，大臣就可以抗辯。你憑什麼罵我啊？你哪兒畢業的？你念過學嗎你？你跟朱元璋說那個，哎喲，我就沒念過，我是流氓我怕誰？甭來這個。朱元璋在朝廷上設立廷杖，你這個跟皇上頂嘴，一言不合怎麼著啊？拉著就打。有個大臣也討厭，給皇上上一道摺子，一萬七千字，你難道不知道皇上認不了那麼多字？這麼厚，拉下去一百板子！正打著呢，皇上看著摺子，哎喲，這小子說得還有點兒道理，把他召回來，可已經打爛了。你想那太監打你，可有報復你的機會了，往狠裡打。當然你要有錢就另當別論，所以那時大臣上朝都身上揣著銀票子，一看自己要受刑，趕緊給錢。你要給錢的話，拿那空板子打你，那板子是空的，聽著倍兒響，啪啪啪，沒事兒，就讓你屁股有點兒淤血，然後你回家就沒事兒了。重點兒的就實心板子打，最狠的是灌鉛的板子，一板下去這人就完了。受杖的時候，就看監刑人的雙腳，監刑人兩腳分開，你死不了。雙腳一閉，立斃杖下。而皇上他傳令的時候也是有講究的，這皇上要恨這個大臣，「著實打」，那這就打死，一般說認真打，就沒事。每個皇帝在位的時候都有打死大臣的事發生，就在午門外邊受杖。朱元璋這個老東西越到晚年越厲害，這傢伙可能有更年期，心理陰暗，到晚年動不動一點兒小事就動用廷杖。所以那大臣上朝之前，全家抱頭痛哭啊，壯士一去不復還，夠悲壯的。那辭職吧，你敢嗎？你什麼意思？聖天子在朝，你說不幹了，什麼意思？立斃杖下。沒辦法，只有哭，哭完了之後，還得去上朝。今天我沒死，我回來了，這就是運大福大造化大。明朝這黑暗，那真是相當黑暗。

回回考一樣

清朝就不這麼黑了。清朝皇上特別有意思在哪兒呢？他根誰讓太監上你們家罵你去，堵著門罵你。奉旨申斥，就是皇上口諭，我奉旨來罵你來。你想那太監，他什麼他都敢罵，你那點兒事全給你折騰出來。大臣一聽，這太監奉旨申斥，趕緊地給塞錢，要不然他堵著門罵，太難聽。你趕緊塞錢，他不關痛癢地罵你。你下次注意啊，你這樣不對啊，是吧，就走了。你要不給錢是吧，那就有你的好看。有的那個窮官他給不起錢，被那太監罵得，太監一走就上吊了。因為那古人他最看重的就是這個，重名節。清朝皇帝不直接打人，罵死人這招更厲害。

控制什麼都不如控制人的思想。朱元璋的文字獄厲害到什麼程度啊？有一個舉人叫徐夔，給他上疏：「光天之下，天生聖人，為世作則。」這話噁心到不好意思的程度。光天化日之下，誕生了您這麼一位聖人，為世間做出表率。朱元璋一看：「腐儒膽敢如此侮辱朕，剝皮實草。」身邊的人說，沒看見他怎麼侮辱您啊？為什麼要把他做成標本啊？對，光什麼意思？他不說我沒頭髮嗎？他不說我當過和尚嗎？則是什麼呀？就古漢語的則跟賊一樣，同音啊，你看今天京劇裡邊，提起賊寇心肺炸，他也這麼唱。這哥們兒就拍皇上馬屁啊，拍錯了地方，都給做成標本了。那你要罵皇上，還不把你打成相片了？

為了嚴厲控制世人的思想，明朝科舉只從四書五經中命題。四書《大學》《中庸》《論語》《孟子》，必須以朱熹的《四書章句集注》為準。只能用朱熹的注釋，別人的都沒用，五經

《詩》《書》《禮》《易》《春秋》，就考這九本書。這九本書字字金玉，句句珠璣，但您就這九本書，能把天地宇宙，世界萬物都包括進去嗎？那我讀書就讀這九本書。所以當時明朝就說科舉考試這幫人：「擺尾搖頭，便道是聖門高弟。可知道《三通》《四史》是何等文章？漢祖、唐宗是哪朝皇帝？」我管他呢！漢祖唐宗又不考。李白是幹麼的？不認識。反正只要是四書五經我就背，別的我不管。那個時候印行量最大的書籍就是「高考滿分作文選」，甚至出現了縮印本，跟咱們現在複印時候的縮印本差不多，然後揣兜裡進考場帶進去。考試就考四書五經，不允許發揮個人見解，代聖賢立言。

文章都是八股文，八股，八個部分；破題、承題、起講、入手、起股、中股、後股、束股，全這八個部分。然後還得一反一正、一虛一實、一深一淺、排比對偶，完全就是一種文字遊戲。可以講，中國古代的文字技巧上達到最高水準的就是八股文。但是沒有什麼內容，了無新意。所以你十年寒窗，就這九本書，都是一樣的八股文體，這誰比誰能太强到哪兒去啊？而且這九本書，一共才多少字啊？你想那四書五經在剛誕生的時候，都寫在什麼上邊？竹簡上面，它能有多少字啊？《老子》不才五千個字嘛，擱今天一篇論文差不多。四書五經九本書能有多少字啊？一件這個襯衫就抄滿了。你看這博物館裡不有嗎？作弊用的那個襯衫，都抄滿了。所以到清朝的時候，考生進考場還得扒光了，穿考場統一的衣服進去，跟進澡堂似的。他怕你有夾帶。

就這麼點兒文字啊，幾百年來那麼多場考試，從那個童生考秀才、考舉人、考進士，那麼多場考試，都從這裡邊出題。這個四書五經裡邊話用得差不多了。差不多怎麼辦呢？這考官真聰明啊，出截搭題，就是把四書五經裡邊的兩句話給你拼一塊兒。子曰：「三十而立，四十而不惑，五十而知天命。」現在呢，把這句話給你拆了，子曰：三十而立四十。做題吧，孔子為什麼說三十而立四十？這孔子他不那麼說啊，他說的三十而立，逗號，四十而不惑。你甭管，古文沒標點，你看書，三十而立，底下是個四十。你寫吧。或者子曰而立四十。您做題，您就得說孔子為什麼說而立四十，這怎麼回事？有的考官更神到什麼程度？古文沒標點嗎？句與句之間有一個圓圈，就像現代文的句號。考官他出考題的時候，就用這圓圈出題。我今天考試題目就是這個，給我做文章吧。四書五經裡絕對有這個，滿篇都是，就拿這個做文章，讓大家考試。結果那個考第一名的那哥們兒，神到什麼程度呢？你不先得點題嗎？這八股文上去不先得破題嗎？破題就是你得用一句話破題，那哥們兒破題倍兒絕：「聖人立言之前也，空空如也。」聖人要不說話，就什麼都沒有。哇，這篇文章厲害，這是個大才。我們知道那個康有為康聖人，那是文采風流。但為什麼老考不中呢？比梁啓超中舉都晚。國家正規考試的時候，天子親試的時候可能很嚴肅。底下那種小考試，我怎麼來判斷誰第一，誰第二，我懶得看那卷子，我就扔唄。這個遠，第一名。你十年寒窗，今天墨重了點兒，一扔，砸著考官腳面了，完蛋。康聖人呢因為他那字不好。這個字必須寫成什麼樣呢？館閣體。就跟今天電腦裡印出來那個字似的，必須得寫成那樣，奏摺都得寫成那樣，一筆一畫必須得寫得倍兒規整。康有為大概就是不愛寫這種館閣體。龔自珍也寫不了，所以龔自珍他也沒中進士。龔自珍就倍兒生氣，最後讓他們家所有人都練這個，連他們家老媽子，什麼倒尿盆的都練。最後他們家所有人，除了他本人，都練得一手館閣體。他說你看我們家全能中進士，連老媽子倒尿盆的都能。

康有為因為寫不好這館閣體，所以每一次他那卷子考官一看，就中不了，就這玩意兒你也來參加考試？最後為什麼中舉呢？考官把他的卷子一扔，就出去上廁所了。時間可能長了點兒，正好僕人進來收拾屋子，僕人大概也不認得字。一看那地上有張卷子，僕人不知道這什麼體啊，拿起來擱在桌上，鎮紙一壓，僕人出去了。考官回來，倆人沒照著面。一看，哎呀，這張卷子我剛才扔過呀，怎麼又擱這兒還鎮著？此乃天意，我看一眼吧。好文章，中舉。陰差陽錯。所以要是這樣做了官，你敢對皇家有什麼不滿嗎？這就束縛了讀書人的思想。顧炎武認為，這玩意兒比這焚書坑儒都害人，都可怕。

4 家天下的定時炸彈

燕叔叔造反

下邊，說說靖難之役和明建北京。太祖皇帝把這些個兒孫分封做藩王。他就相信自己家人，太祖皇帝一共二十五個兒子，二十五個兒子裡的長子朱標早逝。因為這個朱標被立為太子，他如果能繼承大業倒是一代仁君，但是他洪武二十五年就死了。洪武三十一年，太祖皇帝才駕崩，屬於白髮送黑髮。

太子朱標一死，朱元璋剩下的這二十四個兒子裡邊，除了三個年幼的，剩下這二十一個就分封到各地做藩王。藩王手握重兵，其中最厲害的是寧王朱權。寧王朱權鎮守東北，麾下八萬六千精銳部隊，然後就是燕王朱棣也有三四萬軍隊。所以這些親王手握重兵，朱元璋認為，江山可保長治久安。那就說跟劉邦的想法一樣？你就沒想想，你的兒子不會反你，但是再往下可就反了。

所以，朱元璋帶著他孫子，皇太孫朱允炆檢閱藩王的部隊。瞧你這些叔叔們，兵強馬壯，萬一哪兒造反，讓你叔叔鎮壓。朱允炆小夥兒當時也二十多了，有點兒想法，他就反問了一句。我叔叔造反，誰鎮壓？一下把皇上問暈了，沒考慮過這問題。那就靠天吃飯唄，哪能那麼巧？所以老皇上一死，這個朱允炆一即位，即明惠帝，就下詔削藩。他這一下詔削藩，燕王朱棣就反了，起兵發動「靖難之役」，奪了江山，遷都北京。

北京不缺門

北京就是唐朝的幽州城，遼朝的南京城，金朝的中都城，基本上就是今天的宣武、豐台。元大都的這個最南邊的城牆，在今天的長安街上。北城牆在三環跟四環之間，有一個元大都遺址公園，那個地方。明北京城把元大都往南移了五里。所以它的這個北牆，大概是跟今天的二環路齊平。然後這個嘉靖皇帝在位的時候開始修建外城，本來這個外城想把內城包一圈，後來沒錢了，就修了南邊的一部分，就變成了北京城這麼一個凸字形狀。北京城門是裡九外七皇城四，內城是九個門，所以老北京一說就是咱這四九城怎麼著怎麼著。南邊自西向東宣武門、正陽門、崇文門，東邊是朝陽門和東直門，西邊是阜成門和西直門，北邊是安定門和德勝門，這是九個城門，這就是今天的環線地鐵。所以那環線地鐵，地鐵二號線，站名最多的就是門，什麼門什麼門什麼門，當然像復興門、建國門，這是民國以後把城牆給扒了，改建的。那就是為了方便公共交通弄出來的。整個這個老北京城就是今天的二環路。外七門就是南邊仨門：左安門、永定門、右安門。東邊是廣渠門，廣渠門原來叫廣寧門，為了避清宣宗道光皇帝的諱改成廣渠門了。西邊廣安門，北邊是西便門、東便門。內城九個門，外城七個門。

皇城四個門，皇城包括紫禁城、萬歲山、太液池。太液池就是北中南三海，今天那個北海開放，中南海進不去。還有太廟和社稷壇，六部九卿的官署。這個皇城的正門，在明朝叫大明門，清朝叫大清門，民國叫中華門。它是那種歇山頂，五個門洞，中國級別最高的門。這個匾額都是

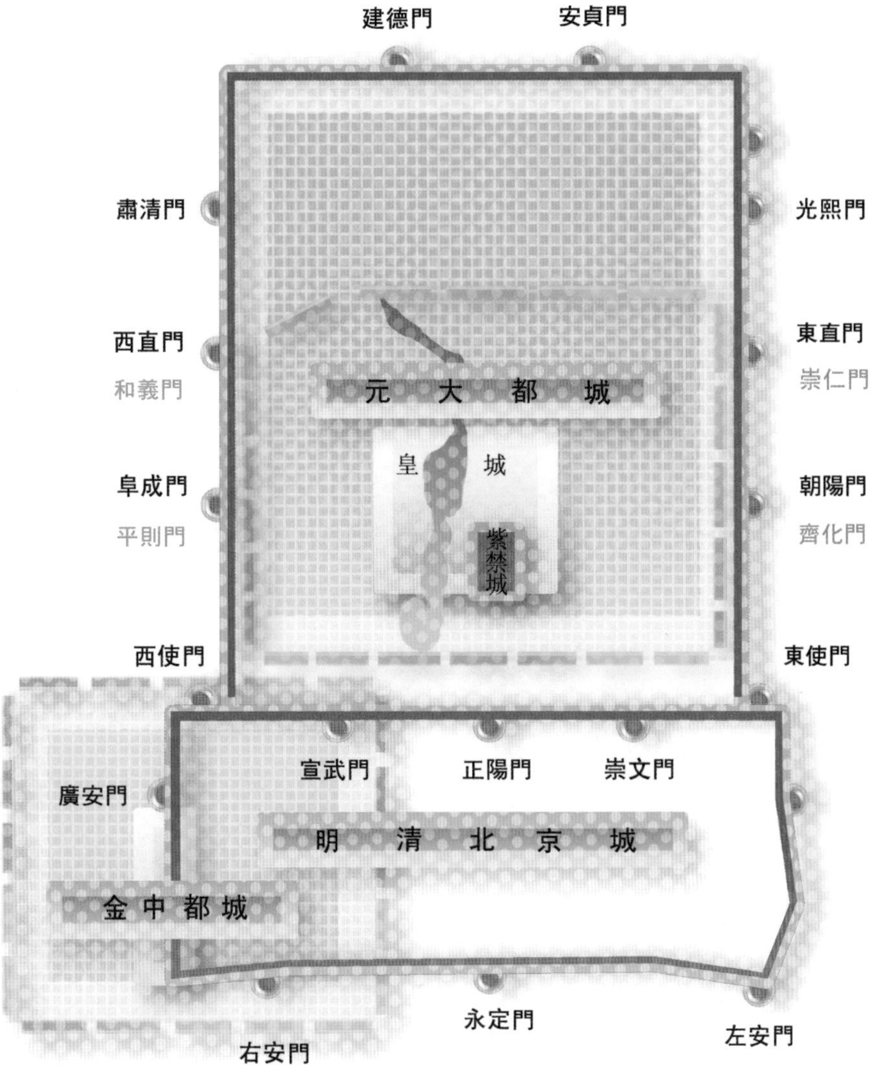

老北京門分佈圖

老北京格局的特色是：皇宮外面有皇城，皇城外面有都城，中軸線突出，東西建築對稱開展，方城十字街，大小四合院，共同構成了環環相扣層次分明的整體格局。如今，現代化的高樓大廈和高速路改變了古城的風貌，但是北京城以紫禁城為中心從南到北貫穿一條全長八公里的中軸線所突出的建築群體，以及井然有序的對稱延伸依然是它最鮮明的特色。

非常珍貴的。所以清朝滅亡之後，民國政府就想把這匾卸下來，翻到背面刻中華門。結果翻過來一看，背面刻的是大明門！原來清朝就這麼幹的。這塊匾，見證了五百多年的滄桑啊。

北門叫地安門，出了地安門就是鐘樓、鼓樓。一條中軸線，從永定門到鐘鼓樓，全長八公里，把北京城可以對折，建築非常規整。現在那個鳥巢、水立方不也在這個中軸線上嗎？所以這個中軸線就一直往北延。這個北京城，可以講是奇蹟啊，可惜的是，現在已經拆得沒模樣了。就像你那個天安門，天安門廣場，左邊一個人民大會堂，像希臘式。右邊一個國家博物館。中間一個紀念堂，仿林肯紀念堂。然後那個碑倒是中國式了，沒弄一個華盛頓式的碑，還不錯。大會堂邊上一個「水煮蛋」。天安門往東走不了幾步，東方廣場，大玻璃牆，水泥叢林。

北京三千年歷史，但找得著三千年歷史的痕蹟嗎？只能是遺址。到歐洲你去看看，一切跟幾百年前都一樣。聯合國什麼人類文化遺產，中國城市入選，只有山西平遙，雲南麗江。你可以說天壇是文化遺產，故宮是，長城是，頤和園是，你能說北京是嗎？東方廣場，文化遺產？有十年嗎？台灣人到大陸來旅遊，人家說得特別好，大陸的這些古蹟，除了地名是真的，其他的全是假的，都是後建的。德國人說是對西方城市簡單拙劣的模仿。

5 長江後浪推前浪，一代更比一代浪

整一個傻叉

明朝中後期政治腐敗，屢出昏君啊。

比如說明武宗，就是正德皇帝，最愛幹的事是調戲婦女和玩兒打仗，最愛幹這兩件事。他調戲婦女，是微服上街調戲婦女。後宮三千佳麗不夠，還出去調戲婦女，被人逮著送縣衙去了，你說君臣相見，不知道怎麼脫的身。然後就是在宮裡開店做買賣，神武門後邊開店做買賣，手裡掂著那塊肉，三斤三兩，你上秤不帶差的。皇上整天幹這個，掂肉，三斤三兩，開買賣，讓太監什麼的來買他的東西。本來那太監俸祿就微薄吧，來買他的東西，然後他少不得賤買貴賣。就這點兒錢他都榨走，你這叫什麼玩意兒？

然後喜歡的就是玩兒打仗，他給自個兒改名叫朱壽，封自個兒為鎮國公威武大將軍，什麼大都督。後來有個大臣就跟他說，你這個皇帝是君，都督是臣，不能混為一談，你這太荒唐了。他說我有本事，百萬軍中取上將首級。然後那大臣就將他，您給我們表演一個。在教場，一千多明軍將士，刀出鞘，弓上弦，圍著一個被俘的綁在馬上的蒙古將士，然後皇上衝進去，一刀給他腦袋砍下來。這叫百萬軍中取上將首級。百萬軍，自個兒的，上將綁著呢，也不知道是不是上將，反正綁上了。皇上就給咔嚓一刀，證明皇上玩兒過刀，沒敲下他胳膊來。

皇上帶幾萬鐵甲兵出關，出長城，跟蒙古人打仗。打多少蒙古人呢？一百來人。他帶幾萬人，衝啊，殺，把人家消滅，然後回去報功，自個兒又升一級。將軍、大將軍、都督同知、都督、提督軍務總兵，官往上升，就這麼一個東西。十年，在位十年駕崩。昏庸無度，死而無後。

又兩個傻叉

明朝的皇帝一個賽著一個混蛋，一個賽著一個短命。儘是二三十歲，酒色過度就死了，盡這種玩意兒，沒有一個活過朱元璋的。朱元璋活到七十多吧，沒有一個能活過他，就明成祖大概六十歲。六十歲在明朝皇帝裡算高壽了，你看乾隆爺活了八十九，將近九十了。明武宗死了之後繼位的世宗，這哥們兒是一個道士，整天在宮裡煉丹，一年之中光煉丹用的這個燃料啊，就要二十多萬兩白銀，也不知道他燒什麼玩意兒，弄不好燒蠟。二十多萬兩白銀煉丹，不上朝，從來不上朝，大臣幾十年都見不著他。他在位四十多年，十五歲即位，四十五年。有時實在國家有大事，追問他，他不耐煩了，遞出一張手諭，沒人能看得懂，因為他那手諭上邊，幾句話他能給你寫成幾個字。廢話，皇上寫的是天書，你能看懂那還叫天書嗎？最後皇上終於服用仙丹，然後就成仙了。水銀中毒，成仙，汞中毒嘛。世宗就是這麼一個玩意兒。

世宗完了之後穆宗即位，穆宗還不錯。可惜短命，七年就死了。七年之後他死了就是神宗即位，也就是萬曆皇帝。神宗可真神啊，真的是神。他就幹一件事，數錢，整天盤炕上啪啪啪數錢。這就是朱元璋給他的子孫弄的這些遺傳基因，都是土財主。你看人家李後主、宋徽宗，在中國藝術史上都閃耀著不滅的光輝。明朝這幫皇上，你看他這些玩意兒。神宗皇帝好像一輩子就出過紫禁城一回，上昌平十三陵看看自個兒的墳地，一看不錯，行，修得挺好，繼續，就回來了，數錢。在他住的那宮殿後頭挖一大坑，埋上三百萬兩銀子。他肥胖，然後整天在炕上盤著，左腿萎縮了。所以每天晚上太監攙著他一拐一拐地，到坑邊那兒看看，我那銀子還在嗎？還在，這能睡得著覺，不然睡不著覺。最後那點銀子全讓太監給偷光了。

所以為什麼十三陵考古先刨他的墳呢？定陵，先刨。他的墳裡邊好東西多。長陵怕有《永樂大典》不敢刨，別的皇上沒他東西多，他一輩子攢錢，你想想，什麼都往自個兒家拿。說這個地方發現煤了，派個鎮守太監，把錢弄他們家來。那地方絲綢不錯，派個鎮守太監，都弄他們家。皇宮裡邊的銀子，發黑變脆氧化，國庫裡邊除了耗子屎什麼都沒有。所以那時候跟努爾哈赤，跟後金打仗啊，打仗說那個，咱沒錢啊，國庫裡沒錢，請皇上開內帑。不成。這打的是國仗，憑什麼開內帑啊，憑什麼讓我掏錢？給國家打仗，憑什麼讓我掏錢？我不掏。沒錢你加稅，你讓老百姓多交點稅不就行啦，我才不掏這錢。後來大臣說，這江山都是您的。皇上說江山我沒看見，銀子我看見了。他幾千萬兩藏起來，國庫裡什麼都沒有，然後就年年給百姓加稅。越加稅老百姓不就越造反嘛，就這麼一個東西。

全都是傻叉

他一死，他兒子光宗即位。光宗這哥們兒太光了，二十九天駕崩。登基之後第一道詔書就是選美女，選了八個美女，二十九天駕崩。光宗駕崩之後，兒子熹宗即位，傑出的木匠，別的皇帝上朝他下車間。據說皇上坐的椅子，睡的床全是自個兒做的。他的手藝高到什麼程度，他自己做一屏風，告訴太監，拿到前門外邊給我賣了，一萬兩銀子，不許還價。你當然不能說是皇上做的了，一萬兩銀子，不許還價。一個小時，這太監就把一萬兩銀票給拿回來了，就說他這個做工之精湛，值這價。

據說原來那個中華門後邊有一個關帝廟，當然建房子時候都給拆了。那關帝廟裡的關帝，就是明熹宗親手做的，所以他在位的時候不理朝政，整天做木匠活。太監魏忠賢專權。明朝中後期以來宦官專權，王振、劉瑾、魏忠賢這些大宦官專權。這是朝政最腐敗的體現。東漢、唐、明這三朝，宦官專權。這個魏忠賢就專撿皇上做活的時候跟他說事，哪兒鬧災了。你沒看我這兒忙呢，我今天晚上沒地兒睡呢，哪鬧災關我什麼事，我這床頭櫃還沒做好呢，你看著辦吧。

所以這魏忠賢獨攬大權，魏忠賢一個字不認得，居然能跟孔子並列，配祀孔廟。全國各地到處給他建生祠，然後皇上一下聖旨，就是朕與廠臣如何如何。皇上是萬歲，魏忠賢是九千歲，跟楊秀清一樣，九千歲。所以你可想而知，他這個朝政的腐敗程度。在這種情況下就爆發了農民起義。

6 闖王現身，疑似非典型朱元璋

造反專業戶

李自成和張獻忠起義。張獻忠是一個土匪。他屠四川，他說四川有七種人該殺。種地的該殺，經商的該殺，讀書的該殺，當官的該殺，當兵的該殺，反正完了之後就是四川沒有人不該殺，四川惹你了？等大清平定四川的時候，整個成都府還剩幾十戶。老虎在大街上走，就是那種華南虎，真的虎，不是拍的照片。

李自成原來當驛卒。皇上把這個驛站一裁撤，失業了，造反了。李自成提出一個口號叫「均田免糧」。這一下，老百姓都跟著他。均田我跟你幹麼？分田地。免糧你還幹麼？不交租，傻冒們都聽。你想他均田，他又不收租，那他吃什麼？他還得吃的比你好，你這不扯嘛這玩意兒，但是大家都信。包括一些落魄書生。兵勢浩大，原來被官軍打得剩十八名騎兵，後來又發展到百萬之巨，逼近北京，沿途州縣傳旗而令，除了在寧武關總兵周遇吉奮勇抵抗，以身殉職外，沒遇到過大的麻煩，就打到了北京。

回天已乏力

當時在位的是崇禎，自縊於萬歲山，明朝滅亡。思宗皇帝十七歲承繼大統。從他那木匠哥的手裡接過來一個爛攤子。「非亡國之君，而當亡國之運」，好不容易明朝出了個好皇帝，想整治朝綱，安定天下，結果就是祖宗作惡，報應在他身上，來不及了。在他爺爺萬曆的時候就應該完蛋，結果這麼多年報應在他身上。他十七歲即位，在位十七年，又沒受過良好的教育，明朝的皇子們不學無術，不像清朝。十七年不觀歌舞，不寵嬪妃，他只有一個皇后、三個貴妃吧，不寵嬪妃，然後每天都是夜裡一兩點鍾睡，早晨四五點起，堅持了十七年。

結果天下是越來越亂，那怎麼辦？就是你越想辦法，到處撲火，這火著得就越旺。他為人太急。你半年給我平定闖賊。能嗎？能。到半年，眼瞅著要平定了，半年平不了，八個月準能平定的時候，皇上肯定把你殺掉，因為你騙我，你說半年平定沒平定。皇上，再容兩月。不容，你欺君之罪。他在位十七年，內閣首輔換了五十一個，平均一年仨。到最後闖軍攻進北京，三百年江山社稷化作塵泥。皇后上吊了，貴妃上吊了。他把倆皇子放跑了，讓他們將來中興大明，然後咔嚓給公主一刀，沒砍死，掉一條胳膊，就是獨臂神尼，呂四娘的師傅。然後皇上帶著一個太監就逃到這個萬歲山，自縊殉國；拿頭髮蓋住自個兒的臉，無顏見祖宗嘛；咬破中指，在這個衣服襯裡，給李自成寫封血書：「朕非亡國之君，諸臣皆亡國之臣。」所以你不要用這幫大臣，這幫人太壞；「朕死後，任賊分裂朕屍，不要傷害百姓。」你可以殺我，勿傷百姓。

後來那棵樹死了，因為清朝入關之後，就給那棵樹套上鐵鏈子。罪槐，你把皇上吊死，所以套上鐵鏈子，枯死了。現在這棵不知是啥時候種的，那麼細。民國十九年立了一個碑，上書「明思宗殉國處，故宮博物院敬立」，一九四四年，甲申三百年，又立了一個碑，這倆碑不知啥時候拔了。一九四四年立的那個碑呢，保存完好，明思宗殉國的那個碑斷成了三截兒。二〇〇四年終於撥亂反正，甲申三百六十年，又重新都立在那兒了，明顯能看出來，「明思宗殉國處」那碑是中間拿白水泥給黏上的。

7 建州女真只玩真的，不忽悠

建州部發蹟

明朝滅亡之後，繼而建立起來的就是清朝。

第一，明朝初期，東北女真建州部歸奴爾幹都司管轄。明朝的時候，女真人分成了三部：海西女真、建州女真、野人女真。野人女真是最落後，建州女真文明程度最高。他們居住在遼寧，跟朝鮮和明朝交界，就是挨著大中華、小中華，文明程度最高。建州女真首領努爾哈赤精通漢語，熟讀《三國演義》，漢文化水平很高。他們家世襲建州衛都指揮使，配龍虎將軍印。這是明朝給他們封的官，行羈縻之策。努爾哈赤少年孤苦，因為他後媽不待見他，把他轟出去了。後來明朝打仗的時候，又把他父親和他的祖父給誤殺了。所以到二十五歲的時候他用先祖留下的十三副鎧甲起兵，慢慢統一了女真各部。

第二，創立八旗制度，兵民合一。這就像前面提起過的猛安謀克制，基本上是一樣。一個謀克，是一百戶。十個謀克是一猛安，就是說一猛安是一千戶，所以猛安相當於千夫長，從四品。謀克相當於百夫長，從五品。他這個八旗制度是三百人一個牛錄，設佐領一人，然後五牛錄就是一千五百人，一個甲喇。每個甲喇設參領一人。五甲喇七千五百人，為一個固山。每固山設都統一人。每個固山用一面旗來表示，紅黃藍白四個旗。後來在這個旗上圈邊，紅旗鑲黃邊，其他旗鑲紅邊，形成了鑲四旗和正四旗。

在這個清朝的時候，鑲黃旗、正黃旗、正白旗為上三旗，正紅旗、鑲白旗，鑲紅旗，正藍旗和鑲藍旗叫下五旗，鑲藍旗的地位是最低，鑲黃旗的地位是最高。所以像故宮裡邊的侍衛，一定都是上三旗子弟。後來他征服了蒙古，蒙古也被編入八旗，再後來征服了很多漢人。入關以前的漢人，也被編進了八旗。所以它實際上是三八二十四旗。清朝旗人不一定是滿族人，旗漢非婚，旗人跟漢人不能結婚，但是皇帝可以娶漢人，乾隆的母親就是漢人嘛，所以清朝皇帝，到後來也有漢族血統。但是，漢旗是不可能做上皇后了，皇后必須是滿洲人或者蒙古人才可以。這樣的話，八旗一共才有六萬人。你最後三個八旗，算上漢軍旗也就是不到二十萬人的樣子。

第三，這個努爾哈赤自立為汗，國號金，史稱後金，建立了金國。因為歷史上已經有一個金國了，所以這個金被稱為後金，但是他自己建的時候就叫大金，然後為反抗民族壓迫，攻打明朝。太祖皇帝率兵兩萬，以七大恨誓師伐明，連下遼東七十餘城，所以一下他這個國力就強大起來了。原來在遼河西邊，現在占領了整個遼河，席捲整個遼東，基本上山海關以外的土地全部被占領了，然後遷都瀋陽。

李自成闖京

努爾哈赤一死，皇太極即位，改族名為滿族，改國號為清，皇太極就是清太宗。到皇太極的時候啊，就已經有了入主中原的意思了。以金為國號容易引起中原漢族人的反感，所以他改國號為清。按照五行學說，明朝是火德，清朝是水德，水滅火，所以改國號為清。清跟金在滿語裡邊讀音都一樣。

一六四四年，李自成占北京，吳三桂降清。吳三桂是明朝的平西伯，山海關總兵。他麾下四萬關寧鐵騎，都是明朝的正規軍。有的歷史學家認為明朝滅亡就滅亡在沒有攘外必先安內。如果皇帝要是明白這個道理的話，立刻跟女真人講和，割關外土地。然後，把那個關寧鐵騎調進內地，鎮壓李自成，你想李自成那幫人拿著木棒、釘耙、糞叉子，都拿這個，如果跟精銳的關寧鐵騎作戰，肯定不行。關內平賊的部隊全都是不入流的部隊，精銳全都在東北跟滿洲人打仗，結果還全軍覆沒了，一再失敗。如果你把關寧鐵騎調進來，打李自成，那李自成說不定就完蛋了。他們都是一幫饑民，沒得吃，跟著李自成跑。闖王來了不納糧。吳三桂一看，哎呀，皇帝殉國了，就準備投降。闖王封他為侯，他到北京來參拜這個李自成，行至唐山，探馬來報，你們家被李自成給抄了。

李自成們一進北京，眼珠子都掉地下了。我們的夢想終於實現了，搶吧，就跟後來洪秀全進南京那感覺一樣。李自成成立一個機構，叫做「比餉鎮撫司」，逼著明朝官員拿錢。比如你是明朝的宰相，你拿出二十萬兩銀子來。你是明朝的部長，十萬兩，局長五萬兩。沒有？一百斤大沙袋子往你身上壓，看你有沒有。讓家裡拿錢，掘地三尺也給我弄出來。一個月，李自成在北京弄了三千萬兩白銀。明朝真有錢！皇帝最後讓文武百官捐款時，誰都不肯捐，結果弄得個國破家亡，最後什麼也沒撈著，全都讓李自成給弄走了。每一個李自成手下，腰裡都是沈甸甸的黃白之物啊，準備回家「三十畝地一頭牛，老婆孩子熱炕頭」。得，吳三桂反了。

吳三桂降清

吳三桂聽說家給抄了，說這是誤會，我一去我們家產就要放還，然後接著往前跑。探馬來報，你爸爸讓李自成逮了。這是誤會，我一去就會放回來。接著往前走。又報，陳圓圓讓那個李自成給逮了。吳三桂終於發怒了！大丈夫不能保有妻子，有何面目活於天地之間！撥回馬頭回山海關，下令全軍給崇禎皇帝戴孝，實際是給陳圓圓戴孝。皇上都死了那麼多天了，你才想起來給他戴孝？所以吳偉業在那《圓圓曲》裡說：「慟哭六軍俱縞素，衝冠一怒為紅顏。」、「妻子豈應關大計，英雄無奈是多情。」吳三桂要跟李自成決一死戰。李自成聽說吳三桂反了，率二十萬兵馬前來討伐。吳三桂怕自個兒練不過李自成，他不知道李自成那部隊是啥水平，我萬一練不過怎麼辦？跟大清攝政王多爾袞請兵，說將來咱平賊之後，「我朝之報北朝者」，不只是土地啊。二十萬賊在京師一個多月，搶了那麼多錢，多爾袞當然想要了，於是雙方合兵一處攻打李自成。二十萬李自成的部隊，跟四萬關寧鐵騎激戰正酣，然後在這個時候，十萬八旗殺出，一下就把李自成打得大敗。李自成在武英殿即皇帝位，第二天撤出北京城，一把火把紫禁城燒為平地。所以今天看到的紫禁城是清朝的，清朝重建的。明朝的紫禁城讓李自成給燒了，當然有個別建築可能還是，台階可能還是。

吳三桂降清，清軍入關。一直都到清朝中後期了，後妃填的那《九九消寒詩圖》，實際上就是一部中國歷史朝代歌。它最後一句就是「三桂領兵南下去，我國大清坐金鑾」，說明吳三桂入關的功勞，清朝還是承認的。李自成的部隊迅速土崩瓦解，清軍入關的時候，八旗加上孔有德、耿仲明、尚可喜三順王的部隊，以及吳三桂，一共二十多萬，兵分三路，以豫親王多鐸攻南京；英親王阿濟格攻西安，打李自成的老家；克勤郡王岳托攻打武漢，席捲江南，一下就把這南方全給占領了。李自成百萬大軍，不到一年就土崩瓦解了。他逃到湖北九宮山，被一個叫程九伯的農民拿鋤頭給刨死了。那哥們兒以為他是賊呢。

8 鷸蚌相爭，漁翁得利

勢如破竹

明朝滅亡之後，明朝的宗室在南方又建立了五個小朝廷，史稱為「南明」。

福王朱由崧建立了弘光政權，一年被清朝滅掉。

然後魯王朱以海在浙江建國，後來跟著鄭成功去了台灣。

唐王朱聿鍵在福州建立隆武政權，也是一年多就滅亡。

然後唐王的弟弟朱聿鐭在廣州建立紹武政權，不到一年也滅亡了。

最長的是貴王朱由榔，在雲貴建立了永曆政權，堅持了十八年。後來三桂領兵南下，永曆皇帝逃到緬甸，被緬甸王給送了回來，被吳三桂用弓弦勒死於昆明十字坡。五個小朝廷就全都滅亡了。這樣清朝就統一了中國。

這個南明的形勢比南宋要差得多。南宋在那樣的情況下，還能夠堅持抗擊，跟金朝並立了一百多年。而南明那麼快地滅亡，就是缺乏像岳飛、韓世忠這樣的名將。基本上是清軍一南下，這幫兵就全投降了，整個廣東省就是明朝降將李成棟帶著四千一百人就全給征服了，所以清朝完成了全國的統一。

第七章

異族終結者

清

一八四〇年，中國的國民生產總值不是高於英國就是跟英國持平，反正絕不比它差。乾隆五十年的時候，就是一七八五年，中國的國民生產總值GDP占世界的百分之三十二，歐洲佔百分之二十二，中國一國的國民生產總值比歐洲十一個主要國家，高十個百分點。乾隆五〇年，就是兩百年前，美國都已經有了，那時侯中國就牛成這樣了。

1 天朝上國初長成

清朝是異族入主中原，所以它更希望自己的統治要長治久安。為此，它在官制的設置上就採取了更加集權的措施，於清初中央設內閣六部、議政王大臣會議。

太監偷椅子

太祖皇帝攻打寧遠的時候，被明將袁崇煥用紅衣大炮擊傷，半年後，突然死去。太祖皇帝駕崩時，並沒有留下遺詔由誰來即位，後來是八貝勒皇太極承襲了汗位，但他承襲汗位之後，是與代善、阿敏、莽古爾泰一塊兒，四大貝勒共議國政。上朝時，皇上的那個台階上擺四把椅子，四大貝勒坐下來共議國政。後來代善主動說，我不行，你來。

代善是太祖皇帝的二子，長子褚英早死，代善就變成了長子。他德尊望重，年高德劭，後來封和碩禮親王。清朝有八個鐵帽子王，代善一家就出了仨，一個是他自己，禮親王，第二個是他兒子岳托克勤郡王，還有一個孫子是順承郡王。他功勞和輩分都最大，他對皇太極一謙讓，阿敏和莽古爾泰就也下去了，所以變成皇太極獨尊。但是這種八旗旗主共議國政的遺風尚在，最終威脅到了中央集權和皇權，「雖至尊無如之何」，議政王大臣會議作出的決議，皇上也沒轍。

所以為了加强皇權，到了聖祖康熙爺時，他設立了南書房；世宗雍正皇帝設立了軍機處。軍國大事，皇帝裁決；軍機大臣，跪受筆錄。宋朝以前，君臣是坐而論道，君臣上朝都坐著，因為那會兒也沒椅子，要坐也都是坐地上，坐著不是很舒服。皇上是有個座兒，大臣說是坐，實際上就是把屁股磕在腿上跪著，腳後跟兒還得挺直了，很不好受的。到了宋朝喜歡使用高桌大椅，君臣坐而論道，太祖就覺得不好看。一天宰相范質拿著一個文件要跟皇帝說事。太祖皇上說眼花，送到龍書案前吧。宰相就送到龍書案前。宰相一站起來，太監就把宰相的座給撤了。宰相回去一看那兒沒椅子，你也不能嚷嚷，我椅子呢，誰那麼缺德？有種出來我大嘴巴子貼你！宰相只能跟那兒站著，其他官員一看宰相在那兒站著，你腆個大臉坐著怎麼行，嘩啦嘩啦全站起來了，太監就把椅子全給撤了。有第一次之後群臣沒提什麼意見，第二天再上朝，椅子直接就不拿出來了，所以宋元兩朝大臣從此以後都是站著。

內宮五漢子

到了明清就改跪著了。今天皇上特高興，跟你單獨召見了六個鐘頭，你就得在地上跪六個鐘頭。如果是老臣，皇帝體恤老臣，賜氈墊，您跪墊子上。年輕人就得跪地上，那你膝蓋得好使，所以大臣上朝之前，護肘護膝都裹好了，那跪功得在家練，你跪一會兒暈了還成，像劉墉他爹劉統勳就是跪死的。當然也有説是上朝死在路上的。劉墉當老師愛遲到、早退，也不認真教書，也不看作業，所以皇上挺生氣的，看在你爹的面子上讓你教皇子，你怎麼那德行樣兒。

軍機大臣「跪受筆錄」，跪在那兒把皇帝命令記下來，然後以奉旨上諭的形式廷，寄出去。

不像電影裡演的那樣，真正那種「奉天承運，皇帝詔曰」的聖旨，一年發不了幾回。那得是大事，譬如立皇后啊，跟外國宣戰啊，選進士這些事，這才「奉天承運，皇帝詔曰」。一般就是「奉旨」或者「上諭」如何如何，軍機處起草。軍機處從它的設置上就能看出來，跟那個太監的值房一樣嘛。

故宮是前朝後寢。這個以乾清門廣場做分界線，然後太和、中和、保和、文華、武英這麼五組宮殿建築群，比較疏闊。前廣場三萬多平方米，可以舉行大型活動，這是辦公的地方。乾清門廣場後邊就是寢宮，東西六宮，然後中間也是三殿：乾清宮、交泰殿、坤寧宮，後邊是御花園。清朝從雍正皇帝開始，住在養心殿，皇帝平時都在養心殿辦公。

清門廣場東為景運門，西為隆宗門，都是五間三開門。景運門內北側排房為文武大臣奏事待漏值所，也叫九卿房，其南面朝北的房間是宗室王公的內朝房。隆宗門內北側排房為侍衛值房及軍機處，其南面朝北的房間是軍機章京辦公的地方。門對門五十米，一排小平房。晚上內宮一落鎖，宮裡只有五個男的，皇上，兩個太醫，兩個軍機章京。軍機章京就在軍機處值班，萬一夜裡來了一個緊急軍務怎麼辦？除了這五個男的，連成年皇子都不許進內宮，只能住在王府。如果沒有封王的話，就住在北五所。

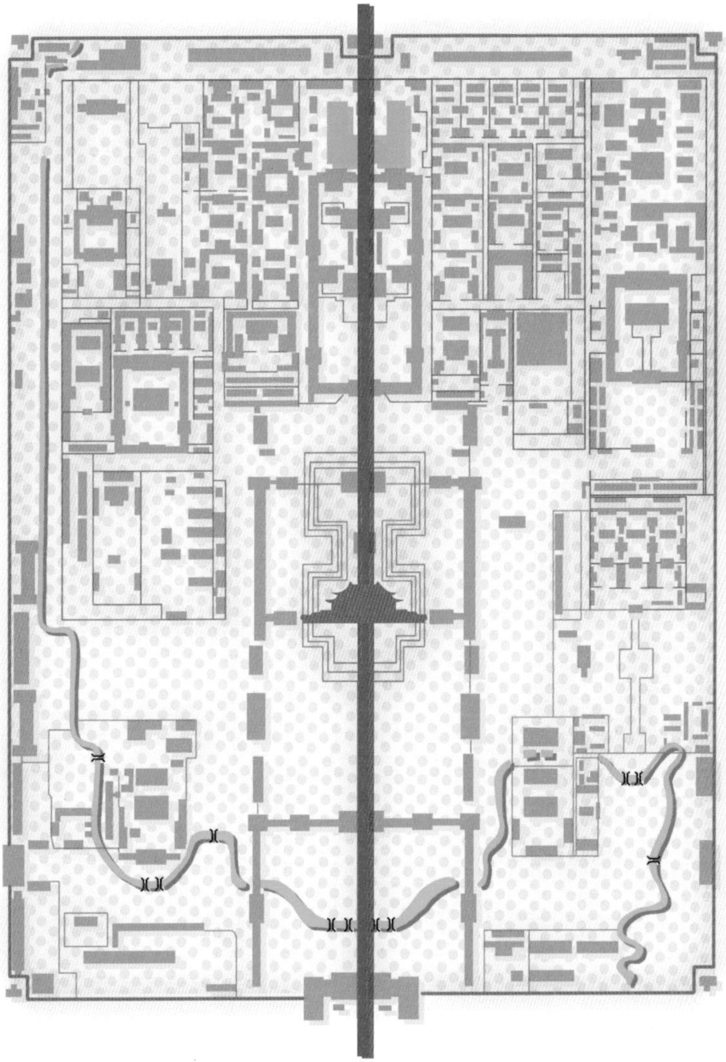

故宮平面圖

故宮舊稱紫禁城，是明清兩代皇宮，中國現存最大最完整的古建築群，一九八八年被聯合國教科文組織列為「世界文化遺產」。故宮占地七十二萬平方米，屋宇九千九百九十九間半，建築面積十五點五平方米。這個長方形城池有四角矗立，風格綺麗的角樓，牆外有寬五十二米的護城河環繞，形成一個森嚴壁壘的城堡。建築氣勢雄偉，豪華壯麗，是中國古代建築藝術的精華。

2 系統相容性最強的管理軟體

枕邊設軍機

軍機處有一個規定，不奉聖旨，擅入者斬。即使你是親王，不奉聖旨擅入，也得斬。

清末的時候，湖廣總督張之洞奉詔進京，商議官制改革。他走到軍機處，在台階底下，說什麼都不肯再往前多邁一步。張之洞那麼大的分兒，他都不敢邁一步。因為他不是軍機大臣，不能進軍機處。慶親王奕劻這幫人，他們是軍機大臣，就對張之洞說幹麼呢你？腿抽筋了嗎？快來呀來呀！哦對，突然想起來了，他們天天走習慣了，沒覺得進軍機處有什麼不合適。張之洞真懂規矩，因為世宗皇帝遺訓，沒命令你敢進來宰了你。

軍機大臣平時就在這地方值班，早上三點多鍾起來，就得到這兒來值班。皇上一般七點鐘起床，清朝的皇帝一個一個的精力旺盛，像康熙爺、乾隆爺整宿整宿不睡覺，觀書達旦，一晚上一晚上地看書，精力非常的旺盛。而且清朝的皇帝都勤政，那真是中國歷史上罕見的。清朝的皇帝基本上擱在以往的王朝都是不世出的聖主，比方說隨便拿出一個皇帝來（同治帝差點兒），把光緒皇帝擱到明朝，那都是有道明君。可惜他趕上的時候不好，鴉片戰爭。但你要對比著看，要是明朝那些皇帝趕上鴉片戰爭，咱就印度了，徹底變殖民地了。

清朝的時候軍機處都快設到寢宮裡邊了。寢宮裡邊住的是皇上、皇上家人，以及伺候皇上家人的人。這麼說來這軍機大臣的地位，其實跟宮女、太監還真差不多。本來軍機大臣相當於宰相，相當於相國，但實際上他的地位就低到和皇上大秘書差不多。皇上並不是每天都上朝，但卻每天一定要見軍機，這皇帝一說叫起兒，就是叫軍機。要所有人都來，六部九卿都來叫大起兒，把這幫人都叫來。所以清朝的時候，中央統治機構，軍機處就進一步得到完善。議政王大臣會議，名存實亡，到乾隆時撤銷，然後我國君主專制發展到了頂峰。軍機處一直到一九一一年才裁撤。

軍機處特別有意思，這麼重要的一個機構，在清朝，它卻不是法定機構，《大清會典》裡都不見記載。它這絕對是一個臨時機構。清雍正七年一七二九年，雍正皇帝因西北用兵軍情緊急，設立軍機房，三年後改稱「辦理軍機處」，簡稱「軍機處」。在軍機處任職者無定員，多時有六七人，由親王、大學士、尚書、侍郎等充任，稱之為「軍機大臣」，又稱「大軍機」。其僚屬稱「軍機章京」，通稱「小軍機」，掌繕寫諭旨、記載檔案、查核奏議等事。乾隆時定軍機章京滿漢兩班各八人，後增至四班三十二人。軍機處職掌每日覲見皇帝，商承處理軍國事務。

軍機處的設置，使中國專制主義皇權達到了頂峰。你們看電視裡面演和珅與紀曉嵐，紀曉嵐見皇上稱臣，和紳稱奴才。旗人稱奴才，漢人稱臣。能稱奴才的，那證明是皇上家裡人，這是愛稱。稱臣是皇上跟你見外，所以中國古代的君臣關係發展到了清朝變成了主奴關係。好像是乾隆爺的時候，想要漢人也稱奴才。這個漢官就是不幹，漢人面子比較重要，反彈得比較大。乾隆爺恨恨作罷，下了一道聖旨，意思是說，你們雖然稱臣，跟那奴才是一樣的，你別給臉不要。就那意思，說你咳嗽還真喘。

3 清風不識字，何故亂翻書

禍從筆端出

文字獄。

嚴酷的文字獄。朱元璋給人扒皮做成標本那個事兒，就屬於文字獄。從中國歷史上看，文字獄在清朝是達到了頂峰。古代文字獄，以清代為最甚。

清代的文字獄，目的在於壓制漢人的反抗。大清是異族入主中原，所以它比較害怕漢人的反抗。文字獄可以樹立清朝的權威，造成社會恐怖的作用，它禁錮思想，摧殘人才，阻礙社會進步。文字獄主要是康、雍、乾三朝，順治時也有，世祖七次，聖祖十二次，世宗十七次，高宗一百三十多次，乾隆的時候最厲害。像前兩朝，世祖、聖祖時候的文字獄，比如有一個著名的南山集案，有一個叫戴名世的知識份子，他寫了一本書叫《南山集》。《南山集》這本書後來被人看出有問題，問題就是清朝以後，還用明朝的年號，用南明的年號。因為大清入關之後，南明五個小朝廷又苟延殘喘了二十多年，其中以桂王朱由榔建立的永曆政權時間最長，永歷年號用了十八年。比如說，已經是康熙元年了，你的年號還寫永曆十八年。那就等於你不奉清為正朔，按照我們今天的話講，就是反革命宣傳煽動罪，類似於這個。

比如說，你寫一九五八年解放軍炮轟金門，沈重地打擊了國民黨反動派囂張氣焰，你得這麼寫。結果你書裡不這麼寫，寫民國四十七年國軍在金門抗擊共匪，完了。你站在什麼立場上？它就是這個意思。一九五八年中華人民共和國成立十年了，你還用民國年號，以台灣為正朔，這就肯定不行了。所以《南山集》案，被人告發，戴名世開棺戮屍滿門抄斬。清朝的法律是十六歲判死刑，比現在少兩歲，也不像史達林時期十二歲就判死刑。清朝的法律是十六歲判死刑。他的小兒子是十五歲，監斬官就說，你不夠歲數，你回去吧！不殺你。他說父兄皆已殉難，不願獨活，你就給我寫個十六歲，監斬官大呼，奇男子，寫上吧！十六歲，殺！留著也是禍害。

世祖、聖祖時候的文字獄，還多少都是這種性質。往後，世宗、高宗那就純粹是找茬，望文生義。就跟光天聖人那個感覺似的，望文生義。金庸先生的遠祖浙江提督學政查嗣庭，在出題的時候，用了這麼一句話，叫「維民所止」，這是《詩經》裡面的一句話，用這個做考題，結果雍正皇帝一看，你這個維加一點一橫，不就是念雍嘛！止加一橫不就是正嗎？所以你「維民所止」的意思就是雍正砍頭。好，查嗣庭處斬，全家流放三千里與披甲人為奴，幸虧沒滿門抄斬，不然就沒金庸先生了。所以你看金庸先生寫的武俠小說，無一例外反清復明。

其實明朝是中國歷史上最黑暗的王朝，皇上一個賽著一個混蛋。清朝雖然也殺過一些人，也幹過剃髮令這樣的蠢事，但卻是最聖明的王朝。順、康、雍、乾都是不世出的聖主，擱在哪朝比唐太宗都不次，尤其像乾隆爺在位六十多年，康熙爺六十年能那麼好，漢武帝五十多年，後面就不像樣了。唐玄宗四十多年就已經沒法看了。唐太宗幸虧是短，二十多年，他要是四十年不一定什麼樣呢！康熙爺六十年都沒出事，不但沒事而且越來越好，所以都是不世出的聖主，放到哪朝都是沒得說的。

但是金庸先生一寫就反清復明，這個初衷如果是站在恢復中華漢人之道統，那還好一點。你看《鹿鼎記》裡面描述的就是這樣，有個反清復明的天地會。其實那個天地會是清朝時候的黑社會，也就是後來三合會的前身。天地會自稱「洪門兄弟」，就因為明太祖朱元璋是洪武大帝，三合會的三合就是洪的三點水。反清復明屬於黑社會反對朝廷，這玩意兒不提倡也罷，更別說歌頌了，所以沒法看。但是這個事兒確實是很明確，他這麼幹是跟清朝有仇，我祖宗沒招誰沒惹誰，給咔嚓了！他祖宗不算大官，他祖宗是二品官，提督學政就是到朝廷放差，你出來做主管這一省的鄉試。

乾隆年間，禮部尚書是沈德潛。禮部尚書就是大官了，從一品大官。「詠黑牡丹」，這哥們兒也是作，你說你詠什麼色的牡丹不好，你非得去詠黑色的牡丹，「奪朱非正色，異種也稱王」，朱就是紅色，牡丹應該是紅的，你是黑的，所以你非正色，你是異種稱王，那讓大清一看這沒法不起疑心，擱咱誰看誰也覺得不對，奪朱非正色，朱是朱元璋、朱明王朝，你還說我異種，還敢說我們滿洲人是異種。沈德潛已死，開棺戮屍。你看這沈德潛也算死催的，你沒事兒你奪朱非正色，你不是討厭嗎？

內閣學士胡中藻作詩，也惹麻煩。內閣學士正二品，相當於今天的國務委員。他的詩裡面有這麼一句：「一把心腸論濁清。」這個很好懂，我能分得濁與清，結果高宗皇帝就是乾隆爺一看大怒：「加濁字於國號之上，究竟是何肺腑？」你幹什麼寫濁清，所以那會兒他要橫著寫不就沒事兒了，橫著寫也不行。你加濁字於國號之前，你究竟是何肺腑？所以你那玩意兒，怎麼著都不行，你這兒一把心腸論濁清，最後乾隆爺下旨，胡中藻腰斬，拿一個大鍘刀，攔腰咔嚓切成兩半兒，當時沒咽氣，可能這哥們兒神經末梢比較發達，都兩半兒了，還拿手指蘸著鮮血，連寫了七個慘字才咽氣，連寫七個慘。然後乾隆爺就問那個監斬官，說那哥們兒咔嚓兩半兒還寫字呢！乾隆爺一琢磨是稍微慘了一點，從此大清廢腰斬，不腰斬了，只砍腦袋就完了。腦袋掉了還寫字的人沒有，因為看不見了，往哪兒寫。

文字獄這麼一搞，那就人人自危了，不光是老百姓，朝臣人人自危。咱們前面講平定回部，平定紅花會那些叛亂，新疆平叛，立功最大的是定邊左副將軍兆惠。這個人是滿洲人，定邊左副將軍，開宴會，大家非常高興，這個兆惠功勞第一，文臣就拍他馬屁，舉起酒杯來給他敬酒：「但使龍城飛將在，不教胡馬度陰山。」話一說完，乾隆爺這臉色就變了，啪！拍案而起，那個官馬上就把帽子、頂戴花翎一摘，跪地上就磕頭，「臣罪該萬死」，磕得腦袋都裂了，血流滿面，乾隆爺才恨恨作罷。什麼叫「不教胡馬度陰山」？大清就是胡馬度陰山，你這話什麼意思？幸虧這個詩不是你寫的，你引用的古詩，你要自己寫的，那完了，就胡中藻了。

吃力不討好

你看四庫全書，他修四庫全書一個重要目的就是把這些書全都給弄掉，什麼胡、夷、狄、虜這種詞全不能上，全不能見，胡虜夷狄這詞你要上的話，那就是作。所以你想這麼一幹的話，中國人本來就對科技沒有任何興趣，那個玩意兒考試不考，考試只考四書五經，考試不考這個，對科技咱就沒興趣。

研究歷史容易出問題，你研究歷史，研究胡虜夷狄，容易出問題，寫詩也容易出問題，所以中國人只能研究，茴香豆的茴字有四種寫法，就研究這個。這個不犯忌諱，這個不怕文字獄，然後就考訂古字音。什麼青山石徑斜，應該念（Xiá），不能念（Xié），考訂古字音，只能幹這個，一下你跟世界先進的差距就拉大了。

所以現在的歷史，還有一個就是什麼考據學，反正我就忌諱這個。別人問我這個，煩的不得了，所謂考據學，就是考訂，我算出來秦始皇到底是哪天死的。你算他幹什麼？我算出來秦始皇到底是哪天兒死的，秦始皇他媽到底是誰。他愛是誰是誰，他媽是誰，他哪天死的，不影響他這個人統一六國。然後怎麼怎麼著，要是他換一個媽就統一不了六國了，那你研究去！我算出來秦始皇他媽到底是哪天死的，文天祥出使元營到底在哪幾天，有人就以這為能事，很多人研究就研究這個，著一本書，文天祥出使元營考，考什麼你考？這個就屬於文字獄遺風，要我說就是被嚇傻了，幹點有用的學問，這個玩意兒實在沒什麼意思！吃力不討好，和現在的八卦新聞效果沒什麼區別。這樣一來就阻礙了中國社會的進步和發展。

西方人在研究克卜勒定律、解析幾何、微積分，咱在研究茴香豆的「茴」字有四種寫法，你這一下差得太遠了。看道理要看大道，中國古代有太多值得學習的瑰寶，文學氣象、哲學理論、科學經驗，但那些人不好好做有用的學問，總拘泥於這些八卦的東西，那不是捨本逐末嘛。

4 窮得就剩下錢了

開明的政策

明清時期，統治者調整生產關係，鼓勵生產，經濟繼續發展。明清時期一直到鴉片戰爭，一八四〇年，中國的國民生產總值不是高於英國就是跟英國持平，反正絕不比它差。乾隆五十年的時候，就是一七八五年，中國的國民生產總值GDP，占世界的百分之三十二，歐洲占百分之二十二，中國一國的國民生產總值比歐洲十一個主要國家，高十個百分點。乾隆五〇年，就是二百年前，美國都已經有了，那時候中國就牛成這樣了。全世界人口超過五十萬的城市，只有十個，六個在中國，八個在亞洲，除了中國的就是日本東京，當時叫江戶，印度的馬德拉斯，歐洲就倆：倫敦、巴黎，剩下的全在中國，北京、南京、揚州、廣州、蘇州、杭州。所以中國當時的經濟發展水平還是世界之最，農民富裕程度也是世界最高的。這個原因就是因為統治者調整生產關係。

第一，明朝推行一條鞭法。這是內閣首輔張居正推行的。一般最早入閣的那哥們兒，就被稱為首輔。我進內閣十年了，你剛來，那當然你得聽我的。張居正就是入閣的時間非常長，等於是穆宗皇帝臨終的時候托孤給他。當時即位的神宗就是萬曆皇帝，又很小，他等於是太子太師輔政這樣的大臣，就是他在全國推行一條鞭法。將原來的田賦、徭役、雜稅，並為一條，折成銀兩，把從前按戶丁徵收的役銀，分攤在田畝上，按人丁和田畝的多寡來分擔。兩稅法按人丁徵稅，徵的是個人所得稅，是你的財產，這個徵的是役銀。就是說，你本來應該去服役，服徭役，現在你不去，按規定你可以納銀代役。服徭役是按人丁服，但是現在這個役銀也分攤在田畝上了，這表示人丁在稅收當中的作用就越來越下降。資產在其中的作用越來越上升。役銀按照人丁和田畝來分擔，這叫一條鞭法。它的作用是賦役徵銀，適應了商品經濟，然後農產品的商品化和資本主義萌芽。你得把這個農產品給賣了，你地裡長不出銀子來，你得賣了，賣了就有了銅錢，然後到銀莊兌換成白銀。這樣一來，促進了農產品的商品化，等於把農民推向市場，你必須跟市場發生聯繫，你不發生聯繫的話，除非地裡能長出銀子來，那是不可能的。

第二，納銀代役，保證農民生產時間，減輕農民負擔。農民對國家的人身依附關係有所鬆弛，這個跟前面講的兩稅法的意思其實是一樣的，你納銀代役，可以保證農民的生產時間，其實它不減輕農民的負擔。因為真正收糧食，農民的負擔可能輕，你收銀子，他的負擔可能會加重。如果豐產了，糧價就降下來了，它跟市場發生關係。這個是在調整賦稅制度。

到康熙帝，開始調整生產關係的第二點，康熙帝宣布原來明朝藩王土地歸現在的耕種人所有，叫做更名田，這解決了農民的土地問題。農民失去土地是因為土地兼併。在明朝的藩王們最能兼併土地，朱元璋本人就弄出二十五個兒子，這二十五個兒子，每個人再來上七八個兒子，這七八個兒子再弄上七八個兒子，你算算多少個。所以到了明朝末年，朱氏皇族有好幾十萬人，從朱元璋一家繁衍出來好幾十萬。明朝是只要皇子就封王，明朝得有多少個王爺？弄不好能趕上太平天國了，封王都封濫了。所以清朝除了開國的八家鐵帽子王之外，只有後來雍正爺封怡親王，是鐵帽子王。然後清末是恭王、醇王、慶王，三個鐵帽王，等於清朝一共就十二家王爺是不降爵的，別的王爺都是往下降，逐級下降，你是親王，你的兒子就是郡王，你孫子就是貝勒，曾孫就是貝子。親王降到鎮國公，郡王降到輔國公，就是一級一級地往下降，到輔國公就不再往下降了，往下世襲就是世襲輔國公，輔國公跟王爺的級別可就差得太遠了。你是王爺你住在王府，等你不是王爺的時候，你得從王府搬出來，自己找地兒住去。你們家四居室改筒子樓了，你就找地兒住去吧！所以清朝一般來講，一朝一個皇帝在位的時候，它王爺沒多少，十幾個了不起了，但是像明朝太多了，而且明朝又是把王爺封到別的地兒，清朝是弄到北京城裡不許出去，圈死在北京。所以你看清朝的王府全在北京，什麼鄭王府、豫王府全在北京。明朝王府全在外地，這朱氏子孫在外地待著置產業，兼併農民的土地。比如說，明神宗萬曆皇帝，他本身就貪財，沒事兒在皇宮裡挖一個大坑，埋銀子，他最寵愛他的兒子——福王朱常洵。他把朱常洵封到洛陽做福王，一次就賜給他四百萬畝土地，河南一共封給他四百萬畝。朱常洵跟他爸爸一樣，最後三百多斤一大胖子，結果李闖打洛陽的時候，洛陽的守將就跟朱常洵說，現在這個闖賊圍攻洛陽，重賞之下必有勇夫，您那麼多錢，估計他們家上億兩銀子的財產，您能不能拿出點錢來犒賞將士，將士們好跟闖賊玩命。朱常洵說我們家沒錢，我們家窮著呢！就有點舊家具，我賣了犒賞將士吧！氣得那個守將說您拉倒吧！一開門投降李自成了。然後李自成一進來，朱常洵你不是貪財嗎？行！這回讓你貪個夠，把金子燒化了，順嗓子眼兒往裡倒，就給他燙死了，燙死了之後就把朱常洵給剁巴剁巴，他不三百多斤嘛，正好剁巴剁巴！然後和著鹿肉，他是福王，那兒是鹿肉往下分。剁完了一塊，他的肉和跟鹿肉一塊分給大家吃，叫福祿（鹿）宴。老百姓恨不得食其肉，寢其皮，你弄得我們大家都沒活路了。所以這些王爺，全死了。尤其到了清朝，清朝表面上對明朝皇室很優待，給崇禎皇帝建陵什麼的，實際上逮著明朝王爺就得給弄死，朱氏子孫差不多都給殺光了，這些王爺占的地現在都在老百姓手裡，所以康熙爺宣布更名田，原來是福王的名，這個田，現在誰種是誰的，解決農民土地問題。所以為什麼農民擁護清朝，聖天子，太聖明了，同一個民族讓我們沒法活，還是異族讓我們活的不錯，那我們幹什麼不擁護異族？所以中國人沒有這種觀念，誰讓我活下去，我就擁護誰，老百姓都這樣。美國打薩達姆・海珊，你急什麼勁，你為了保衛薩達姆・海珊拼命，你不短路了嗎？你的命那麼不值錢？薩達姆・海珊給你什麼了？所以老百姓就是非常實在的。

更名田解決農民的土地問題。

第三，康熙爺規定，滋生人丁永不加賦人頭稅。以康熙五十年起作為固定人丁稅，康熙五十年，你們家十口人，從康熙五十一年開始，你們家就交十口人的人丁稅，到康熙六十年，你們家十八口了，還交十口，我們家剩七口了怎麼辦？我要也再交十口不就虧了嗎？我們家人口越來越少就越來越虧，這兒看來也有不合理的地方。

所以第四，世宗雍正皇帝一上台，雍正推行攤丁入畝。把丁稅平均攤入田賦中，人頭稅就廢除了。人頭稅從世宗皇帝的時候就不要了。這個錢也沒多少，三百三十五萬兩，朝廷當時稅收入四千萬，占不到十分之一了，所以咱就不要了，就跟咱們現在農業稅不要了一個意思，一共兩千個億，還沒有公款吃喝的錢多呢！要它幹什麼？不要了。自由市場的錢不也不收了嗎？自由市場那個什麼管理費也不收了，一百五十個億，一年才一百五十個億，開場奧運會多少錢？你何必跟這些窮苦人收，所以這個錢也不要了。這個錢你不要了以後，大街上擺攤的就少了，我犯得著在大街上沐雨櫛風嗎？我進大棚了。

地丁銀不要了，封建國家對農民的人身控制進一步鬆弛，隱蔽人口現象減少。你原來藏著掖著不就是怕朝廷收稅嗎？現在不收稅了，所以這一下隱蔽人口的現象就減少了。哥們兒不要錢了，生吧！康熙即位的時候，全國的丁額是二千一百萬，不是說人口，有好多不懂行的寫中國是兩千一百萬人口，不對！丁額是二千一百萬，那就是說還能算上老弱病殘，估計有個四千萬，康熙駕崩的時候已經過億了。乾隆二十來年的時候，就二億了，到乾隆駕崩的時候，已經三億了，到道光那會兒四點一億，占世界人口的百分之四十多。全世界十億，中國四點一億，那個時候的中國人更自豪，你現在不是占百分之二十嗎？那時候就已經占百分之四十，所以中國的巨大人口壓力，從那時候就開始形成了。攤丁入畝是一個很重要的事情，因為不要錢了，沒必要藏著掖著。隋朝四千六百萬人，到唐朝一下變成一千兩百萬，相當多的人就是藏起來了，漢朝更是如此，五千三百萬人，然後到曹操的時候，剩七百萬，我的天！原子彈也沒有那麼大的殺傷力。我估計可能有好多是隱匿起來了，這段時期以後就又出來了。

救國的玉米

農業生產的發展。

第一，棉花的種植。棉花種植能解決穿衣服的問題。在明代，推向全國，由江南向江北，那不就是推向全國了嘛。魏晉南北朝，南朝、梁朝的時候，印度佛教禪宗第二十八代祖師達摩東來，建立少林寺。中國禪宗的初祖，達摩祖師東來的時候帶了一件木棉袈裟，禪宗的聖物代代相傳。木棉袈裟，就是棉布，特值錢。中國沒見過，中國有錢人穿綢，窮人穿麻，沒見過木棉袈裟。在北宋的時候，開始在福建那一代種植，南宋的時候，南方普遍種植，但是北方還沒有。所以到了南宋統治時代，南方可以普遍使用棉布了，北方還是得通過互市，北方給馬，南方給棉，到了明朝就全國都能種了。中國的棉花應該是從印度這邊引進過來的，經過兩條路線，一條是從新疆過來，一條是從海南島過來。

最關鍵的是第二個：玉米與甘薯。明代引進的玉米與甘薯，在清代不斷地推廣。崇禎年間，開始在中國推廣。這東西如果早來中國二十年，明朝沒準就滅亡不了了，因為老百姓就夠吃了。陝北農民造反，就是因為沒得吃，你吃我兒子，我吃你兒子，只能是這樣，易子而食，換兒子吃。要不然就吃觀音土，吃土肚子脹，全脹死，那老百姓只能造反。要是玉米、甘薯來了，就沒事兒了。這個東西原產於拉丁美洲、墨西哥。那裡主要是西班牙的殖民地，西班牙還在亞洲的菲律賓有殖民地，菲律賓有大量的華僑。所以這個東西是西班牙人把它帶到菲律賓，菲律賓華僑把它帶回到中國，最早開始在福建種植，然後逐漸開始向全國推廣。福建這個地方多山，地狹人稠，耕地面積很少，就種這個。所以這樣一來，它的特點就是使貧瘠土地得到利用，糧食總產量大幅度提高。當時水稻一畝地四五百斤，小麥二三百斤，玉米怎麼著也得六七百斤，甘薯是一萬八千斤。就是不下雨，你也不用施肥，八千多斤，你再一下雨，風調雨順，再一施肥，一萬多斤高高的。這麼老粗的大白薯，你吃去吧！降血糖、降血脂，健康食品，那個玩意兒最好吃。甭管什麼樣的土地都可以種，不挑地方，都能生長，產量還那麼高。這種東西太適合咱們中國了。所以大清二百多年沒有農民起義，玉米、甘薯居功至偉，這個東西是最好的東西。所以它的作用，剛才說的第一點，土地得到利用，糧食總產量大幅度提高。

第二點，養活眾多人口，騰出更多土地種植經濟作物，然後是農產品的商品化。

第三個特點土地得到利用了，糧食總產量得到提高了，養活眾多人口了，緩解了人地矛盾，就穩定了社會秩序。清朝為什麼說將近二百年沒有大規模的農民起義，跟玉米甘薯的引種，玉米甘薯的貢獻大大的有關。沒有這玩意兒的話，一下子農作物產量上去了，老百姓能夠吃飽了，所以中國人口也就翻著來了。不要錢了，不生幹什麼？實際上在清朝的時候，人地矛盾大家都能看得非常明白了。康熙登基之初，人均耕地面積是二十五畝，到乾隆的時候就變成六畝了，到道光的時候就變成三畝了，今天連一畝都沒了。

所以那會兒就看得很明白，康熙就說這種話：「本朝統一以來，六七十年，百姓俱享太平，戶口日益殷繁，分一家之產，供數家之用，豈能家給人足。」但是他們當時沒有辦法，也不懂計劃生育，人口增加的結果就是巨大的矛盾，給中國造成的壓力一直到今天。中國社會財富的增長跟人口的增長不成比例。而且更關鍵的是，中國經濟欠發達地區的人增長得特別多，北京、上海人口出生率，尤其是上海，比歐洲都低，負增長，北京也是負增長。但是北京人口卻年年增加這麼多。中國這塊土地，頂多是養活六億七千萬人，這是最合適的，現在已經多一倍了。

第三，清代前期經濟作物的種植面積擴大。為什麼能種經濟作物呢？不是因為我們有土豆白薯了嗎？我們省出地方來了，所以我們能夠種植經濟作物了。面積增加，形成一些專業性的生產區。比如說豐台花鄉，我就產花，蜜蜂吃花，我這個花種出來是賣的，交換的。

5 見光就死的資本主義

手工業進步

明清時候，手工業進步很快。

第一，生產工具。紗綢機，這是手工業生產工具。

第二，生產技術。雙色套印，彩色印刷品。以前印刷品都是黑白的，這個時候出現了彩色的，彩色印刷品開始出現。

第三，分工。你比如「織造尚松江，漿染尚蕪湖」，松江的布織得最好的，就是上海，然後你這個布要去漿染，蕪湖最好。它有分工了，松江這個地方，我就管織布。織完了布要賣出去，然後蕪湖那兒管染，這是商品經濟。

第四，規模產量的問題。這裡面講了一個廣東佛山的冶鐵業。佛山是黃飛鴻的家鄉，中國南北兩個武術之鄉，河北滄州，廣東佛山，這兩個地方據説家家習武，武術中心。這個地方原來也是冶鐵中心，北宋大鐵獅子多少噸，都是滄州弄的。冶鐵完了之後，人就習武，就練練刀。你弄出一把刀，給顧客表演一下，一耍就把自己手指頭切了，那誰買你的刀？

第五，資本主義生產關係。資本主義生產關係這個問題，現在學術界是有爭論的。中國的資本主義生產關係，到底是不是這個時候產生的，是有爭論的。一般認為明朝中期以後，以生產商品為目的的紡織業興起，它生產出來是要拿出去賣的。比如蘇州，最早產生資本主義萌芽的地方，蘇州出現以絲織為業的機戶，開設機房，雇用機工。機房就是工廠，機工就是工人。所以機戶就是早期的資本家。機戶出資機工出力，這就是資本主義生產關係，雇用關係。明代，蘇州機工的狀況是「郡城之東，皆習機業，工匠各有專能，匠有常主，計日受值」，最能體現它的資本主義生產特點的是「計日受值」，拿日薪。「無主者黎明立橋以待」，地上擺一個小牌，裝修。黎明立橋以待。「若機房工作減，此輩衣食無所矣」，如果機房的工作停了，這幫人就失業了。這跟今天的工人感覺是一樣的。所以這就出現了資本主義萌芽，機戶出資。當然很多學者對這個事嗤之以鼻。《史記・陳涉世家》裡陳涉就「與人傭耕」，人家出錢，讓陳涉幫他種地，能說秦朝出現資本主義萌芽嗎？有雇用就是資本主義，宋朝普遍都是雇用關係。

資本家漸多

第二點是清代資本主義的發展。

明朝的資本主義發展就是在絲織業，就是在江南，要是再小範圍點兒說，就是在蘇州。到了清代工廠規模大了，分工細了，部門和地區多了。北京門頭溝的採煤都有資本主義萌芽，在清代得到了進一步的發展。

明清時期中國商品經濟發展的規模是很大的。但即便有資本主義萌芽，發展的速度也非常的緩慢，始終在萌芽狀態徘徊，未能進入工場手工業階段。咱們學過世界史都應該聽說過簡單協作，到工場手工業，再到機器大生產，是這麼一個發展的脈絡。清朝整個生產未能進入到工場手工業階段，自給自足的封建經濟，仍然占主導地位，原因是封建制度的阻撓。農民極端貧困，無力從市場上購買手工業品。其實中國今天也一樣。你抵制日貨，抵制美貨，人家不害怕，人家這貨主要靠本國人買。人家的沃爾瑪百分之八十五的營業額是在美國，不是在中國。日本的產品主要是日本人買，中國的產品主要是外國人買。所以人家也可以抵制中國貨。不買咱的鞋了，襯衫、襪子、褲衩都不要了，東南沿海的經濟肯定受影響。買什麼孟加拉的那個更便宜，買那兒的，突尼西亞的，那做的更便宜，那兒勞動力更不值錢了。越南等很多的國家跟咱們構成競爭了。為什麼背心、褲子、襪子這些東西不能賣給中國人？現在什麼都漲吧，物價什麼都漲，唯一不漲的就是工資。今天的中國農民更是，貧困，無力購買，二十九吋的彩電已經都跌破一千元了，還是賣不出去。

地主和商人將賺來的錢買房置地，嚴重地影響手工業的擴大再生產。地主商人，掙完了錢，買房置地，那就造成了資金短缺，「以末致財，以本守之」。末是商業，本是農業，我經商發的錢財我幹什麼？我買房，我買地，我得幹這個。以本守之，這個玩意兒，多來錢啊。所以今天中國的前一百個富豪裡面，五十一個是搞房地產的，剩下十幾個是賣假藥的，什麼腦白金啊，什麼鱉精了，是幹這個的，沒有一種是像比爾・蓋茲這種幹高科技的。這個房子，你買的時候只花了三千，賣的時候一萬五，賺多少啊，這個房價達到了二十年以後才應該達到的水平，人均兩萬美元應該達到的水平。現在北京市一個月掙兩萬是高薪了，二環之內，你只能買一個馬桶。一平方米兩萬，這不就是一個馬桶嗎？原來能買一個廁所，現在一個馬桶，連一個澡盆都買不起。澡盆一平方米擱得下嗎？你兩萬塊錢在北京，一個月掙兩萬，買個一平米，這不是開玩笑嗎？這個房價就是炒的，「以末致財，以本守之」，那些個土財主給炒的。山西的、浙江的土財主就都來了，都拿著錢，一下子就上來了。這個影響手工業的擴大再生產，有了錢就幹這個。為什麼山西老礦難，老出事啊，土財主拿錢幹這個了，他不會說想著去改進工人的安全、煤礦的安全、先進的採煤技術啊，他不會幹這個。這個賊礦主心比炭黑嘛。

封建國家設立關卡，對商品徵收重稅，嚴格限制手工業生產規模，政府不支援你發展手工業，沒有政策，所以嚴格限制這種規模。

朝廷實行閉關，禁止或限制海外貿易。不是說沒有，但是這個規模是非常小的，有限的。所以這個造成對外無交流。

為什麼中國資本主義發展緩慢？無市場，無資金，無政策，無交流。

本國不行的話，你往外國發展也行啊。賺洋人的錢也不行啊？不行，不允許，不允許民間私自跟外國人交往，只能是廣州一地通過十三個洋行，這是等於官辦性質的洋行，跟洋人買賣。洋人要跟中國人做買賣也必須通過十三行，不能跟中國的商人私下進行交易。所以《南京條約》賠款兩千一百萬銀元，這兩千一百萬銀元是什麼錢呢，商欠六百萬，鴉片煙六百萬，軍費九百萬。這個鴉片煙這六百萬不應該給，那個軍費那九百萬不應該給，商欠那六百萬就應該給人家，是歷年十三行欠的錢。我收的洋人貨不給錢，你告，你告我，我是誰啊，我正五品，你告我，現在人家老大來了，你乖乖地給人家，你歷年跟人家做生意，你欠人家的錢，所以這個東西是不平等條約，不平等條約裡面的規定並不一定都是不平等的。

外國公使進北京，他該進北京，兩國建立外交關係，你不讓人家使節進北京哪行？你該進北京。不能說咱們跟法國建交了，跟法國遞國書，你找那個臨省的省長，這個不合適。那時候都找兩廣總督，你兩廣總督，你地方官憑什麼管國家外交的事情？所以中國當時，民族資本主義發展始終是萌芽狀態，就因為政府的重重阻撓。說穿了就是因為中國幾千年一直奉行這樣的經濟政策——重農抑商。咱們講商鞅變法的時候，重農抑商有積極意義，有進步意義。到這個時候明顯對中國的經濟也好，社會的發展起阻礙作用了，雍正皇帝就明確這麼講嘛，「市上多一工作之人，即田中少一耕稼之人」、「朕觀四民之內，士之外農為最重」，士農工商。所以你不能做工，不能去經商，都給我老老實實種地，種地一輩子不出村，這多好管啊。所以說朝廷重農抑商，你這個商業根本就甭想發展起來，你資本主義經濟根本就甭想發展起來。

明清時期商業的繁榮。區域間長途販運貿易發展較快。第一，比如說中國傳統商業。傳統商業有兩大商邦組織：晉商、徽商。一個是山西，一個是安徽，他們把貨物販向全國。晉商一直到恰克圖，到俄羅斯做買賣。第二，北京和南京是全國最大的商貿城市。說明中國的商業還是跟政治靠得很近，靠近政治中心的。政治中心是商業的一個中心，還是這個意思。第三，商品經濟向農村延伸，江浙地區以工商業著稱的市鎮興起，原來就是一個小村，因為工商業發達，慢慢變成了市鎮。這種趨勢明清的時候開始出現了，尤其是在江浙地區，這些紡織啊什麼的就很多。再往下就是中國古代的城市化，這個農村變成城市，這個是講中國的內部經濟，對內的經濟的這種特點，商業的特點，對外經濟就不行了。

6 身纏重病，自我隔離

國家抑鬱症

清政府實行閉關。

其實我們看中國古代一直是非常開放的。就是說從明朝開始，因為倭寇猖獗，就開始閉關鎖國，其實主要是皇上老兒太能作。下西洋七次造出去六百多萬兩銀子，所以這事不能再幹了。你看看人家哥倫布，人家老哥，三艘小貨船，弄回來多少東西，咱們可倒好，那麼多船，撒出去那麼多錢，這不是作嘛！不能幹了這事，不能幹了就開始閉關鎖國。中國淨幹這種缺心眼的事。

中國閉關也就是四百多年，以前都是對外開放。那個宋朝最喜歡外國人來，外國人來幹什麼啊，給錢啊。這個宋高宗就講：「廣南市舶，利入甚厚，提舉官宜得人而久任，庶蕃商肯來，動輒百十萬緡，皆寬民力也。」動輒百十萬緡，動不動掙百八十萬，所以皆寬民力。提舉官宜得人而久任，所以廣東那邊的提舉官，海關關長，要用好人，這個人要用好了，讓他幹的時間要長一些，像阿拉伯人蒲庚壽就幹了半個多世紀了。所以那個時候，你想北宋朝那麼點的疆土收入是明朝的十倍。南宋還是明朝的六倍，那錢哪來的啊？所以說宋朝是中國歷史上最偉大的時代，最可愛的時代。有的人說中國的資本主義萌芽就是在那個時代產生的。清朝絶對是閉關鎖國。閉關的意思是禁止國人出海，限制外商來華。

中國人是絕對不允許出海的，出海就是漢奸。你家從香港給你寄封信來，完了，你有特務嫌疑。換成今天，倍兒高興，拿著到處顯擺去。那會兒特嫌，有海外關係了，這還了得？禁止中國人出海，出海了都是刁民，不許還鄉，還鄉就處死。然後限制外商來華。來了之後只能去廣州。

洋人來中國最需要中國的產品就是茶葉。茶葉主要產在福建，你要是從福建直接就裝船出海多省事啊，不行，得挑著，翻過五嶺，然後來到廣州，然後再從廣州出海，那個茶葉就爛了。你想這個成本一下子就高出去了。所以洋人在五口通商的時候弄了一個福州，就是想在那地方趕緊把茶葉給運走了，那多便宜啊。你弄到廣州，這運費成本一下子就上去了，這十三行盤撥一下，可人家不幹麼，所以這樣一來的話，造成了中國跟世界的隔絕，越强大的這個時代，對外就越開放，越落後的時候就越封閉。你越强大的國家越對外開放，我越充滿了自信。洋人來看中國，天朝上國，有錢。

鼓勵殺華僑

孫中山先生推翻滿清的那個時候，他的支持者裡面相當大的一塊兒是華僑。華僑身在海外，跟大清沒有那麼深的仇，就是說，你人在海外才知道背後有一個强大的祖國給你撐著，那玩意兒多來勁兒。我感覺，一個國家不應該讓人覺得你有多可怕，而應該讓人覺得覺得你有多可愛，跟一個人一樣，怕你有什麼用？你剃一個光頭兒，胳膊上刺著一條龍，上車的時候給你讓座，你還挺得意是吧，一看就是剛放出來的，這個剛出來的，八年有期徒刑，有人給你讓座，那是都躲著你，怕你，有什麼用。所以華僑他為什麼支援中山先生，因為他在國外，本國政府太不拿他們當回事了，不但不拿他們當回事，還拿他們當叛徒漢奸。

西班牙人占了菲律賓，菲律賓有很多的華人，在菲律賓當地就起義了。菲律賓在西班牙的總督就下令屠殺，一殺停不住手，沒想到殺那麼多，前後殺了兩萬多華人。西班牙總督嚇壞了，他就派人渡海啊，去見明朝的兩廣總督報告這件事，對不起啊，我們殺錯了，咱們能不能商量這件事，我們賠錢。結果把這個事報上去之後，一年就沒回信，兩廣總督忘了這個事了。後來想起來了，菲律賓還有件事呢，報告了京師給皇帝，一年多之後，朝廷聖旨到，賞賜這個西班牙總督，兩萬兩白銀！你不是殺了兩萬多中國人嗎？賞你兩萬兩白銀！他們都是天朝的叛徒，這都是漢奸啊。你不是漢奸你跑出去幹麼？你殺他們，乃為天朝除殘去穢也，幹得好，殺一個獎一兩白銀。

人在海外，祖國不但不保護他們，還助紂為虐，你想這朝廷我要你幹什麼啊？我們去馬來西亞看當地的最大的那個華人的墓園，那個三寶山墓園，都是華人的墓園。墓碑上都是皇明什麼什麼年間，嘉慶多少多少年，都是用中國的這個紀元，實際上還是以中國為祖國，我是大明的臣子，大清的臣子，只不過我們那個地方不好活，福建，浙江沒法活，我只能到這個地方來謀生。這邊好活，沒什麼人，地又大，一種就能發，我在這邊謀生。但是祖國在中國，可是我的祖國這麼對待我，你想我能不想推翻這個朝廷嗎？

7 吉祥三寶的作用

修建明長城

明清時期是統一多民族國家的發展。

第一，就是明清時期的民族關係，有一個重要內容是中原王朝對邊疆地區的管轄。主要就是說從這麼幾個地方：蒙古、新疆、西藏、東北、台灣。清朝是我國統一多民族國家最終形成、版圖最終奠定的時候。

明清時期統一多民族國家的發展特點。第一是中央同邊疆地區的關係空前加强。第二點是中國版圖的奠定。版圖，咱們講過疆域跟版圖的不同，疆域更多的是一種控制勢力範圍，版圖跟今天的概念一樣了，這個最終奠定，是在清朝的前期。

首先看跟蒙古、新疆的關係。第一個明代草原上的蒙古族分韃靼跟瓦剌。一三六八年，朱元璋繼皇帝位，派大將徐達，領兵北取中原，當時朱元璋發表的討元檄文裡面就有這麼兩句：「歸我者永安於中華，背我者自竄於塞外。」你要是聽我的，你就在中國待著，不聽我的就自竄塞北。等於就是對元朝網開一面。你願意走你就走吧，所以元朝的末代皇帝順帝妥歡帖穆爾率文武百官就逃離了大都，出建德門北逃，逃到元上都，後來在應昌病死。他的兒子，愛猷識理答臘繼位又當了八年皇帝，這就是元昭宗，昭宗死了後傳給平宗。等於元朝被明朝趕走了之後，他的帝位一直還是在往下傳，歷史上稱為北元，大概有三十多年的時間，傳了五代皇帝。然後呢第五代皇帝就被人家給幹掉了，這幫人就開始搶，回到了成吉思汗統一以前的狀態。但是全蒙古一直有一個統一的大汗。

元朝這個名字是一直保留的，因為元朝皇帝本身就是雙重身份，對中國人來講是元朝皇帝。對蒙古人來講，他是蒙古大汗，所以他一直保留了。必須由成吉思汗的後裔來出任大汗，所以成吉思汗的後裔成為黃金家族的原因就是必須由他們的後裔來出任大汗，一直傳到皇太極時代，最後的蒙古大汗，林丹汗第三十五代蒙古大汗被皇太極給滅了。這個黃金家族傳了四百多年，到此才算結束。

所以有人就講，明朝實際上就是中國歷史上第三次南北朝。第三次南北朝，因為蒙古人他們被打跑了，他還控制著蒙古的草原，大沙漠，隨時南下，所以說蒙古人分為韃靼、瓦剌，威脅明朝的北疆。明朝中期，為防止蒙古而修長城，明長城東起鴨綠江，西到嘉峪關，綿延一萬多華里，折合六千多公里。現在我們一說長城就是山海關到嘉峪關，那山海關以東那會兒也是有長城的，可能大清入關之後就拆得差不多了。所以它不但防蒙古，長城還把建州女真擋在了關外，所以綿延一萬多公里。

這個長城，你得到的第一印象是明長城比起秦長城來更靠南，所以明皇朝為什麼把皇城遷到北京來啊？天子戍邊啊，皇上給你當警衛員來了，皇上來守大門。一般部隊都集中在邊境和首都，這多好啊，把首都擱邊境上，所以部隊全集中在邊境，也就集中在首都了，一舉多得嘛。所

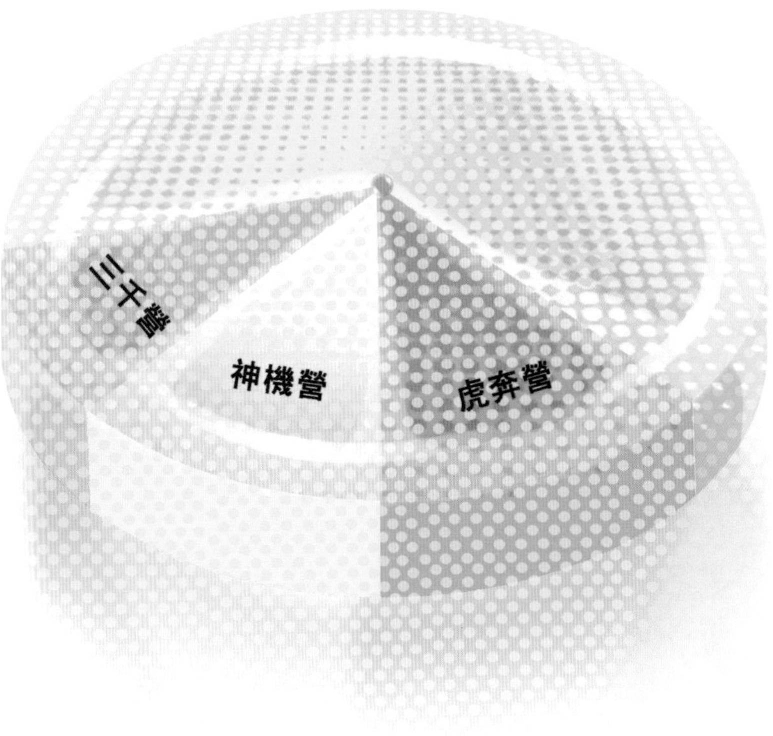

北京城明軍隊分配圖

當時的北京城，光三千營、神機營、虎奔營這三大營就占了明軍總兵力的將近三分之一，就將近五十多萬的軍隊，所以它既能保衛京師，又能戍守邊疆。

以當時的北京城三大營就擁有五十萬軍隊，三千營、神機營、五軍營，光這三大營就占了明軍總兵力的將近三分之一。它既能保衛京師，又能戍守邊疆。你像北京吧，往北走不了就是長城了，昌平不就是長城？居庸關，那個八達嶺算遠的了，昌平就能看見了。那兒往北就是說蒙古人說來就來的地方了，所以明朝修這個長城很管用。

與蒙古修好

瓦剌騎兵打到了北京，瓦剌是蒙古的別部，後來勢力逐漸發達起來，他是臣服於韃靼的，但是後來勢力強大起來了。瓦剌在一四五三年，就是說明朝建立不到八十年的時候，瓦剌也先騎兵南下。明英宗皇帝，率五十萬大兵應戰，京師三大營全部調回去了五十萬大兵應戰，在河北土木堡，被兩萬瓦剌騎兵打得全軍覆沒，當然由於宦官王振瞎指揮造成的，明英宗本人被俘。這個就是歷史上著名的「土木之變」，跟那個「靖康之變」有一拼了。皇上都被人逮著了，皇上都被人逮著，所以蒙古首領也先自稱大元天聖可汗。他就是想恢復大元江山，率十萬大兵南下，直抵北京，進行了一場氣壯山河的北京保衛戰。

明朝歷史上是兩次北京保衛戰。還有一次就是崇禎二年，後金入關，袁崇煥，袁督師舉行那個北京保衛戰。第一次北京保衛戰的指揮官于謙，兵部尚書于謙，他指揮的北京保衛戰，打敗了蒙古人。明英宗被俘之後，于謙力主立英宗的弟弟，成王監國，後來繼位就是明代宗，年號叫景泰，所以北京有一種工藝品叫景泰藍，明代宗景泰年間形成。景泰皇帝繼位的時候呢，明英宗還在蒙古草原上喝羊奶呢。蒙古首領也先這個人也算不錯，一看皇上沒什麼用，不但沒殺，還給送回來了，他送回來之後就是讓你們哥倆搶唄，明英宗回來以後，被關在南內。明代宗短命，他沒活過他的哥哥，明朝皇帝基本上沒有一個長壽的，短命，七年就死了。結果代宗斷氣之前，這個宦官和大臣就擁立明英宗復辟，即「奪門之變」。英宗復辟，第一個殺的就是于謙，說我當年在草原上喝奶，你立主，立我弟弟，差點給我喝死在那兒。所以我不管你與江山社稷有功，我報私仇，第一個把于謙給殺掉了。後來于謙也埋在了西湖畔，跟岳飛埋在一塊兒，岳于雙少保，就是說他們有少保銜，岳少保、于少保都埋在那兒。

然後英宗復辟，所以明朝一共是十六個皇帝。太祖的孝陵在南京，建文帝設陵，遷到北京的是十四個皇帝，昌平是十三個陵，缺代宗的，就是景泰皇帝的這個墳。因為英宗一復辟就把他降封為王，埋葬在玉泉山。現在是一個航天部的大院，他那個墳頭是門球場，一幫老幹部在那兒打門球。等到了英宗的兒子憲宗繼位，比較厚道，我叔叔好歹做過七年天子，又把他的墳給改建了，比如說那個綠琉璃瓦，換成黃瓦，但是地兒沒變，還是在那兒，規模比較小，那是個王陵嘛。今天除了一個碑亭什麼都沒有了，都被盜了，東西早就沒有了。

瓦剌被于謙一打敗就衰落了，之後韃靼興起，韃靼的俺答汗與明朝修好。然後這樣一來的話兩族開始和平共處。這個蒙古人啊也真是沒怎麼長進，入主中原將近一百年，回到草原上連冶煉都不會，所以蒙古人的生活必需品完全要靠中原給提供。他又沒有，他每一次南下的目的就是搶東西，一口鐵鍋在草原上能夠值黃金百兩，否則的話沒法煮肉。你老烤串那個費勁啊，那個玩意兒沒法煮肉，所以鐵鍋和所有的鐵器都特稀有，鍋還好說，我不行我烤串。刀怎麼辦啊？你不能拿木頭削尖了幹啊，箭頭這玩意兒不成啊，所以說蒙古人打仗就為了這個。後來明朝跟俺答汗倆人一合計，你也別打我了，我乾脆給你東西不就完了嘛。你不就是要鐵要鹽嘛，你給我馬，給我奶製品，什麼三鹿的蒙牛的都行，你給我點這個，不就結了嘛，所以雙方就友好了，呼和浩特城就是俺答汗修建的。

第二個是明末清初的清蒙關係。

蒙古分為漠南、漠北、漠西三部。漠南蒙古就是今天的內蒙古，漠北蒙古就是外蒙古，漠西蒙古呢就是新疆的北部。新疆看著挺大的，一百六十萬平方公里，一個蒙古自治州就四十八萬平方公里，首府在庫爾勒。所以南疆要是鬧的話，他要建立伊斯蘭共和國，蒙古人肯定不幹啊，我們大喇嘛往哪擱？你要建立伊斯蘭共和國，他肯定不幹。其實塔吉克、烏茲別克不鬧，獨立了，照樣是少數民族，中國現在以漢族為主，是少數民族，維吾爾族為主的話我們還是少數民族，在哪都是少數民族我們鬧什麼勁啊？

十七世紀中期，這就是康熙爺在位的時候，漠西蒙古的準噶爾部噶爾丹叛亂，你到了蒙古國，就有噶爾丹的雕像，人家是民族英雄。咱們一看是叛亂，民族分裂分子。然後清軍平定噶爾丹，咱們這一邊皇帝換了仨。聖祖康熙爺兩次御駕親征，當年三藩之亂，整個長江以南都被吳三桂占了，聖祖爺都沒有親征，說派兵點將，一看這蒙古造反，這事不得了，聖祖兩次御駕親征，而且讓自己的兩個哥哥，康親王傑書，恭親王福全都跟著他，一塊兒去，而且他有一個哥哥還在戰爭當中戰死了。一六九〇年，在內蒙古烏蘭木通大破噶爾丹，離京師七百里，第二次一六九六年，大破噶爾丹於昭莫多，兩次戰役之後噶爾丹戰死。他的這個侄子，策妄阿拉布坦繼位接著鬧，策妄阿拉布坦死了之後，他的兒子，噶爾丹策零接著跟咱鬧，他死了之後，傳到他的兒子又

清朝跟蒙古的關係

清朝在下面，蒙古在上面。蒙古分成漠南、漠北、漠西三部。
平行對比，漠南蒙古就是今天的內蒙古，漠北蒙古就是蒙古國。漠西蒙古就是新疆，確切說是北疆，新疆的北部。

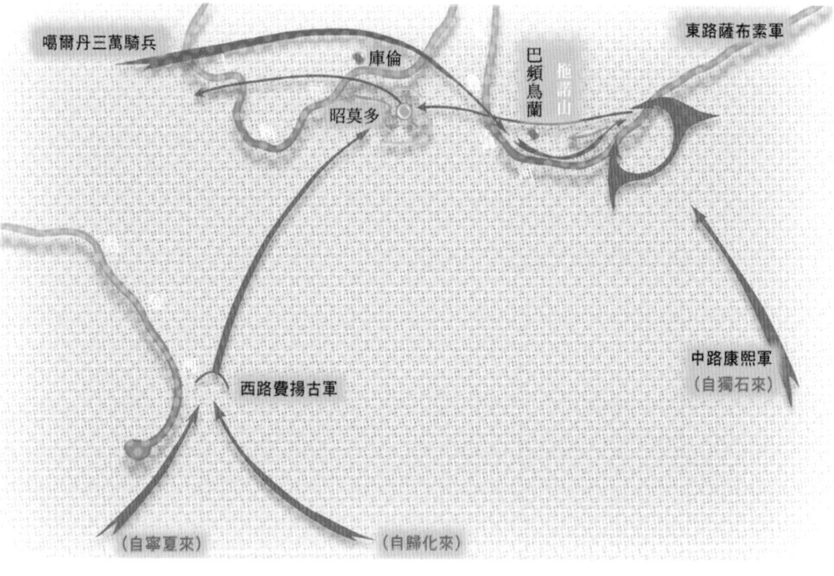

康、雍、乾三代平定漠西蒙古

康、雍、乾三代，花了七十年的時間，才把這個漠西蒙古給平定下來。

鬧，等於那邊換了四代，這邊到乾隆爺的時候，三代，康、雍、乾三代，花了七十年的時間，才把漠西蒙古給平定下來。

然後第三，清在烏裡雅蘇台設將軍，掌握蒙古的軍政大權。烏裡雅將軍的治所在庫倫，今天的烏蘭巴托，蒙古人的首都。

清蒙關係的第四點。西遷伏爾加河下游的漠西蒙古。土爾扈特部在渥巴錫率領下，擺脫沙俄統治，回歸祖國。他跟準噶爾是一部的，準噶爾漠西蒙古一共是四部，準噶爾、杜爾伯特部、土爾扈特部和碩特部，一共四部。準噶爾强大起來就欺負那三部，所以杜爾伯特部遠走漠北，和碩特部奔青海，土爾扈特部奔歐洲，走太遠了，沒停下來。到了歐洲，伏爾加河下游，當時那個地方，處於無人區嘛，他明朝的時候去的，那個地方屬於無人區，他在那就建立了汗國，發展得挺好。結果俄羅斯帝國强大起來就開始壓迫他們，你得交稅，你得給我打仗去，你得忠於沙皇，你得說俄語，你得信東正教，所以他們不堪忍受。在渥巴錫可汗的曾祖，阿玉奇可汗在位的時候，他就派人繞道西伯利亞走了一年，來到北京，朝見聖祖皇帝，聖祖非常高興，派內閣學士圖理琛回訪土爾扈特，繞道西伯利亞走了一年。圖理琛學士不辱使命，走遍了每一戶蒙古牧民的帳篷，宣講黨的民族宗教政策，說你們在這是二等公民受人欺負，回國不得了啊。朝廷素崇黃教，最看重的就是藏傳佛教了，蒙古人都是信仰藏傳佛教了，而且我們的皇后都是蒙古格格，皇后裡面有蒙古人，有滿人，哪有漢人啊？漢人可以做嬪妃，但是不能做皇后。說你看皇后除了蒙古人就是滿人，所以諸位回去就是國舅爺。你看這個國家，這幫人就特想回家，可惜陰差陽錯，一下子又等了百十來年。那邊可汗換到了這個渥巴錫，這邊皇帝換到了乾隆爺。當時俄國在位的，是俄國歷史上的最著名的葉卡捷琳娜，就是女沙皇，是一個德國女人，嫁到俄羅斯做沙皇，她跟彼得大帝一樣享有大帝稱號，沙皇就他們倆享有大帝稱號，連年對外戰爭，她就是擴張欲望強烈。土爾扈特部四萬青壯年，為俄羅斯帝國戰死沙場。跟土耳其人，跟波蘭人，跟瑞典人打仗，戰死沙場，再打下去，土爾扈特部就滅了，沒男的了。一大幫說俄語吃魚子醬長大的土爾扈特部貴族，在聖彼得堡念書，準備用他們回來管理土爾扈特部各部，那土爾扈特部就被同化了。

這個渥巴錫可汗一琢磨這個事兒不能這麼幹了，必須得回去，得回國。因為土爾扈特部人散居在伏爾加河兩岸，所以渥巴錫可汗決定，在冬天伏爾加河結冰的時候，兩岸的部眾會合，一起東歸。結果那一年是暖冬，伏爾加河遲遲不上凍，而土爾扈特部人要走的消息已經傳開。這個葉卡捷琳娜大帝派奧倫堡元帥率四萬俄軍晝夜兼程趕往土爾扈特部。再不走就來不及了，所以渥巴錫可汗，忍痛拋下北岸的九萬部眾，率南岸的十七萬部眾萬里東歸，這十七萬人是吃奶的孩子、八十的老頭都有，然後趕上勒勒車，上面是臉盆什麼的，什麼沐浴液全帶著，舉族東遷，俄軍在後面緊追不捨。所以這個渥巴錫可汗沒辦法，就派自己的弟弟策伯克多爾濟率九千勇士斷後，最後策伯克多爾濟和這個九千勇士全部戰死沙場，十七萬部眾東歸，到達中國境內的有四萬三千人，也就是說，比那個兩萬五千里長征還長。

你想從歐洲回來，那個地方天上無飛鳥，地下絶人煙，那大沙漠什麼的，盤古開天地以來沒人進去的，他們第一波進去，所以乾隆皇帝非常高興，所以給他們在北疆劃出了最豐美的牧場，在這居住。像這個渥巴錫可汗都是朝廷封為親王，世襲罔替，一直傳到這個民國的時候吧，末代這個親王曾經當過郭音巴楞蒙古自治州的副州長。所以你想這個土爾扈特部，他們在那麼困難的情況下，萬里東歸，向著祖國，太陽升起的地方，說明我們這個民族，凝聚力和向心力。十七萬回來四萬三，留在北岸這些人呢，後來就被俄羅斯帝國給同化了，這幫人今天還在俄羅斯境內叫做卡爾梅克人，卡爾梅克人就是在土爾扈特的另一種翻譯。卡爾梅克人在沙皇時代，就是騎士嘛，為這個沙皇當兵打仗。「十月革命」勝利之後，他們就不受待見了，和哥薩克一樣，被看做是反黨的代表。史達林集團統治蘇聯的時候，搞農業集體化政策，所有的牧民都要入社，但是土爾扈特部人視馬是自己的生命，你把他們家馬拉走入社，他們不幹，就組織起義，遭到了史達林集團的清洗。等到德國人打過來的時候，這個卡爾梅克人就為德國人服務，組成了一個卡爾梅克騎兵軍，專門幫助德國人作戰。等蘇德戰爭德國失敗了，卡爾梅克人就整族被史達林集團流放到了中亞，幾乎遭到了種族滅絕。可能是赫魯雪夫以後，才回到這個伏爾加河下游，包括這個車臣人都是這麼一回事。所以他們今天和俄羅斯打仗就是這個原因，因為歷史上遭到了他們的壓迫。

調兵入新疆

天山南麓回部貴族，大小和卓叛亂。

那個香妃娘娘就是小和卓的媳婦，清軍平定繳獲了之後，獻給乾隆爺的，香妃實際上是戰利品，這個是第一點。回部是維吾爾人，因為咱們把伊斯蘭教叫回教，信奉回教的都叫回部。第二，就是清設伊犁將軍，管轄包括巴爾喀什湖在內的整個新疆地區。

下面來看跟這個西藏地區關係。第一個，明稱西藏為烏思藏，人家西藏人自稱就是吐蕃啊。元朝時候歸宣政院轄地，明朝稱西藏為烏思藏，設立衛所。明朝軍隊編制實行「衛所制」。軍隊組織有衛、所兩級。一府設所，幾府設衛。衛設指揮使，統兵士五千六百人。衛下有千戶所（一千士兵），千戶所下設百戶所（一百士兵）。各府縣衛所歸各指揮使司都指揮使管轄，各都指揮使，又歸中央五軍都督府管轄。明朝在烏思藏設立衛所駐軍，建立僧官。法王最高。所以說金庸先生後來把金輪法王改為金輪大王了，法王這個稱呼從明朝才開始有，宋朝那時候沒有法王嘛。你要是在西藏的話，僧人、喇嘛的地位最高，喇嘛就是指師。

漢傳佛教，你到廟裡燒香燒幾炷啊？三炷啊，佛、法、僧，或者是一炷是敬佛。到雍和宮藏傳佛教燒四炷，佛、法、僧、上師，還要給自己上師燒香。你不懂你燒三炷也無所謂，藏傳佛教分成四大派。噶舉派就是所謂的白教，今天不丹王國信奉噶舉派的特別多。最古老的一派是寧瑪派，就是紅教，當年的蓮花生大師傳下來的。元朝的時候勢力最大的是薩迦派的八思巴國師，寺廟院牆上畫三種花紋，象徵觀世音、金剛手、大勢至三大菩薩，所以叫花教。明朝以後勢力最大的是格魯派，格魯派又叫黃教，今天的藏傳佛教，絕大多數都是黃教。明朝永樂年間，青海塔爾寺的高僧宗喀巴大師創立了黃教，雍和宮大雄寶殿的後面是法輪殿，法輪殿正中供奉的就是宗喀巴大師。宗喀巴大師圓寂之後他的兩個徒弟繼承了他的衣鉢，代代相傳。這兩大徒弟後來就是達賴、班禪這兩大系統。所以在西藏，佛爺的地位最高——達賴、班禪，所以你把佛爺們安撫好了，這老百姓就好了。

到了清朝，五世達賴來京朝賀，順治帝賜予他達賴喇嘛的封號。這個稱號最早就是俺答汗給他的，達賴就是蒙古語大海的意思。到了順治皇帝的時候，正式承認他是達賴喇嘛，那封號長著呢：「西天大善自在佛所領天下釋教普通瓦赤拉呾喇達賴喇嘛」。最後四個字達賴喇嘛，大海上師，賜他金印，然後把冊封的聖旨刻在金版上，金冊金印。在清朝，金冊金印是冊封皇后的，所以這個達賴的地位相當於皇后。達賴喇嘛進京坐皇帝的轎子，皇帝把自己轎子給他。見皇上兩個人對坐，以右為上首，皇上坐右邊，他坐左邊。王爺什麼的都在底下站著，甚至是跪著。皇帝的大爺在底下跪著，達賴在這坐著，所以就是非常尊重他嘛。他的那個轎子就是在那個西黃寺放著，也就是今天安外大街，藏語系高級佛學院那個地方。達賴的轎子平時不用，等他來京的時候專門給他用。達賴、班禪，專門坐這個皇轎。康熙帝又冊封了這個五世班禪，就是一、二、三、四世全都是追認的。

今天的達賴喇嘛是十四世，在西藏的班禪喇嘛是十一世，大概跟這個年齡可能有關，因為連著幾個達賴都二十多歲就圓寂了，所以這個他轉世比較快。佛爺走得太急了。班禪、喇嘛轉世比較難。按照藏傳佛教的說法，達賴是觀世音菩薩轉世，班禪是無量光佛，無量光佛就是阿彌陀佛，未來佛。等覺是羅漢，等覺正覺是菩薩，等覺正覺無上覺，三覺圓滿才能成佛。達賴主持前藏，以布達拉宮為自己的駐節地。班禪主持後藏。以日喀則的紮什倫布寺為駐節地。

這兩個高僧，等於都是清朝皇帝冊封的，前面的都是追認的。然後到了世宗雍正皇帝時代，清朝設立了駐藏大臣，跟達賴、班禪，共管西藏。到乾隆的時候，有一個更有意義的事，就是確立了這個金奔巴瓶制度，就是說這個金瓶掣簽。因為活佛在圓寂的時候，你要去找他的轉世靈童。那個活佛圓寂的時候，轉世靈童有很多徵兆。他要觀那個聖湖，看了聖湖以後，這個聖湖裡要顯示這個靈童大概在這個村子什麼樣。然後你就要滿西藏地去找，青海，西藏你要去找，甚至去到康巴區的，就是說四川、甘肅的藏區去找，找這個村子什麼樣，找到這個之後，我覺得這個村子可能長得差不多，一找找好幾個村子，好幾個村子裡面都在活佛圓寂的時候有嬰兒降生，這幾個都是靈童，你也不知道活佛到底轉在誰身上了。都是靈童就一塊兒來吧。這個三大寺嘛，就是說拉薩地區的三大寺，甘丹寺、哲蚌寺、色拉寺，三大寺的喇嘛挑選這個轉世靈童，挑完了之後，誰的勢力大我找的那個就是靈童，其他的就是該放羊就放羊去。其他人不服就會出現問題，爭執，甚至說有一次這個西藏的這個拉藏汗勾結尼泊爾廓爾喀人，血洗拉薩，最後乾隆爺派兵，福康安大將軍。把他們給打跑，征服了這個廓爾喀，把他們給打跑了，這才保住了這個他們西藏。所以乾隆爺一看，說這個事不能折騰了，給你們一個瓶，大家怎麼樣，抽籤，抽出來誰，誰就是靈童，沒抽出來那幾個就是該幹麼幹麼去了。這個藏傳佛教是四大活佛，西藏是達賴跟班禪，內蒙古是章嘉活佛，外蒙古是哲布尊丹巴活佛。哲布尊丹巴活佛已經不能轉世了，因為蒙古在，蒙古人民革命那會控制了嘛，一九二四年蒙古獨立，哲布尊丹巴活佛就不轉世了。末代章嘉活佛後來去台灣了。

8 改土歸流是主流

土司壽終日

西南地區和雲貴川地區，出現改土歸流的問題。

明朝在西南少數民族地區，沿襲元朝的辦法，任用當地少數民族首領世襲土司長官。西南地區在元朝是歸雲南行省管轄。朝廷雖然在雲南設立行省，但是它這個行省底下，各民族地區，都是這些少數民族的頭人們世襲。

雲南到今天都是這樣，雲南是我國少數民族最多的省份，二十六個少數民族。它不叫雲南什麼族自治區，就因為它族太多了，要是把名字都冠上去，天氣預報的時候雲南就不用報了。二十六族自治區，沒法這麼說。雲南省底全是各民族的自治州，比如大理白族，西雙版納傣族。所以雲南都有土司，包括被征服的大理王朝的段氏，在雲南世襲總管府的總管，跟行省的丞相是並立的。

另外朝廷要派梁王去坐鎮雲南，所以雲南那個地方很不好弄。一直到洪武二十年，朱元璋二十年，明軍才算平定雲南。蒙古的梁王令匝剌瓦爾密投降，這個雲南才算被平定。平定雲南之後，太祖開國的功臣——沐氏世守雲南。你看《鹿鼎記》裡面，韋小寶的一個老婆就是沐家的後代。土司的特點就是世襲，實際上成了一個小王國，但是它那個對中央不會構成什麼威脅，太小了，就一個村、半個村那麼大。所以土司就是這麼回事。

第二點就是永樂年間，貴州成為省一級單位，兩個土司，當時叫宣慰司叛亂，結果永樂年間朝廷出兵平叛。平叛了之後，就取消了宣慰司的建制，這個地方就變成了朝廷的直屬郡縣。由朝廷設官員，設省管轄，這樣的話貴州成為了省一級的行政單位，這個被稱為「改土歸流」，土是土司，土司是世襲的。流是流官，朝廷派來的官員，有任期的，不是世襲，不是永遠幹下去，是有任期的。所以這種改革被稱為「改土歸流」。土它就固定了，流就得流動起來，像水似的流動起來。所以這種東西叫「改土歸流」。

流官紛起時

明朝畢竟改土歸流的地區有限。所以絕大多數地方仍然還是實行土司制度。到了清朝三藩之亂，康熙皇帝平息叛亂，為大規模的改土歸流就創造了條件。這個三藩之亂怎麼回事，大家可能清楚。當年太祖皇帝崛起關外，跟明朝打仗。以七大恨，誓師伐明，出兵兩萬，連下遼東七十餘城。關外土地幾乎全都被占領了，結果就是一個小小的寧遠城，擋住了八旗軍前進的腳步，因為袁崇煥用紅衣大炮，炮傷清太祖，所以造成太祖皇帝含恨而終。太宗皇帝繼位元之後，就認識到了火炮的厲害。因為明朝打仗，不跟清朝打野戰，只要一打野戰，肯定全軍覆沒，八旗勁旅馬上功夫是沒得說的。明朝就憑城用炮，我據城不出，你進攻我就開炮。

清朝幾次打北京也打不下來，寧遠都打不下來，更別說北京了，就想學這個火炮怎麼做。這個時候幾個明朝的降將，耿仲明、尚可喜和孔有德歸順清朝，教會了清朝人使用火炮。這樣一來的話，等於清軍大軍入關，這三個人的功勞是非常大的，所以這三個人都被加封王爵。在中國古代兄弟叔伯子侄可以封王，皇帝的兄弟叔伯子侄，他小舅子不行，他外甥也不行，必須得是與天子同姓。那這幾位，甭說不是跟天子同姓，都不同族。所以這三個人被封王，平南王、定南王、靖南王，封了這三個王，很特殊。

後來吳三桂歸降，吳三桂的功勞就更大了，如果沒有吳三桂開城納款的話，就沒有大清入主中原，所以他被封為平西王。後來定南王孔有德在跟張獻忠餘部作戰的時候殉國，四個漢人的王爺就變成了三個。孔有德的女兒孔四貞孤苦伶仃，被孝莊文皇后收養，封為和碩公主。這是清朝唯一的漢族公主。大清入關之後，因為八旗兵力畢竟有限，江南潮濕水熱，八旗兵也不適應，於是就讓三個漢族降將，鎮守邊陲。耿氏守福建，尚氏守廣東，吳三桂鎮守雲南。結果他們勢力太大，對中央集權構成威脅。天下財富半入三藩，一年三藩要花一千萬兩銀子。朝廷才兩千萬，它花一千萬，自己委任官吏，自己招募軍隊，這不就是一個獨立王國嘛。

聖祖爺繼位之後，他在柱子上寫了三件事兒，他念念不忘的三件事兒，三藩、台灣、河工，一個是平三藩，一個是收台灣，再有一個就是修黃河，寫了這三件事兒。聖祖爺沖齡踐祚，八歲承繼大統，天縱聖明，十六歲擒鼇拜親政。二十歲的時候削藩，這三藩就反了。當時耿氏已經是傳到兒子輩了，尚氏已經傳到孫子輩了，只有吳三桂還是他本人，老傢伙比較能活。叛亂之後一開始說反清復明，他這個反清復明明顯是扯。南明最後一個皇帝永曆帝，桂王朱由榔，就是被他從緬甸逮回來，然後在昆明十字坡用弓弦勒死的，等於末代皇帝是你勒死的，你還反清復明，所以他這個反清復明沒什麼人相信。

只有台灣那個鄭成功的兒子，鄭經派了點兒兵，騷擾一下福建，讓大清給打回去了，也就不了了之。朝鮮想起兵回應吳三桂反清復明，但是兵還沒等練出來呢，吳三桂就失敗了。這樣一來，聖祖爺平定三藩歷時八年。三藩一平定，就為大規模地改土歸流創造了條件。在後來世宗雍正皇帝在位的時候，雍正皇帝就是大量委派流官，代替了土司，等於雍正皇帝時候的改土歸流基本上完成。到了清乾隆年間，四川的大小金川彝族叛亂，乾隆爺又調兵平定叛亂。你們今天如果去香山植物園看到裡面有很多碉樓，就跟汶川地震震塌的碉樓相似，那裡有那麼多碉樓就是當年為了平定大小金川。因為大小金川主要是羌族、彝族，他們這幫人住碉樓，清軍將士不會打，所以在那一比一的比例，建了碉樓，然後搞軍事演習用。檢閱西山健銳營靠軍事演習，包括團城演武廳，都是當年為了練兵。好幾個旗都在那，八旗在那邊駐防。

改土歸流，加强了清朝中央政府對西南少數民族地區的統治，改變了當地落後閉塞割據紛爭的狀態，促進民族間經濟文化交流，有利於統一多民族國家的鞏固和發展。

9 海賊王蠢蠢欲動

鄭氏收台灣

剩下的就是東北和台灣的問題。

第一點，我來說說台灣。明末荷蘭占領台灣，荷蘭實際上是世界上第一個典型的資本主義國家。當時它的商船隊的總數占世界的三分之一，號稱是海上馬車夫，所以它的海軍力量非常强大。它先是占領了印度尼西亞作為殖民地，然後北上占領了台灣。因為中國政府對台灣疏於管轄，台灣在當時荷蘭人的眼裡是無主荒地。

元朝有一個澎湖巡檢司，看年看月地上去看一眼，看不看誰也不知道。等再看的時候，已經被人給占了。荷蘭人占了台灣之後，當時台灣歸屬於荷蘭的巴達維亞總督府管轄。巴達維亞總督府一年的收入是三十萬荷蘭盾，二十萬來自台灣，可見台灣經濟的發達。另外荷蘭人在台灣用荷蘭字母，幫助當地少數民族創造自己的文字，讓當地少數民族信奉基督教，等於在台灣進行了三十多年的殖民統治，直到康熙元年。

第二點，就是清初在東南沿海抗清的鄭成功，打敗荷蘭，台灣回到祖國。鄭成功他爸爸叫鄭芝龍，是當時東南沿海第一大海盜，手下三千多艘海盜船，屬於鄭氏海上王國。

三千多艘海盜船，那會兒你要在東南沿海做生意，你這個船上必須要插鄭芝龍的旗幟，一看你這個船上有鄭老大的旗幟就沒人敢截你，但是你得交保護費。所以鄭芝龍富可敵國，東南亞各國一提起鄭芝龍都知道。鄭芝龍的母親是日本人，鄭成功是一個中日混血兒。他七歲回到中國，開始脱下和服，穿上儒服，學習漢語，中國把他看做是民族英雄，在日本也把他看做是民族英雄。日本人當年占台灣的時候就是這麼説的，歷史上我們就占過你，鄭功成最起碼有我們一半吧！

後來鄭芝龍被朝廷招安了。那會兒明末很多反賊都被招安了，招安之後做了總兵官，水師總兵官。思宗烈皇帝煤山殉國之後，南明建立了很多小政權。其中鄭芝龍扶植在福建的唐王朱聿鍵，建立了唐王政權。所以唐王政權建立之後，鄭芝龍官居太師。你想他本來就是一個海盜，粗鄙無知，皇上又是他立的，他跟皇上面前什麼表現？據説夏天上朝光著膀子去，都不穿朝服，在皇上面前翹著二郎腿坐著，滿嘴的粗話。而鄭成功是受過嚴格的儒家思想教育，忠君愛國，他是非常懂這一套的，所以他對皇帝恭敬有禮，皇上非常感動。説你看你跟你那個賊老子真不一樣，簡直不像你爹。可惜我沒有公主，不然的話，我一定招你做駙馬。那這樣得了，我認你做乾兒子，賜之國姓，你可以姓朱。鄭成功本名叫鄭森，是皇帝給他改名叫成功，反清復明一定成功。封延平王，因為在明朝，王爵的一字王是親王，兩字王是郡王，所以有的時候書上寫成延平郡王，實際上一回事。封為延平王后讓他到外地招兵抵抗清軍。

清軍大軍南下，鄭芝龍流氓本性發作，把皇上一捆投降清朝了。當時鄭成功在外地練兵，不知道這件事兒。消息傳來，鄭成功吐血昏厥，醒過來之後，命人在軍營當中豎起一杆大旗，上書四個字「殺父報國」。忠孝不能兩全，但忠國是大義，所以我得為國盡忠，殺父報國，跟我爹決裂。他爹一開始很被清廷很重視，封為公爵，然後就讓他不斷地給鄭成功寫信，勸鄭成功投降。鄭成功每次看他爹的信一來，撕毀來信，斬殺來使，連著幾回，朝廷失去耐心，就把他爹也殺了，基本上他們家全給斬了。

如此一來鄭成功就更沒有後顧之憂了，反正你不就是拿我爹要挾我嗎？現在我爹死了，行，於是開始大舉反攻。據說鄭成功勢力最大的時候，他聯合浙江的魯王朱以海政權，兵臨南京，十七萬大軍打到了南京。

南京是明朝的故都。去孝陵衛祭祀明太祖，當時鄭成功意氣風發，全軍將士穿白掛孝：「縞素臨江誓滅胡，雄師十萬氣吞吳。試看天塹投鞭渡，不信中原不姓朱！」下一步就準備打過長江去，結果中了清朝兩江總督的緩兵之計。兩江總督說我可以投降，我也是漢人，但是按照我們大清的軍法，守城滿九十九天我再投降，家屬才不被害，所以你等我。鄭成功心腸軟，就等，這一等，人家趁夜劫營，結果十七萬大軍基本上就全軍覆沒。

鄭成功逃回到了福建沿海的根據地金門、廈門這兩個小島。今天廈門是咱們的特區，金門還是由台灣駐守著。這兩個小島要養活十萬軍民，那根本就不夠。這個時候台灣來人請國姓爺出兵，收回台灣，拯救台灣百姓。鄭成功非常高興，毅然決然，率千艘戰艦，兩萬大軍渡海，一下子把台灣給收回來了。

第三點，鄭氏祖孫在台灣發展農商，提倡文教，保境安民。

鄭氏子孫他不但收復台灣，關鍵他還建設台灣。幾十萬大陸人移民到了台灣，陳水扁他們家比那時還要晚，他是十八世紀移過去的，他們家原來是福建仙遊的。經過鄭氏的治理，台灣就發展起來。

但是問題又來了，鄭成功收復台灣，建立反清復明的基地。所以這個形式跟今天就非常一樣了。當時全國都是清朝，只有台灣是明朝。他不奉大清正朔，仍然使用南明永曆的年號，永曆皇帝都給勒死了，他仍然用永歷年號。明朝那五個小朝廷裡面，最後一個是魯王朱以海，魯王政權就飄到了台灣，但據說也被鄭家軟禁起來了，實際上等於是鄭家占了台灣，以延平王的身份統治台灣。

朝廷幾次派人去談判，去招降。談判跟我們今天提的政策是一樣的，一國兩制，只要台灣奉大清正朔，剃髮改元易服，就這三個條件。剃髮，改元，用大清年號，你別永曆多少年了，得是康熙多少年。易服，把你的長袍脱下來，換成我們的馬褂就完了。別的不管，鄭氏子孫世守台灣，朝廷不派兵，不收稅，司法權不用到北京，就跟現在共產黨提的都一樣。

鄭成功收回台灣之後，半年就病死了，他兒子鄭經繼位，鄭經給朝廷上表，願照朝鮮、越南等外國例，稱臣納貢，這個説白了就是要搞台獨。因為你台灣是中國領土，跟朝鮮、越南不一樣。朝鮮、越南在歷史上也是中國領土，但是畢竟它很早就已經分出去了。朝鮮在漢朝就分出去了，越南在五代十國就分出去了，既成事實，這個台灣不行。所以你要按照朝鮮、越南等外國例，稱臣納貢，這個朝廷是不能接受的。

既然談不通就只能打了。

小島入版圖

鄭成功收復台灣後，台灣在鄭氏子孫統治下，經歷了鄭成功、鄭經、鄭克塽三代。鄭經在三藩之亂的時候起兵回應，結果被朝廷打敗了，打敗不說，連金門、廈門也都丟了，等於在沿海就沒法立足了。清廷命施琅進軍台灣。

台灣納入了清朝版圖，施琅是鄭成功的部將。當年得罪了鄭成功，被鄭氏滿門抄斬。所以他孤身一人投降了清朝，念念不忘要收回台灣，對清廷忠心耿耿。後來他收回台灣之後，攻到了台灣島上做的第一件事兒，就是去拜祭鄭成功的陵廟，就是拜祭先王。你當年殺我全家，我不記仇。鄭氏子孫都嚇壞了，當年先王殺他全家，他這一打勝仗，我們鄭氏滅族了肯定是。因為當時鄭克塽是十一歲還是十二歲，鄭氏肯定滅族了。沒想到他第一件事兒就去拜祭先王的陵廟。而且特別感人的就是康熙皇帝為鄭成功廟親題輓聯：「四鎮多異心，兩島屯師，敢向東南爭半壁；諸王無寸土，一隅抗志，方知海外有孤忠。」四鎮多異心，就是說當年明朝四個總兵，擁兵百萬，其中寧南伯左良玉擁兵七十萬，結果清軍南下不戰而降。要不然的話，以江南之富，半壁山河，百萬大軍，比當年宋高宗草創南宋那個時候的條件好多了。南宋撐了一百五六十年呢，哪能那麼快就讓人給滅了，就因為四鎮多異心。只有鄭成功兩島屯師，金門、廈門，敢向東南爭半壁。諸王無寸土，你那五個小朝廷，福王、唐王、桂王、魯王無寸土。一隅抗志，方知海外有孤忠。只有台灣一隅向清朝抵抗，證明海外有孤忠。等於清朝皇帝高度評價鄭成功的抗清行為。按說這是典型抗拒祖國統一的罪人，等著被我們解放吧！結果你看皇帝怎麼看，可見康熙皇帝的大氣。

台灣收回來之後，大多數清廷官員主張放棄，空其地，把上面的人全遷回大陸。當然漢人遷回來，別的族愛怎麼著怎麼著，自生自滅。空其地，不要那個地方，那個地方咱們管不了，蠻荒煙瘴，值不當管。大多數大臣是這個建議。

還有大臣主張租給荷蘭，一年十萬兩銀子，那鄭成功可就白幹了。這個時候只有施琅力排眾議，堅決要求把台灣收回來。台灣為東南七省門戶，如果台灣不保，則東南動搖。東南又是朝廷財政收入的主要來源，東南不保，動搖國本。所以最後聖祖皇帝拍板，說台灣定則海疆定，海疆定則東南定，東南定則天下大定，所以一定要把台灣給收回來。

一六八四年，清設台灣府，隸屬福建省。當時台灣並不是一個單獨的省，而是一個府，歸福建省管轄。一八八五年中法戰爭之後建省，首任台灣巡撫是劉銘傳，大清巡撫劉銘傳。一八八五年就已經很晚了，當時是一府三縣，隸屬福建省所轄。

張學良將軍後來有一首詩評價鄭成功：「逆子孤臣一稚儒，填膺大義抗強胡。豐功豈在尊明朔，確保台灣入版圖。」他給收回來之後，清朝再從他手裡收回來。這個就名正言順，確保台灣入版圖。

流氓闖空門

然後是東北地區的對外關係。

雅克薩反擊戰。

明清之際，清軍主力進關，東北空虛。俄國趁機強占了雅克薩和尼布楚。俄國本來跟我國並不接壤，但是歷代沙皇不斷擴張，好像就喜歡打仗，喜歡擴張，對土地有一種特殊的執著。關鍵是占了土地之後，他也不好好守，不好好建設，就一味地擴張。特別是當時西伯利亞地區是無人區，於是他們就派出探險隊來探險。探險隊是由殺人犯、縱火犯、盜馬賊、强姦犯這些人構成，你們是服刑，還是去探險？那他們當然願意探險了。

一個叫博雅科夫的小流氓，帶著七十個流氓進入中國境內探險。那是在一六四三年，大清入關的前一年。結果這個博雅科夫帶著七十多流氓進來，還沒有遇到軍隊，就被鄂倫春獵人一陣亂箭，射死一半。剩下的人困在冰天雪地裡沒得吃，沒得吃就吃人，吃同伴和被他們殺害的中國人的屍體。中國人看到被他們吃剩下的屍體嚇壞了，這是什麼東西？居然吃人？所以俄羅斯被咱稱為羅刹國，俄羅斯人被稱為羅刹人。世宗雍正皇帝在位的時候，俄羅斯有使團在北京，他們修建東正教教堂。這個教堂被稱為羅刹廟，就在今天的東直門俄羅斯大使館那個位置，是世界上占地面積最大的大使館。

清軍入關，滿洲人一共就百十來萬，這一入關走了百分之八九十。清朝又非常不自信，在清朝統治時期，東北幾乎就是無人區。它沒人管，又不允許漢人去東北，因為清朝擔心有朝一日我還得退回來。我萬一在中原站不住腳，我還會退回來。退回來的話，不能説東北這個地方全被漢人占了，那我就偷雞不成蝕把米。這樣政府有意製造的無人區，後來就讓俄羅斯撿了便宜，全給占了。占了之後，等到清朝自己的事兒解決得差不多了，就要求他撤，不撤的話，就給你點兒厲害嘗嘗。

大敗羅剎鬼

康熙帝命清軍兩次進攻雅克薩俄軍，俄國被迫同意談判。

一六八五、一六八六年兩次進軍，大清是牛刀殺雞。第一次俄軍八百，我軍一萬五。第二次俄軍兩千，清軍三萬。沿江而下，讓你看看什麼叫大國，什麼叫天朝上國，打的俄羅斯最後沒辦法了。因為它主要力量在歐洲，不在遠東，所以沒辦法只能跟清朝談判，這一談判，中俄兩國經過平等協商，簽訂了第一個中俄邊界條約《尼布楚條約》，從法律上肯定了黑龍江、烏蘇里江流域，包括庫頁島在內，都是中國領土。

根據中俄《尼布楚條約》，中俄兩國的東段邊界，以格爾必齊河、額爾古納河和外興安嶺為界，格爾必齊河、額爾古納河以東，外興安嶺以南屬中國。這兩條河以西，外興安嶺以北屬俄羅斯。那麼按照這種劃分，大家可以明顯地看到，黑龍江完全是中國的內河，跟黃河、長江、淮河一樣，今天成了兩國的界河。俄羅斯管它叫阿穆爾河，實際上當時它是中國的。

外興安嶺今天叫斯坦諾夫山脈，那個時候它也是中國的。庫頁島叫薩哈林島，也是中國的。當時大清在廟屯設立三姓副都統管轄庫頁島。三姓副都統五十年才派人上島看一次。上島一看，北邊是俄羅斯人，南邊是日本人，等於那個無主荒地全都讓人給占了。今天島上的石油儲量是相當豐富的，七萬一千平方公里，相當於台灣和海南島加一塊那麼大。

也就是說，在大清統治時期，我們東北地區也是靠海的。當時中國東北是靠著兩個海，一個是日本海，一個是鄂霍次克海。現在出海口完全在俄羅斯手裡，東北出海就出不去了。我們要從

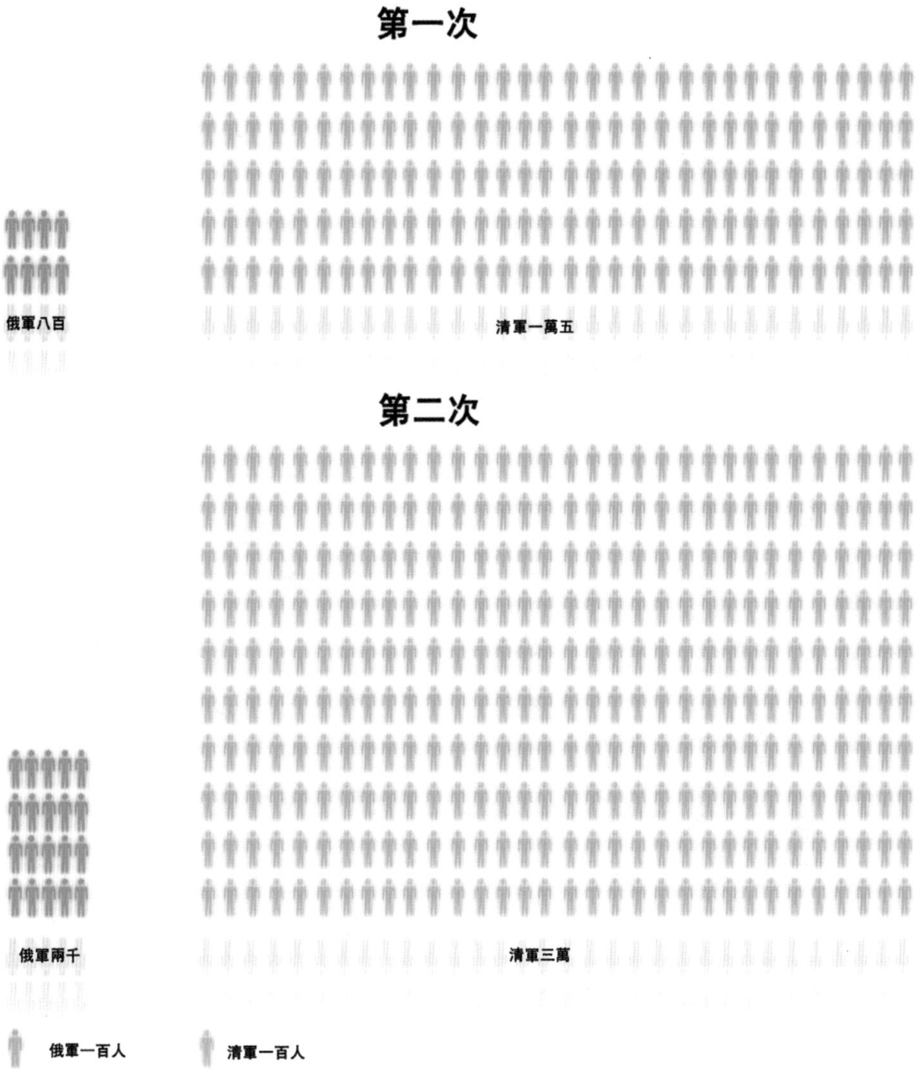
第一次
俄軍八百
清軍一萬五
第二次
俄軍兩千
清軍三萬
俄軍一百人
清軍一百人

清軍 VS. 雅克薩俄軍

東北出海，就得借俄羅斯的水道，它要一關閉你就出不去了。烏蘇里江入海口，就在俄羅斯境內，離咱們只有十二公里。咱們再往前十二公里，就可以入海了。現在這些地方全都是俄國的了。歷史上屬於中國領土，所以一定要知道根據中俄《尼布楚條約》的話，黑龍江、烏蘇里江全是中國的內河。今天是界河，當年是內河。

所以康熙皇帝駕崩後，廟號聖祖，皇帝的廟號，開國稱祖，守成稱宗。康熙帝「名為守成，實乃開創」，這些地方都是康熙皇帝給弄回來的，包括蒙古。他是千古一帝，都是他弄回來的。這是我們講的，就是清朝民族關係和對外關係，對這些地區是怎麼進行管轄的。

七面大疆域

清朝的疆域很遼闊。

秦朝疆域北到長城，南到南海，西到隴西，東到大海。唐朝則是東到大海，這個沒變，北沒說，東北到外興安嶺、庫頁島。南到南海，這個也沒變，西到鹹海。而到了清朝，它就不是四個點了，秦唐兩朝都是四個點。

這個時候就不是四個點了，是七個點。清朝的疆域北到西伯利亞。實際上這個《尼布楚條約》是個不平等條約，中國也作了很大的讓步。像原來的貝加爾湖，那都是中國的地方，貝加爾湖就是蘇武牧羊那個地方，盤古開天地以來，除了蘇武在那涮過羊，沒人打擾過他的安寧。貝加爾湖深一千二百九十一米，是世界上最深的淡水湖，讓全世界喝六十年沒問題。純天然無污染，若現在這個地方在我們手裡的話，弄條管子通到北京來，咱現在還至於這麼慘？敞開了造，往外賣。

沙烏地阿拉伯這些國家要水嗎？一瓶礦泉水，十桶汽油就來了，咱現在的油得多便宜！三毛錢一升隨便加，北京市民憑證供應。那個地方可惜現在被俄國人占著燒柴火，這麼粗的原木，一斧子兩半，兩斧子四半，填爐子給當柴火燒了。咱們的家具都是拿鋸末做的，搓完的鋸末，壓成板子做的。實木家具特別貴，什麼宜家的簡簡單單一實木桌子就要五六百。人家俄羅斯就拿實木當柴火燒，資源太豐富了。你打它一個試試，所以只能表示遺憾了。我們只能想像一下，如果這個地方在我們手裡的話。

北到西伯利亞，南到南海諸島，我們就不光是到海了，連海裡面的島都是我們的，中沙、西沙、東沙，沒有北沙。今天西沙完全在中國，東沙和中沙是台灣駐守，但是隨時有棄守的可能。阿扁那會兒一直想棄，國民黨估計應該不至於。南沙現在是六國七方，主島太平島在台灣手裡，然後咱們占了一些小礁盤，一落潮能露出來，一漲潮就沒了，那些小礁盤上還蓋了些高角屋，然後就是越南、菲律賓、馬來西亞、印尼和汶萊，算上咱們六國七方占著這個南沙群島，一年光從咱這抽走的石油就高達一億噸。

幹麼不把他們都趕跑，一腳一個踹海裡去？因為你別看它是列弱，後面有列強撐著，而且那個地方太遠，中國鞭長莫及。南沙群島離越南六百公里，離海南島二千多公里，沒法弄，鞭長莫及。你說你建一個航母打它，也不值。

所以那時北到西伯利亞，南到南海諸島，東到太平洋，西到蔥嶺，西北到巴爾喀什湖，今天這個地方是哈薩克斯坦；東北跟唐朝是一樣的，外興安嶺、庫頁島，東南是到台灣澎湖釣魚台。

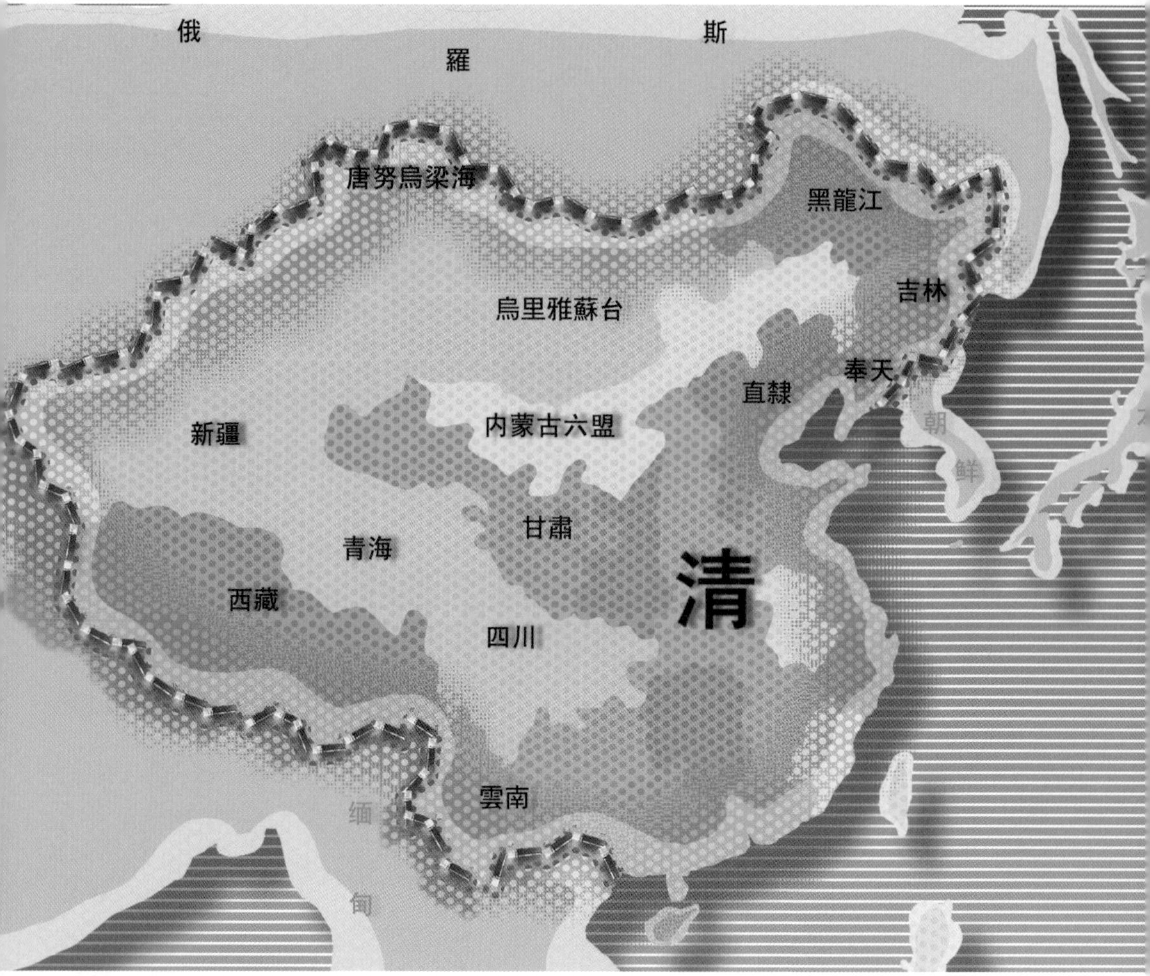

清朝疆域圖

清朝的疆域北到西伯立亞，南到南海諸島，東到太平洋，西到蔥嶺，西北到巴爾喀湖，今天這個地方是哈薩克斯坦。東北跟唐朝是一樣的，外興安嶺、庫頁島。東南是到台灣澎湖釣魚台。

我們得特殊提一下，釣魚台這個地方在那個時候是咱們的，咱們可能那會兒也沒認真拿它當回事。現在就不好說了，現在你說是你的，你上面也沒人，你也弄不了。不像韓國那個獨島，人家真來勁，咱也不能跟韓國人似的幹那事兒，面子不如肚子管用。

所以這是乾隆二十五年，西元一七五〇年，中國疆域達到鼎盛的時候，面積大概是一千三百萬平方公里。這個非常固定了，它就不像唐朝那些王朝的疆域，一會兒有，一會兒沒有，這時就固定下來了。我就這麼大，每一寸土地都是我們的，誰也別想強占去。近代以後才逐漸喪失。乾隆二十五年的時候，這個版圖就已經奠定了，就一千三百萬平方公里這麼大。這是我們說的清朝的版圖，中國的疆域和版圖就是清朝奠定的。

那這麼大的地方不好管，於是清朝把全國劃分為十八個行省，五個將軍轄區，兩個辦事大臣轄區，共二十五個省級行政區和蒙古蒙旗，全國劃分為十八個省，這十八個省裡沒有寧夏。寧夏當時跟甘肅是連在一塊的，所以無寧夏。為每個省設立巡撫一人，進行管轄。巡撫兩三省或一省設立總督，在巡撫之上設立總督。清朝一共設八個總督，兩江、兩廣、湖廣、陝甘、閩浙、直隸、四川、雲貴一共是八個總督。

兩江總督最富，因為兩江最大，兩江是江蘇、江西、安徽三省。直隸和四川都只一省。直隸是因為太重要。四川一個省就頂人家好幾個省。山東、山西、河南沒有總督，只有巡撫。另外就是大家知道這個將軍轄區，前面講過兩個將軍轄區一個是伊犁將軍和烏里雅蘇台。三個將軍轄區就是黑、吉、遼，遼當時叫盛京。黑龍江、吉林和盛京。大清入關之後，盛京仍然保持了一套官僚機構，一般就是打發快退休、沒事兒幹，或者是政治鬥爭失意的官員，讓你出任盛京戶部尚書，那您這個就算是這一輩子進了養老院了，等於政治生命終結了。盛京又稱奉天府，北京是順天府，府尹是三品，北京當時就兩個縣，大興和宛平，加上承德、曲阜，這四個縣知縣是六品，地位比較高。然後中央設置理藩院，理藩院設立尚書和侍郎，掌管少數民族事務。這個一定得是由滿蒙貴族來擔任，漢人是不行的。

歷史上很少有中國的對外戰爭，就大概跟阿拉伯打過一仗。跟高麗那個不算，高麗是中國的地方，就在東北打仗。明清的時候開始有了對外戰爭。

所以看明清時期它對外關係的特點是經濟文化交流。現在《白銀資本》《大分流》這些書，說中國農民是當時最富的農民，比歐洲農民富多了。咱們書上一寫，就中國農民窮，農民貧困，無力購買手工業品。那是今天，不是清朝。

那書裡說中國對外貿易只占不到百分之三十。中國用的白銀是世界的一半，全世界十二萬噸白銀，中國六萬噸。中國是個貧銀國，中國根本不產銀子，白銀都是從外面來的，從拉丁美洲來的。如果我們的對外貿易，在我們的財政收入中的比例這麼小，那我們得多富啊！就靠茶葉一年就從英國掙六七百萬兩銀子？實際上不是那麼回事，那個時候對外貿易還是非常活躍的，量很大，只不過朝廷的政策是閉關，但是量很大。所以那些使節往還，文化交流，這些東西都有。

另外，還有戰爭。侵略與反侵略的戰爭。

出海去顯擺

第一件事兒就是使節往還，鄭和下西洋。

鄭和下西洋的目的是為宣揚國威，加强與海外諸國聯繫，滿足統治者對異域珍寶特產的需求。成祖派鄭和出使西洋，說穿了就臭顯擺去了。成祖的帝位來得不正，他是搶建文帝，搶朱棣，所以他總是心中有愧。成祖繼位之後第一件事兒就是把朱棣的大謀士方孝孺給抓起來，削藩的主意都是方孝孺給出的。先生我現在做了皇帝了，你給我寫繼位詔書，方孝孺斷然拒絕。成祖說，這是我們家的事兒，你管得著嗎？你這個人那麼死心眼，我們都是姓朱的，反正也輪不到你姓方的當，你效忠誰不是效忠？你幹這個是周公佐成王，結果方孝孺問，成王安在？成王給燒死了。後來成祖說你甭管了，你就給我寫詔書，結果他寫的是「燕賊篡逆自立」。成祖把他鼻子給割了，割了之後讓他再寫，再寫還是「燕賊篡逆自立」，割了耳朵。割了耳朵再寫，還是「燕賊篡逆自立」。成祖說你不怕我滅你的九族嗎？他說你滅我十族，我也這麼寫。最後就滅十族，中國歷史上很罕見的滅十族，連他的學生都殺光了。誰是方孝孺教的誰慘了，全殺光。

明朝皇帝從朱元璋開始，整個家族遺傳非常差，全都是心理變態，一群短命鬼，荒唐到極點了。守濟南的大將被逮著之後，成祖把他的鼻子和耳朵蒸熟了讓他吃，還問他好吃不好吃，回答說忠臣義士之肉當然好吃，然後車裂，家屬全都沒收為官妓。死了之後，報告到成祖那，下旨：「拖出去，著狗吃了，欽此。」你看故宮裡的聖旨都留著呢！他就想，我的帝位來得不正的話，我就得讓海外諸國知道我、承認我。讓海外諸國奉正朔。你得用我們的年號，這叫奉正朔。

你看朝鮮，它沒有自個兒的年號，它用的是中國的年號。我們萬曆多少年，它也萬曆多少年，我們光緒多少年，它也光緒多少年。所以用中國的年號就叫奉正朔，你不能有自己的年號。明成祖為了讓人知道自己，就派鄭和出去幹這個事兒。史書上記載：「成祖疑惠帝亡海外。」懷疑建文帝跑了，實際上建文帝是出家了，出家做和尚，一直活到明英宗正統年間，明英宗找到了建文帝。建文帝按照輩分論，應該是英宗的爺爺。因為成祖之後是仁宗、宣宗、英宗，所以它跟仁宗應該是平輩的，等於是英宗的爺爺，活了七十多歲才死，但是成祖就懷疑他是跑海外去了。「欲蹤蹟之，且欲耀兵異域，示中國富強」，要去找到他，並且要誇誇我們中國有錢，因此派鄭和下西洋，先後七次，最遠到達了紅海沿岸和非洲東海岸。

鄭散財童子

對鄭和的評價。

第一點，屬於中國歷史上空前的主動外交，比歐洲航海家早半個多世紀。問題是梁啓超先生說，西方一哥倫布之後，無數繼起之哥倫布，中國一鄭和之後，再無鄭和。為什麼西方一哥倫布之後，無數繼起之哥倫布？來錢啊！為什麼中國一鄭和之後，再無鄭和？費錢。六百萬兩白銀，國庫被揮霍一空。

第二，鄭和下西洋的目的不是發展海外貿易，不計經濟效益，給明朝造成了巨大的負擔。七次下西洋，六百萬兩銀子花出去，鄭和整個是一個散財童子，走到哪都給人家散錢。只要你奉正朔，看見我這船上沒有，銀子、綢子、瓶子隨便。所以你得奉正朔，中國使臣擱那宣旨「奉天承運，皇帝詔曰」，人家酋長在地下跪著直樂，你們皇上是老大，狗屁！真主安拉才是老大。但是一看船上正往下抬東西呢！老大！鄭和來一趟，各國搶著上中國進貢來。中國厚往薄來，懷柔遠人，你給我進貢一毛，我還你十塊，誰不來啊！最後中國就得下令，你別天天來，我受不了。朝鮮、越南、琉球，一年一貢。你讓朝鮮一年來一趟，他能來四趟，他來給點兒破布片什麼的，皇帝就要回贈金銀財寶，然後他的使團來了，帶著高麗參就開始賣，順便賺一筆。

朝鮮、越南、琉球這三國因為跟中國是同種同文，幾乎就是同一國家，所以這三國一年一貢。像泰國那些國家，八年來一次就完了。緬甸八年，阿富汗二十五年來一次，你別老來，你那個大鬍子從來不洗，羊肉味把皇上熏著了。所以鄭和下西洋，幹這個事兒就是扯錢去了，成祖的時候去了六次，仁宗繼位十個月駕崩，宣宗繼位之後又下了一次，然後這個事兒就不能幹了。到了明朝中期，煉丹的那個嘉靖皇帝的時候，國力衰退，有的大臣提議，為了耀揚國威，仿效當年三保太監故事，咱們再下一次西洋。兵部尚書劉大夏衝進兵部檔案館，拿起鄭和下西洋的海圖和船的圖紙，付之一炬。因為這件事兒禍國殃民，絕不能再幹。所以今天鄭和下西洋到底路線怎麼走的，不知道。船什麼樣不知道，據說鄭和下西洋那個船，一百多丈長，十幾丈寬，如果要是真的那麼大，那相當於航空母艦了。你想六十四丈長，十八丈寬，一丈是三米，你算算，頂上一艘輕型航母了。

不扯了，這個事兒不能再幹了，太費錢了。而且一幫國家奉正朔，叫你老大，你還得罩著它，西班牙、葡萄牙一欺負它，它就求你保護它，你說你管不管？像馬六甲那些小國都求你。咱就得到點兒犀牛大象長脖鹿、珍珠，充實了一下皇家首飾盒和皇家動物園，我們就六百萬兩銀子扯出去。

你看人家哥倫布、達伽瑪，什麼都沒有，幾個湊錢，弄一艘小破船，帶回來一個拉丁美洲，充分體現了出海的價值，你鄭和跟人家沒法比。

中國籍倭寇

所以打從鄭和下西洋以後，這件事兒不能幹了，寸板不得下海。你不下海，別人來了，日本人來了，在那時候又叫倭寇。

元末明初，日本的武士商人海盜，騷擾我國沿海，被稱為倭寇，咱們國家跟日本挨著，點兒很背。這個日本國在唐朝的時候取法中國，全面仿效唐化。結果它一仿效，關鍵的兩個東西沒學中國，一個是宦官制度，一個是科舉制度，你不學宦官挺好，所以日本宮廷裡的所有的體力活、粗活，都女的幹，女的身體一好，生的小孩也有勁兒。不學宦官挺好，但不學科舉，這個麻煩大了。科舉制是用來選拔人才當官的，日本沒有科舉制就意味著它的官全是世襲的，世卿世祿，這後來就對中央王朝構成了嚴重的威脅。日本天皇掌權連二百年都不到，它的政權就落到藤原氏的手裡。藤原氏世世代代擔任攝政、關白，就相當於宰相，開始了日本兩百多年的攝關政治。攝關政治的時候，地方諸侯並起，建立莊園。莊園都需要人保衛，這些人就是武士，武士需求量一多，力量也就越來越大。

西元一一九二年，日本武士首領源賴朝強迫天皇封他為征夷大將軍，建立幕府，日本就開始了幕府時代。第一個幕府叫鎌倉幕府，設在離今天東京不遠的鎌倉地區。當年忽必烈打日本，就是對付的鎌倉幕府。日本天皇變成了擺設。一一九二年到一三三三年都是幕府時代，一三三三年正好是中國的元朝，也就是它從中國的一一九二年南宋開始，到元朝完。這個幕府很短，然後日本進入南北朝時代。因為日本天皇對大權旁落不滿，所以利用鎌倉幕府衰落的機會，日本天皇對抗鎌倉幕府，後來鎌倉幕府就滅亡了。鎌倉幕府滅亡的過程當中，鎌倉幕府的大將足利尊氏建立了室町幕府，這個室町幕府又扶植了一個天皇，等於兩邊天皇對著幹，就形成了日本的南朝和北朝。

這個時候相當於元朝末年，明朝初年，很多戰敗的武士商人海盜，開始騷擾中國沿海。只不過是那會兒中國國力强盛，這些海盜很快就被打回去了。到了室町幕府第三代將軍，足利義滿時期，完成了日本國的統一。然後明朝封足利義滿為日本國王。咱都不知道日本有天皇，足利義滿給中國的皇帝上書的時候，也是「臣日本國王源義滿」，這麼寫的。

足利義滿在日本的長崎公開處決了幾十名倭寇。這樣的話，倭寇就消聲匿跡了。結果沒想到到室町幕府末年，室町幕府不穩，日本進入到戰國時代。今天你看日本出的遊戲，講的都是戰國時代，英雄輩出的時代，織田信長、豐臣秀吉、武田信玄全是那幫人。日本進入到戰國時代，本來就是一個彈丸小國的日本，分成六十六個彈丸廝殺，還不包括北海道，只是本州四國九州，六十六國在那打。打敗的人，就跑去騷擾中國沿海了。戰國時代就相當於中國明末，而這個時候明朝的國力已經衰微，無力對抗倭寇，所以倭寇猖獗，北起山東，南到廣東，整個全線在鬧倭寇。

而此時第二個原因是，明朝中期，朝廷誤以為「倭患起於市舶，遂罷之」，私人海外貿易受到嚴厲管制。朝廷認為倭寇是因為私人海外貿易給招來的，所以倭寇在我們今天看起來，史學家現在新的觀點看法，他可能更像是一種武裝走私集團，談不上日本侵略軍。首先他們就不是日本政府的行為，這個要弄清楚。有的人為了煽動中日民間仇恨，說日本歷史上就侵略過中國，比如說倭寇。那個不算，不是政府組織的，況且當時日本也沒政府，六十六國正忙著打仗呢！哪有工夫騷擾中國，沒事騷擾你幹麼，所以那都是私人行為。另外，現在很多史學家看，這不是侵略戰爭，可能就是一種武裝走私，走私不了，能賣我就賣，賣不著我就搶。後來可能一看，能搶，我幹麼帶東西來，我就直接搶就完了。所以這一搶，朝廷認為，倭患起於市舶，遂罷之。

問題是你這一罷更麻煩了。福建、浙江，今天你到國外看，最多的就是這兩省人，他從唐朝就偷渡，你不讓他偷渡有天理嗎？我那個地方我不偷渡，我沒法活。全是山，全是鹽鹼地，你讓我種地，種個毛。地狹人稠，我不偷渡出去怎麼辦？我爺爺的爺爺的爺爺的時候就在東南亞謀生，那會兒哪要什麼護照、簽證，現在你跟我要簽證，有天理嗎？他們歷來如此，現在你不讓他出海，那他沒法活。我以海為田，以船為家，你讓我種地不會，從來沒學過，再說這鹽鹼灘種什麼能長？我只有打魚販賣，所以你不讓我出海，我想來想去，你的意思就是逼我當倭寇。

這樣一來在倭寇裡面，就形成了兩分真倭，八分假倭，或者一分真倭，九分假倭。十個倭寇裡面九個是中國人。那個時候你要記住，談不上漢奸，是日奸，日本人是給中國人打工的。那會兒日本不如我們，不是說我當倭寇就成了漢奸，而是我雇小日本去給我做買賣去，殺人越貨，我幹這個。中國人等於就是老闆，真正倭寇的頭目，汪直、徐海全都是中國人，汪直是安徽的，但是巢穴安在日本的平戶島。倭寇的巢穴在日本，老大都是中國人。

因為日本倭寇武藝高强，所以我中國倭寇雇用他們來幫我斂財，這才組成了那種組織，最後倭寇裡有漁民，有落第的書生，有老科舉考不上的倒楣蛋，有退休的官員，什麼人都有。一幫日本人又不會說中國話，怎麼搶，所以大部分是中國人的倭寇集團到中國來才熟門熟路，哪兒有錢，哪兒兵力防守虛弱，都有人勾結。

在這種混亂的情況下，出現了一個牛人，戚繼光。

牛人戚繼光

戚繼光這個人牛，牛到什麼程度？他們家建立明朝有功。世襲山東省煙台市城防司令，他十七歲就擔任了這個職務。十七歲登州衛都指揮僉事，煙台城防司令，然後他站在城牆上眺望大海、心潮澎湃：「雲護牙鑒滿，星寒寶劍橫。封侯非我意，但願海波平。」你封我當官我不覺得高興，只要國家穩定四海安寧我才爽。所以朝廷一看，滿足你的要求，你不願意當抗倭嘛，你去吧！十八歲還沒成人宣誓，就以參將銜赴浙江抗倭。第一仗就給戚繼光上了一課，三千明軍對陣八百倭寇，倭寇衝來，明軍一哄而散，就剩戚繼光一個人了。三千人跟倭寇說好了似的，一、二、三，一閃就把戚繼光一人撂那兒了，戚繼光趕緊爬上一塊巨石，連發三箭，擊斃三名倭酋，倭寇散去。這傢伙不好惹，別理他，散吧。

戚繼光一看，這個氣喲！明軍一無所用，沒有任何戰鬥力。其實也不能怪他們，因為他們都是農民，農民主要都是插秧種地。明太祖特高興，說朕養兵百萬，不費百姓一粒米。你那是個屁兵啊！兵就得吃皇糧，你哪能讓他自個兒養豬辦賓館，弄個歌舞團讓他演去，你哪能幹這個，坦克給人挖煤，魚雷艇拉著遊客，哪能幹這個。軍隊要自己養活自己，軍工廠生產冰箱摩托那還能成？所以你是養兵百萬，不費百姓一粒米是扯淡，邊境三分守城，七分種地，內地兩分守城，八分種地，整個一幫穿軍裝的農民。

日本倭寇是武士。刀法精熟，訓練有素。就那個日本刀，削咱那個鐵片刀，砍你一百個都沒事兒，寶刀東出日本國，那都是精鋼打造。所以戚繼光一瞅，這個兵不能用，我自個兒招。自己招兵在當時是很冒風險的，明朝跟宋朝是完全沿襲下來的，你哪能自己招兵，得向朝廷彙報。戚繼光招兵，招沿海的漁民、礦工，尤其要有勁兒的，最好家裡有人被倭寇殺害的，這樣的人我一定招你。招募完軍隊組成戚家軍，然後對抗倭寇。

倭寇武藝高强，刀法精熟，單兵作戰能力奇强，二戰的時候日軍也是一樣，精於白刃戰，你一個一個打，上來就是送死，所以咱們最好的辦法是一擁而上，以多打少，十二人一小隊，組成鴛鴦陣。倭寇不懂陣法，打仗跟打架似的，拍馬過來，來將通名，它還這麼著呢！誰跟你通名，一槍蹦下來就完了。所以十二人一小隊就上，小隊的第一個不會武藝沒關係，有勁就行。拿著一個幾丈長的大竹竿子，這個竹竿子叫狼筅，掄圓了保護後面。江南多的是這玩意兒，枝枝杈杈都不切下去，還尖上抹上毒藥，挑破一點皮，你小子蹬腿吐白沫沫。我這個大竹竿幾丈長，你那個日本太刀也就三尺。竹子又滑，你又不好切，劈斷一半，我還是你的四倍長，再劈斷一半，一劈形成一個缺口，一紮進去你還有命嗎？所以前面拿一個大竹竿，後面長槍、弓箭、短刀，長以救短，短以救長，這個都是戚繼光琢磨出來的。

中國古代十大兵書，有兩本是戚繼光寫的，《練兵實紀》和《紀效新書》。孫子不就是一個《孫子兵法》嘛，李靖就是一個《李衛公問對》。岳飛都沒有，什麼《武穆遺書》，那是小說胡扯。結果十大兵書戚繼光寫了倆，夠文武雙全的，而且後來朝廷就調戚繼光來防備蒙古，因為明朝當時是北虜南倭之禍，北京這邊的長城全都是戚繼光修的。戚繼光自己說：「南北驅馳報主情，江花邊草笑平生，一年三百六十日，都是橫戈馬上行。」所以他堪稱是明朝第一名將，平定了倭寇，屬於民族英雄。

牛皮誆澳門

一五五三年，葡萄牙殖民者租占了澳門。葡萄牙一開始說，它是來給咱中國皇帝進貢的，結果進貢的貨物被海水打濕了，上岸晾晾。咱說不同意，他說我就要一塊牛皮那麼大的地方。中國官員一想，一塊牛皮能有多大，你的貨物也太少了，那你來吧！結果人家連夜把牛皮給剪了，剪成線，搓成細繩，上岸一圍，就這麼大地方。中國人一看傻眼了，但是那會兒是很講信用的，要擱今天，這事兒不會發生。誰答應你的，有合同嗎？有合同拿來一撕，不就完了嘛！咱們祖宗就吃了說話算數的虧了。那會兒葡萄牙人這麼一弄一撕，就要這麼大一塊地方。中國說我答應你，君無戲言，君子也無戲言，你就來曬吧！曬完了之後，他跟咱們說了，以後我們老得給你皇上進貢啊，老存在貨物被弄濕的事兒，乾脆這個地方你就租給我得了，一年五百兩銀子。中國官員一想，就這個破地方，兔子都不拉屎，都見不到人的地方，一年五百兩銀子，行，租給你，但是主權在中國。這是我租給你，我是房主，你給我房租，然後主權是我的。一直到一八四九年主權都是我的，要不然雅克薩都收回來了，那個地方能收不回來？

其實朝廷並不在乎這五百兩銀子，只不過是因為那能瞭解西洋，比如說自鳴鍾、懷錶、鼻煙這些東西，這玩意兒能從那給弄來，有個落腳的地方好便於瞭解，弄明白點兒西洋的情況。包括林則徐睜眼看世界，得到夷書，夷書就是從澳門來的。跟咱們一九四九年不收回香港的作用是一樣的，所以朝廷不收回也有點兒用那個地方的意思，所謂的主權在我手裡，也就是說從一一五三年到一八四九年，澳門其實並不是殖民地，歸香山縣丞管轄。香山縣就是中山市，香山縣縣丞正八品，葡萄牙總督建了香山縣縣丞，要單腿下跪。他叫總督，咱們給翻譯成叫兵頭，葡萄牙兵頭，見了八品縣丞你也得下跪。一八四九年之後，在英國的支援下，葡萄牙小崽子狗仗人勢，狐假虎威把中國人的官員驅逐，搗毀香山縣丞的辦公署，它就變成了殖民地。咱們過去一說，分開了四百多年，四百多年的殖民地，不確切，真正的殖民地時間才一百五十年，前面是租界地，被人租出去了。

10 明清文化淘寶

宋明「心理學」

明清時代的官方哲學是理學和心學。宋朝的哲學思想是理學。他是以儒家思想為基礎，吸收了佛教、道教的思想而形成的。理學的創立者是北宋的程頤、程顥倆程氏兄弟。另外還有一個特別有名的就是《愛蓮說》這個千古名篇的作者周敦頤，「出淤泥而不染」那哥們兒，也是理學的創立者。集大成者是南宋的朱熹朱文公，他是吸收了佛教和道教思想而形成了新儒學，他吸收了佛教和道教的什麼思想呢？

唐朝的時候，儒學一度衰微，那時候儒學衰微的一個重要原因是佛教的盛行。佛家盛行造成了統治者崇佛佞佛，唐朝皇帝要把佛骨迎到法門寺，結果韓愈上表諫迎佛骨，你別把這東西迎進來，因為佛乃夷狄之神，中原不應該信。我們中原有自己的道統，就是我們的孔子，我們應該信孔孟，不應該信這個。韓愈竟然敢攻擊佛祖，皇上一生氣，你去潮州吧。今天那個地方是開發區，韓愈要去當然快樂，當年那個地方是蠻荒煙瘴之地。韓愈有一首很有名的詩：「一封朝奏九重天，夕貶朝陽路八千。本為聖朝除弊事，肯將衰朽惜殘年。」我好端端地為了國之大統，結果給貶到那去。

為什麼這個時候他諫迎佛骨，因為儒學受到衝擊。到了宋朝，他們有個適應這種衝擊的法子，就是索性儒學吸收了佛教和道教的東西。這個吸收法是這樣的，南宋的朱熹是理學發展的集大成者，他認為理是宇宙萬物的本源，是第一性的。氣是構成宇宙萬物的材料，屬於第二性的。理是第一性，氣是第二性，關於宇宙萬物本源的問題，明顯是吸收了道家的思想。道家認為萬物本源是道，道可道非常道，國有四大，天大、地大、王大、道大，一切都是由道來生成。道生一，一生二，二生三，三生萬物。結果現在朱熹說理才是宇宙萬物之本源，把本來分離的「道」和「理」，攪吧攪吧混合成了道理。

然後，他把天理和人欲對立起來，認為人欲是一切罪惡的根源，提出存天理滅人欲，這明顯吸收的是佛，佛不就是教你看破放下嗎？「一切眾生，皆有如來智慧德相，但以妄想執著而不能證得。」所以佛家就教你去掉妄想，去掉執著，七情六欲全都當沒有，放下四大皆空，六根清靜，你就能成佛。結果朱熹說人欲之私皆不能有，都要放下才能順應天理，那怎麼成。你不能娶美女當老婆，要看破一切娶個不男不女的才能順天理？況且你想要把自己去人欲的觀點告訴別人，讓別人都接受這個，這種行為本身就構成了一種人欲。等於是朱熹自己也做不到，那別的人不是更難嗎？

無論如何，他還是通過借用了道家、佛家的理論來成功創立了新的儒家。儒學本來是治身的，你用它治世，這個東西說實在有點太理想化。所以儒家講你這個人要正心誠意，然後才能夠修身齊家治國平天下。你修齊治平才能做到這一點。他認為所有的欲望都是罪惡的可恥的，你貪圖物質享受，貪圖功名利祿，所有都是可恥的罪惡的，這樣一來造成什麼樣的結果呢？咱們都學過世界史，很像歐洲文藝復興之前，那種禁欲主義，他那種禁欲的目的是誰禁欲，讓誰存天理滅人欲，是讓底下，上面該怎麼著還怎麼著。皇上不能滅人欲，他該看電視還看，該吃麥當勞還吃，而讓底下這麼幹。這叫為統治階級來服務。

而且像儒家講修齊治平之學，修身齊家治國平天下，你這個人要能做到這一點那你這個人就非常了不起了，問題是我做不到這一點，沒有什麼東西來制裁，沒有任何東西能約束我，我這個人完全靠我自己自身的約束力，不像歐洲人有法律，總統犯法也要辦了。咱這沒有，當官的沒人管你，要靠你自身的自治力，你作為官員你應該是楷模，但也只是應該，實際上背地裡幹壞事還是沒人知道，所以相當於培養了一幫偽君子。這麼一來理學思想明顯對於當時明清那個時代的中國，特別是對經濟發展很顯然是不利的。

但是你說理學是不是一點好處都沒有，也不能這麼講。它畢竟是中國傳統文化當中優秀的部分，人的正心誠意，修齊治平，如果真的能克制自己來做到，那就是很不容易了，對你身邊的人和對全人類都有好處。你看，民國的時候，中學學校的校歌一般都是這麼唱的：「將來治國平天下全靠吾輩。」。咱現在校歌基本上沒人關心這個了，家國天下誰關心，只顧自己高月薪。你上大學的目的是為祖國？別開玩笑了，這麼多年也就周總理說過要為中華之崛起而讀書，這還被某些人笑他愣。我說你們現在念書要好好念，將來才能報效國家，你們一定會樂，覺得我腦子飄拖鞋了，搞什麼搞，讀書還不是為自己，爸媽都這麼教育，你好好念書，將來才能賺大錢。自己就更加現實，我讀書就是為了招聘的時候人事部一拿到我的簡歷就掉下巴，明天你來上班，就為這個。人不能這麼幹，要都這麼自私，人才就全出國不回來了，所以理學這個東西對今天並非一點積極意義沒有，他還是教人要有知識份子的氣節和志向，最終還是要為了天下。

但是在當時，特別阻礙中國商品經濟的發展。心學就更厲害了，心學創立者是南宋的陸九淵、明朝的王陽明（王守仁）把它發展到了極致。吾心即宇宙，吾心之外別無他物，一切不外求。意思是我心裡想有就什麼都有了，世間萬物還不都是在我心裡的一個印象而已，那我幹麼那麼來事兒，想一想，樂一樂，來個小宇宙爆發，多逍遙。蔣介石是最推崇王陽明的，所以到台北旅遊的話，一個必去的景點叫「陽明山森林公園」，陽明山原來叫草山，蔣先生到那之後把它改名為陽明山，因為他崇拜王守仁。所以理學和心學是明清時候的官方思想，這個東西對當時的現狀是不利的，一個太理想化，一個太消極，但是實際上一直是官方思想。

啓蒙即犧牲

除了理學和心學，也有了早期的民主啓蒙思想，首先一位是李贄，李卓吾先生。他的墓就在通州古塔公園底下。他指責批儒家經典，否定孔子。其實孔子就跟咱們以後講新文化運動一樣，孔子是最倒楣的，死了幾千年永遠不得安寧，誰有點什麼事就把他拽出來，要不然就燒香，要不然就上板磚。你後世的這些思想跟孔子有關沒關？你讀這些書的那個人，天人感應，孔子講過這玩意兒嗎？孔子最煩這個，子不語怪力亂神。你的理學心學，難道是孔子主張婦女裹小腳嗎，不可能，孔子都沒見過這個，所以他否定孔子是天生聖人。

沒辦法，誰讓儒家都打他的旗號呢，所以就得否他，這一否惹事了，當時你否定孔子還了得，別說那個時候了，在台灣，最起碼是老蔣在的時候，你否定孔子就得判刑，孔子是中國的基督啊，你罵萬世師表，你罵神，還能留你嗎？古人經常這麼講：「天不生仲尼，萬古常如夜。」要不是天降孔夫子，幾千年來我們黑糊糊地摸去吧。李贄說，原來古代的人都得提著燈籠走路，因為沒有孔子？你現在人不也提著燈籠走路嗎，有了孔子，不還得萬古常如夜嗎？類似於這種話，後來成了李贄被關到監獄裡折磨之死的因由。

哲學大爆發

黃宗羲生活在明清之際。他的打扮，頭髮都是包起來的，為什麼？他不剃髮，那時候罪過大了，留頭不留髮，留髮不留頭，剃頭師傅擔著擔子，後面是裝水盆、剃髮用具，前面是掛人頭的。剃頭師傅走街串巷，後面有清兵跟著，扛著鬼頭大刀，給你剃不剃，按這一刀腦袋掛上了。剃頭是奉旨，但他們穿的衣服已經是清朝的服裝了。

其實大清入關之後，要求中國人（就是說漢人）學他，他也不是說什麼人都學，有十不從，男從女不從，男人必須是旗裝，女人可以穿漢裝。生從死不從，你死了以後可以以漢裝入殮，要不然你對不起祖宗，當然後來沒事還給死人梳頭，累不累。陽從陰不從，上墳祭祖或者人死入殮，這些習俗都可依照明朝習俗走。官從吏不從，你看當官頂戴花翎補服紗褂，吏的打扮跟明朝還是一樣的。老從少不從，小孩子愛幹麼幹麼，一旦成年就得按旗人規矩來。另外還有儒從僧道不從、娼從而優伶不從、仕宦從婚姻不從、國號從官號不從、役稅從文字語言不從。

而黃宗羲他就不從。他琢磨這個問題，為什麼明朝會滅亡。然後一下找了一個，對君主專制制度進行了批判。他得出君主轉制是天下之大害的結論，這是第一點，他得出這麼一個結論。原來跟明不明朝，清不清朝沒關係，就是因為君主專制，哪一朝搞君主專制都不行。第二提倡法制，反對人制，這個老哥就更厲害了，你們按規矩辦事，別按人的意思走，也是反獨裁的意思。第三反對重農抑商，提出工商皆本。這人很了不起，對晚清的民主思潮起了一定的影響。他的著作叫《明夷待訪錄》，梁啓超說，想不到我們國家比盧梭早二百年就有這麼先進的思想問世。

另外一位著名的思想家是顧炎武，强調經世致用，理學更多的是强調人的思想修養。他就是說我只要正心誠意，修身齊家我就能治國平天下，你是一個好人，不見得是一個好官。你看中國歷史上凡是作出成績的官沒有清官，包拯、海瑞這些人絕對做不出成績來。一般都是那種介乎於清官與贓官之間的那種權臣。張居正是典型的，權臣能做出一番成績。純贓官也不行，光想貪污了也不行。就是說那種所謂的樹立道德的楷模，沒有一個是真正能夠幹成事的，包括中國歷史上鼓吹的所有的忠臣，全都沒什麼大用。岳飛還算能打贏，像文天祥、史可法這些人一點用沒有，平時袖手談心性，臨事一死報君王。你死則死了，國家能因為你死就能改變的話，那你能多死幾回嗎？我們崇拜他的氣節，只可惜他幹的事沒有實際效果。

所以顧炎武就考慮這個問題，為什麼我們大明三百年來養士之朝，培養這些人全沒用？滿清一入關，稀裡嘩啦三百年江山社稷就全吹了，咱做經世致用的學問，做點有用的學問。所以他的著作叫《天下郡國利病書》，提出以天下之權寄天下之人，才能天下大治，這也是反對君主專制。這要是往高裡說是最早的主權在民的思想。顧炎武思想挺了不起的，另外他有一句話「天下興亡，匹夫有責」，出自《日知錄》。「易姓改號，謂之亡國」，李唐變成了趙宋，這對於李唐來講只不過是亡國。「仁義充塞而至於率獸食人，人將相食，謂之亡天下」，如果是我們中華文化的道統斷絶，這就屬於亡天下，國跟天下還是不一樣的，所以「保國者，其君其臣、肉食者謀之；保天下者，匹夫之賤，與有責焉耳矣」，保天下那就每個人都要做，所以他認為滿清入關對中國來講，就屬於亡天下。因為異族入主中原，中華文化、中華道統要斷絶了。但是實際上後來看也沒斷，因為滿清吸取元的教訓，很快就漢化了。

滿清入關，聖旨就說我國天下得自流寇，我是滅了李自成那個流寇，趁他搗亂的時候我乘虛而入拿下的，不是從你大明手裡得的，我為爾報君父之仇，你應該感謝我才對。我與流寇爭不是與大明爭。他這麼說很快就理解了中國政治的奧妙，你快馬彎刀厲害，還是幹不過四書五經，最後還得匍匐在四書五經腳下。蒙古人就沒這麼幹，所以九十年又回去放羊了，真叫水土不服不行。

船山先生王夫之，他是唯物思想家。提出「氣者理之依也」、「天下惟氣」。理學認為理是第一的，氣是第二的。他認為氣才是第一的，因為氣是物質，所以叫唯物。第二，是靜即含動，動不捨靜。理學家的主張，像最早比如說董仲舒提出來尊王這東西是中國的道統，道統是不能變的。道之大原出於天，天不變，道亦不變。現在王夫之提出來，靜即含動，動不捨靜，沒有什麼東西是不變的。意思是沒有絶對不變的玩意兒，滄海都能桑田，要是都不變，哪來這麼些朝代更替。第三，發展的觀點看歷史，政治上叫趨勢更新，這個和馬克思主義哲學都是相吻合的。

中華四神作

說到文學，明清時期對後世影響最大的就是小說。明清的時候世俗文化占了主流，世俗文化占主流的原因，歸根到底是經濟發展。咱在宋朝那講過，經濟發展市民隊伍擴大，是為了適應市民文化的需要，也就是說實際上明清小說就是在宋元話本的基礎上發展起來的。我們來具體地看一下。

第一本書《三國演義》，作者羅貫中，成本時間元末明初，是價值最早的一部長篇歷史小說。而且《三國演義》說是七分實三分虛，就這樣大清入關之前，八旗將領還拿這個當《孫子兵法》看，看《孫子兵法》看不懂，看《三國演義》就能打仗，諸葛亮空城計，貂蟬美人計，這裡面全是這玩意兒，他用這個就可以打仗。最起碼我們看一點，《三國演義》是典型的尊劉抑曹，今天一琢磨曹操被人為地矮化了，劉備狗屁不會的東西被人為地抬高了，諸葛亮也被人為地抬高了神化了。你看《三國演義》仔細一琢磨諸葛亮打過勝仗嗎，很少吧，除了七擒孟獲。最後六出祁山，哪次不是以失敗告終？諸葛亮在蜀漢建立九年就去世了，而蜀漢一共存在了四十三年呢，也就是說沒他地球也照樣轉。

《水滸傳》，作者施耐庵也是元末明初人士，我國第一部以農民起義為題材的長篇小說。老不讀三國，少不讀水滸。老了就踏踏實實過幾年吧，別和人動心眼了。為什麼少不讀水滸，目無法制，從小看這個，就是培養少年犯。李逵這樣的，放今天槍斃四百回了。你動不動就把人殺了，你不管那人該死不該死，自有朝廷法度在，你憑什麼動不動拿斧頭剁人腦袋？但水滸有他的積極意義，不但體現了封建社會的黑暗腐朽，還為之後的俠義小說奠定了基礎。

《西遊記》，太可愛了，作者吳承恩，明朝。反映了人民蔑視統治敢於鬥爭，他歌頌的是孫悟空。生物分四等，神人鬼妖。人可以修煉成神，八仙呂洞賓不都是人修煉成的嘛。神仙本是凡人造，只是凡人心不牢。所以人可以修煉成神，人死可以為鬼，鬼再投胎還可以做人，人又可以修煉成神，前三個等級是互相通著的。妖不行，妖永遠是妖，孫悟空屬於妖，妖猴，大鬧天宮造神的反。玉皇大帝，你多厲害，作者強烈傳達了這麼一個資訊，一隻妖猴可以造天上皇帝的反，那你人間皇帝算個毛啊，這個意思。當然後來他也設計孫悟空的結局是修成正果了，成了鬥戰勝佛。明顯看得出來，吳承恩崇佛抑道，筆下道士沒好人，玉皇大帝是道教的最高神，妖猴造反，沒轍，被西天佛祖壓到五行山下，高下立判。

《紅樓夢》，這個太偉大了，作者曹雪芹，後來高鶚狗尾續貂續了四十回，當然高鶚好歹算是狗尾續貂，別人續的簡直耗子尾巴。一共一百一十回紅樓夢，後三十回有人說是丟了，有的說是曹雪芹給燒了，沒傳下來，只留下了幾個回目，所以高鶚給續了後四十回。時間是清朝，描寫貴族家族，由盛到衰，鞭撻了禮教制度揭示社會，他實際上有一點影射整個社會，這種包羅萬象的作品非常偉大。《紅樓夢》裡面寫的故事和那種情緒你沒法把這個東西給翻譯成英文。有一對西班牙夫婦用了二十年的時間把它翻譯成西班牙文，漢學家翻譯成了西班牙文，這很了不起，頭一次《紅樓夢》被翻譯成西班牙文，中國的記者就採訪，你翻譯《紅樓夢》困難大不大，這不是廢話嗎？中國記者採訪都是這種水平，從廢墟裡救出來，你感覺好嗎，多新鮮啊，不好我還回去，你高興嗎我不高興。你困難大不大，二十年翻譯困難能不大嗎？舉個例子，比如你遇到一個什麼問題，他說紅樓夢裡有一個丫鬟叫香菱，香菱這個名字就沒法翻譯成西班牙文，為什麼沒法翻譯？你不能音譯，你要中文拼音音譯洋人不懂這個什麼意思，如果意譯西班牙沒有菱角不知道菱角叫什麼東西，最後翻譯成「帶香味的桉樹葉」。所以西班牙人一看這名字，哎喲中國人起名真土。「帶香味的桉樹葉」，用漢語說實際上叫香菱，這名字多好聽，洋人的名字只能音譯不能意譯。反過來把洋文翻譯成中文，史密斯就成了鐵匠，美國總統就是灌木叢，布希灌木叢。總之這紅樓夢可以說是一部百科全書似的東西，不說別的，單說裡面的詩詞，就都是曹雪芹寫的。不同的人寫出來的可是不一樣的，同樣是柳絮，林黛玉一寫：「嫁與東風春不管，憑爾去，忍淹留。」薛寶釵一寫：「好風憑藉力，送我上青雲。」你說他一個人得模仿多少人，寫一詩詞簡單，他得模仿多少人寫。很了不起。

文化之瑰寶

《儒林外史》，作者吳敬梓，成書時間是清朝，揭露科舉。這個有點像文藝復興時候西班牙那個堂吉訶德，諷刺這個社會的基礎。歐洲的社會基礎是騎士，中國的社會基礎是這幫讀書人，科舉制度。他就諷刺這個，范進五十多中舉了，不容易啊，最後還瘋了。

《聊齋志異》，作者蒲松齡，一輩子參加科舉，還在考。七十多了還提著考籃進考場，他就沒吳敬梓看得開。他是借寫妖狐鬼怪批判社會，而你發現沒？蒲松齡寫的妖狐鬼怪好的多還是壞的多？好的多。這個就有強烈的諷刺意義了，所謂的正人君子還不如妖狐鬼怪呢。他最大的成就是便宜了今天說相聲和評書的，單口相聲裡面好多段子都是從聊齋裡來。

明成祖時，解縉主編的類書《永樂大典》是我國現存最大的類書。二萬多卷，一萬一千多冊，現在存世的是三百多冊，中國是二百冊。這玩意兒都是抄寫的，不是印刷的，原本與正本皆毀，副本不斷散失。據說原本有可能埋在十三陵的長陵裡面，跟永樂皇帝一塊給埋了，這是他個人的功績了。所以長陵不敢開發有一個重要原因是怕有《永樂大典》，一挖化成灰了，跟定陵似的，一挖開，龍袍成面兒了，所以今天看到的都是後來修補的，仿製的。五十年代非要挖皇陵，現在皇陵絶對不能挖，什麼時候高科技了再想辦法。況且這玩意兒你挖也沒用，也不能把東西賣了，還得建博物館弄武警看著，累不累。還不如在土裡埋呢。

清朝的《古今圖書集成》也是類書，什麼叫類書啊？像今天的網站就是電子類書，我想查康熙帝，三字Google一敲出來一大堆，《清史稿》上怎麼說，《我們愛科學》上怎麼說，《上下五千年》裡怎麼說，所有跟康熙有關的事全有，他腳板底哪個大一圈，身高三圍多少沒準都能給搜出來。

乾隆帝的時候紀曉嵐紀昀主編《四庫全書》，是我國最大的一部叢書，包含經史子集。經是儒家的，史是歷史，子就是諸子百家，包括僧道，集是文學作品，比如李太白集或者蘇東坡集，類似於這個。這部書也是毀得數量很大，書成之後，抄了七部也沒有印，找全國毛筆字寫得好的找了幾千人，抄了十年抄了七部。這七部書分別放在北京紫禁城的文淵閣，圓明園文源閣，避暑山莊的文津閣，東北瀋陽故宮的文溯閣。然後南方有三部，杭州、鎮江和揚州。今天四庫全書，七部現存四部半，鎮江的鴉片戰爭給毀了，圓明園二次鴉片戰爭給毀了，然後杭州那個好像剩了半部，現在存四部半，三部半在大陸，一部在台灣。紫禁城藏的在台灣，那部是最好的。皇上要看當然看最好的。中國現在國家圖書館放的那個是從避暑山莊運來的。四庫全書號稱是中國文化史上的萬里長城，兩億四千萬字，你要是憑你一個人一輩子全看完是不可能的。抄了七部，就花了這麼多人力、物力，才弄出來這些東西，使用價值很小，不如《獨立宣言》了。

再一不再二

十六世紀後期，義大利耶穌會傳教士利瑪竇來華。這個老哥很了不起，他是耶穌會傳教士，十六世紀的時候正趕上歐洲的文藝復興，新教起來了，天主教勢力也衰微，耶穌會想到歐洲以外的地方弘揚政教，看看我們能不能在歐洲以外找到市場。歐洲人不信教了，我找別的地的人信教，包括往外傳播，包括開闢新航路，什麼法子都能想，最後他們就來到中國。

肯定先到了澳門，那時候是明朝，十六世紀末，想進入中國，中國不讓進。這個老哥聰明，學漢語，穿了漢服，讀四書五經。給人遞一個名片西儒利瑪竇如何如何，我也是儒，用儒家的經義解釋天主教的教義，這麼一來，中國人一看原來儒教聲名遠播，歐洲人都信我們，好那跟你玩吧。然後他要見皇帝，得到皇帝的批准，他才能傳教。他見皇帝怎麼見，明神宗，萬曆皇帝，整天在床上數錢，所以給皇上點新鮮玩意兒。

利瑪竇來華，向明朝皇帝敬獻了《坤輿萬國全圖》，當時的一幅世界地圖，當然繪製得相當精美了，八音盒、自鳴鐘、懷錶。皇上沒見過這玩意兒，皇上連眼鏡都沒見過，獻上這幅地圖的時候，中國人第一次知道原來我們不是大地的正中央，周圍也不是蠻夷戎狄，而是很多文明程度不在我們之下的國家。當然利瑪竇為了拍中國皇帝馬屁，以東京一百六十度經線作為地圖的正中央，這麼一畫中國還是在最中央，然後歐洲在最左邊，美洲在最右邊，我們這種繪製地圖的方法，延用到今天，全世界只有中國這麼畫地圖。你出國看世界地圖都不像中國這麼畫，應該是以哪條線，零度經線為正中心，就變成美國在最左邊，中國最右邊。

利瑪竇就開始在中國傳播學問，以徐光啓為代表的開明士大夫引進西學。那時候中國的法律很強盜，規定是洋人不准來，來了就不准走，所以這一幫人最後全都死在中國，都埋在車公莊官園批發市場旁邊。北京市委黨校，現在都在那兒。如果想去探究一番，就進北京市委黨校看去，洋教士墓地都在那兒。

中國上一次大規模引進外來文化引進的是什麼？在西學東漸之前，大規模引進的文化是佛教，佛教現在已經幾乎變成了中國的一種傳統文化了。不過對於天主教，明清時候的中國人就不像漢唐時候的中國人對佛教那麼瘋狂了，我們已經發展幾千年了。佛教進入中國的時候是中國最欠缺終極關懷的時候。這個時候就不行了，特別是後來羅馬教皇發表詔諭，不允許中國的教徒拜天拜祖宗拜孔子。要在中國不拜天不拜祖宗不拜孔子，你還是人嗎？清明節給祖宗磕頭你不磕，你是人嗎？幾千年下來都這麼幹的，結果你說不能這麼幹，那你在中國沒法混了。

這樣一來，雍正皇帝下令禁教，不允許天主教再在中國傳播，一七二三年下令禁教，直至一八四四年中法《黃埔條約》才開禁的。

第八章

落魄挨打奈何天

鴉片戰爭

鴉片戰爭讓五千年的文明古國，受到前所未有的奇恥大辱。這些不平等條約，一個比一個要的利益多。中國的獨立主權、自然經濟開始遭到破壞，中國在突如其來的變故中，由傳統走向現代。隨著中國同西方外交關係的深入，新鮮事物不斷湧入，中國現代化進程的步伐也在加快。在不斷的交流與撞擊中，中國將迎來一次前未有的巨變。

1 窮玩火，富玩煙

有夷稱不服

鴉片戰爭為什麼爆發？

清入主中原近兩百年，在嘉慶、道光時，社會上已經露出衰靡之象，西方資本主義的狂瀾，卻洶湧澎湃。自工業革命[1]後，民族主義勃興，西方列强都向外擴展，新大陸成為新一輪角逐的焦點。資產階級發展的機會就像禿子頭上一根毛，你抓住就抓住，抓不住就沒了，西方國家玩命兒地苦苦尋覓。

英國是世界資本主義的發祥地，十七世紀四〇年代，英國最早爆發資產階級革命，十八世紀又率先實現工業革命，一個多世紀的積累與聚集，使其一躍成為當時世界上最强大的資本主義工業國。鴉片戰爭前後，英國每年的煤產量達到三千多萬噸；生鐵產量達到一百四十萬噸；機械紡紗業所用的棉花量達到五億二千多萬磅；築成鐵路數千公里。英國三分之二的勞動人口從事工業生產，曼徹斯特、格拉斯哥、伯明罕等大型工業城市迅速崛起，首都倫敦的人口發展到二百多萬，資產階級勃興之勢，如驚濤駭浪般席捲了整個國家。資本主義發展需要的原料與新的市場，使得英國亟待向外尋求發展的出口。從對外擴張所必需的海軍力量看，一八三六年，英國已擁有大小船艦五百餘艘。

俗話說，小妞愛花，小子愛炮，不過是各有所好。鴉片戰爭前的大清國，好的就是萬民臣服，萬國來朝，外藩君王來中國必須向中國皇帝磕個頭，稱個臣，派遣個把貢使來京呈遞表文，進呈方物，以示誠意，隨即接受封賞。清朝頻繁來朝的，是朝鮮、安南、琉球之類的小國。西方國家派使節來華，並不為稱臣朝貢，隨著西方使團而來的，還有貿易團體，做買賣是西方來朝的真正目的，但是我大清朝卻將他們一概視為上貢的。

明清以來的中外貿易[2]，一貫本著和平共處基本原則，沒有什麼大的衝突。成為頭號資本主義强國的英國，不管如何强大，同中國人做買賣，都是賠錢的買賣，銀子進得少出得多，永遠處於逆差。英國是個古董販子，眼裡識貨，它看中了你家的市場和原料產地，你這裡有，你這裡還富裕。這英國還是個無賴的販子，看了想搶，要打你。為了市場和原料，不管了，打吧，鴉片戰爭就此爆發。

弓箭對火器

中國國內以自然經濟為主，農業文明，男耕女織。農業文明最重要的生產資料是土地。當時

---

1 工業革命於十八世紀發源於英格蘭中部地區。資本主義完成了從工廠手工業向機器大工業過渡的階段。是以機器生產逐步取代手工勞動，以大規模工廠化生產取代個體工廠手工生產的一場生產與科技革命。完成了工業革命的西方國家，極待打開亞、非、拉落後國家的大門，把整個世界納入資本主義的商品經濟體系。

2 明清以來的中外貿易，中國規定以貨易貨，中國金銀不准流出去，只准西洋的銀兩流進來做交易。

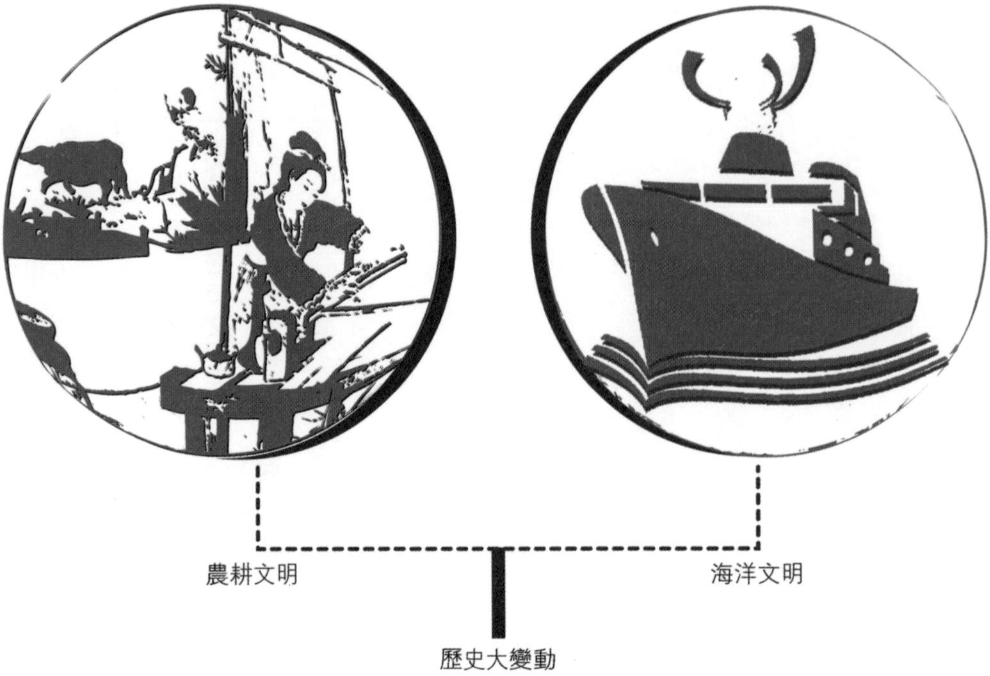

農耕文明VS.海洋文明

農耕文明與海洋文明的碰撞終究不可避免，兩種文明的相遇必然帶來一次歷史的大動盪與大變革。

的中國土地高度集中，也就是說土地都被兼併了。大量耕地在貴族、地主手中，皇帝老兒是全國最大的地主。據一八一二年（嘉慶十七年）統計，皇帝直接或間接掌握的土地達八十三萬頃。乾嘉之際的權臣和珅就占田八千餘頃。道光年間的大官僚琦善則有地二百五十二頃。占全國人口絕大多數的農民，只有很少或者完全沒有土地。農民兄弟在封建地租、賦稅、徭役和高利貸的重重盤剝下，陷於貧困破產和流離失所的悲慘境地。農民同地主之間的矛盾，是當時社會的主要矛盾。

絕對的權力必然帶來絕對的腐敗。君主專制的中國，軍備廢弛。鴉片戰爭前夕，清朝的八旗兵[3]和綠營兵[4]編制上有八九十萬人[5]，但武器落後，其裝備水準與清朝早期相比反而有所退步。而且軍隊軍務廢弛，缺乏訓練，軍紀敗壞，國防力量十分虛弱，每年消耗餉銀二千萬兩以上（占當時清朝將近半年的財政收入），腐朽的程度難以想像。

當時中國的軍事力量是以冷兵器為主。西方列强已經完全過渡到火器時代。當然，以冷兵器為主的話，如果你勤加操練，在戰爭當中也不是一點作用發揮不出來，關鍵是武備不修，弓都拉不出來，箭都射不出去，那個時候火槍的射速並不比弓箭快，就是射程比弓箭遠些。但是清軍弓

3 八旗軍在清朝分爲駐防八旗和駐京八旗，前者被清政府派駐到全國各地扼要守險；後者拱衛京城，負責帝都安全。

4 綠營軍招募漢人組成，因用綠色旗而名綠旗兵，以營爲主要基層編制，也稱綠營兵。綠營兵除在京師五城戍衛以外，絕大部分分駐全國各省。提督爲各省綠營的最高武官。

5 清朝先後有八支武裝力量：八旗兵、綠營兵、湘軍、淮軍、防軍、練軍、海軍和新軍，兵制經歷了傳統軍制（經制兵）到勇營制（湘軍、淮軍）再到傳統軍制（防軍、練軍）到近代軍制（近代海軍、新建陸軍），裝備由冷兵器到火器的過程。

都拉不開，箭都射到腳面了，這種樣子就是給你洋槍也沒用。

另外，財政虧空。天朝怕打仗，太花錢了，天朝國庫剩不了多少銀子。中國古代的財政跟我們今天不一樣，今天國家要編制預算、決算，咱每年要掙多少錢，要花多少錢，要留兩筆錢用於應付突發事件：一個是自然災害，像汶川地震那樣的自然災害；再一個就是戰爭。這兩筆錢就是國家壓箱底的，這個錢完全不能動。古代沒有，完全量入為出，我一年收入四千萬兩，支出也是四千萬兩，多一兩沒有。如果爆發了自然災害或者大的戰爭，國家需要錢了能怎麼辦？加稅。明朝為什麼滅亡？為什麼那麼多人跟著李自成幹？就是因為明朝加稅、加派三餉[6]，一加三餉老百姓全跟李自成玩去了。

清朝也看到明朝的教訓，永不加賦，慈悲為懷，善待百姓，輕徭薄賦，所以絕不能再增加賦稅。可不增加賦稅的話最好什麼事都別發生，一發生事，朝廷就完蛋了。拿什麼打仗？養兵十萬，日費千金。所以財政虧空是一個重要問題。

千瘡百孔的中國，認識到自己的問題沒有？沒有。外面花花世界，列強逐鹿新大陸，亞洲的土耳其日漸衰落，波斯、阿拉伯被迫屈服，印度已經被英國蠶食殆盡，神秘的中國是一塊肥肉，四面八方被人包抄過來。然而，天朝自我感覺良好，盲目地認為世界上三分之二的人處於水深火熱之中，我們大清帝國最幸福，萬國來朝，四夷臣服，沒有認識到自己已經被世界先進國家遠遠地甩在後面了。

小孩子經常被教育，中國地大物博，物產豐富，無所不有。確實，封建經濟像張三隻腿的凳子，穩著呢。大清國不屑於同外來的小馬仔在銀子上有任何瓜葛。西方資本主義東擴勢頭兇猛，清朝不願意自己的領土受到侵犯，也不願意自己的人民同外國交往，進而危及自己的統治，清政府拿著書往前一翻，明朝的海禁[7]制度挺好，沿用之。對外貿易本來是有五口，廣州、廈門、寧波、雲台和蒙古邊境的恰克圖，前四處是海港和西方人進行交易，後一處是陸路，和俄羅斯人往來。誰知，西洋人愛跑廣州，其他地方甚至數十年都不見有洋人前往，乾隆爺一看，就關了廈門、寧波、雲台三口，專限廣州與恰克圖兩地對外往來，而且交易時間還有限制，在某種程度上，清朝閉關鎖國的對外政策確實限制了外國人，大清同洋人交往彼此也相安無事。但從長遠看，這一政策不可能起到抵制殖民、抵抗侵略的作用，反而限制了自身的發展。

女皇來販煙

當然，鴉片戰爭還是因為銷煙。為什麼英國要在一八四〇年出兵打我們？直接原因是虎門銷煙。從十六世紀到十九世紀初，長達幾個世紀的中英貿易中，中國一直處於出超地位，也就是我們在對外貿易當中是賺錢的。

拿現在說，我們每年跟美國保持著六百億美元的巨額貿易順差，如果是倒退一百五十年，這個戰爭就打起來了。現在的中美貿易，儘管我們與美國貿易順差數額巨大，實際上我們沒掙錢。

6 明朝崇禎年間，加派的賦稅名，遼餉、剿餉、練餉，合稱三餉。

7 明太祖朱元璋出於政治上防範日本的需要和經濟上重商主義的考量杜絕貴金屬外流，在對外貿易上除允許部分國家或部族通過「朝貢」的方式進行貿易外，其他私人海外貿易一律禁止。永樂以後，隨著中國海防的鞏固和社會的穩定，禁令漸弛。後隨抗倭狀況禁令時緊時鬆，開放海禁後，爲資本主義的萌芽提供了條件。

美國的一些企業，像NIKE等公司，產品在中國生產。中國勞動力便宜，產品通過廉價勞動力生產賣到美國，一雙中國生產的NIKE鞋在美國只要五六十美元，而在國內同樣一雙鞋卻要價上千元人民幣。不僅僅是NIKE鞋，很多大陸工廠出口的產品出口到美國市場後，扣除關稅賣得都比你還便宜。中國生產的產品經過長途跋涉，到了遠在大洋對岸的美國，賣得比產地還便宜，這怎麼說？而且只要從中國製造，就算是中國的貿易順差，這裡面的錢，大頭讓外國人拿走了。要知道在鴉片戰爭前，中英貿易，白花花、響噹噹的銀子，可全都是讓中國給賺了，一年大概掙英國一千萬銀元，當時合中國的白銀七百多萬兩。單茶葉這一項就很厲害，誰都承認中國福建的茶最好。印度也產茶，沖出來你喝嗎？不愛喝！茶葉這個東西，就是中國的好。

英國同中國做買賣，有一點讓人覺得特別可怕。中國並不需要英國的商品，只賣不買。中國是自然經濟，生產生活能夠自給自足，誰買你的英國貨？英國人也沒調查中國市場，當然天朝閉關鎖國，它也沒法調查。所以運來的商品有的就很離譜了，像餐刀餐叉，中國人看到洋人吃飯居然用鐵器，拿刀切，哇！茹毛飲血，一幫遠古先民！又如鋼琴，這東西在今天的中國家庭裡恐怕也不多見，大部分是父母逼著孩子學的，考完級就再不碰了，也就是有人來串門的時候彈個「可愛的藍精靈」；睡衣睡帽，中國人沒有穿這東西的傳統，睡覺還穿衣服？這不暴殄天物嗎！褲衩背心就好了，徹底解放更舒服！沒用，不要。英國產品在中國賣不出去，所以永遠出超，英國商人就怒了。怎麼辦？賣什麼呢？那就賣鴉片吧。在英國本土，鴉片是不能種植的，英國不產，印度產。東印度公司[8]就在印度支持種鴉片。包括現在的金三角、緬甸的鴉片最初都是英國人種的。英國人一種，當地人也覺得種這個好，來勁了。

乾隆三十八年（一七七三年），英商覺得鴉片是最有利可圖的商品，開始販賣。乾隆末年，輸入鴉片將近二千箱。嘉慶初年（一七九六年），增加到四千箱，嘉慶十六年（一八一一年），多至五千箱。道光十五年（一八三五年），增至三萬箱，合紋銀約一千五百餘萬兩，鴉片輸入的量如同飆升的溫度計，噌地一下就上去了。

當然，一定要明白，英國往中國走私鴉片，絕不是英國政府行為。完成了工業革命的英國，正當亞當・斯密發表《國富論》，自由資本主義發展，政府對經濟是不干預的。政府要是鼓勵商人賣鴉片，那英國實際上就成了最大的販毒集團了。英國的散商，也叫港腳商人[9]，是東印度公司以外的自由商人，他們多是鴉片走私販子，又是最早把英國的棉紡織品帶到中國市場的自由商人。港腳商人發展很快，已經强大到要求政府取消東印度公司對華貿易的壟斷權，並最終達到目的。他們的貿易活動逐漸改變了由東印度公司和廣州商行所構成的壟斷性中英貿易格局，使其向著自由貿易的方向發展。在鴉片戰爭前，他們積極鼓吹對華戰爭，打開中國的大門，以擴大中英貿易，特別是其中的鴉片貿易。他們發現鴉片很好很强大，好東西應該大家一起分享，如果兄弟喜歡，可以都給你。這個東西果然好，魯迅先生都曰，洋人拿鴉片來治病，中國拿鴉片來當飯吃。中國從王爺到尼姑都抽鴉片，宮內太監也抽。皇帝在宮裡聞見鴉片煙的香味，定睛一看，太

---

8 英國東印度公司操縱著中國的對外貿易。隨著英國工業革命的展開，工業資產階級越來越不滿由東印度公司操縱的壟斷性貿易，他們想直接參與對東方的貿易，一八三三年，議會又通過法案，取消公司對中國的貿易壟斷權。

9 從十七世紀末葉到十九世紀中葉，印度、東印度群島同中國之間的貿易叫做港腳貿易，這些商人叫港腳商，其中主要是經過東印度公司特許的從事貿易的私商。

監躺在床上吞雲吐霧，抽鴉片呢。

英國商人強烈要求打開中國的貿易大門的時候，大清皇帝被鴉片攪得焦心，清政府把重點放在禁煙上，反正我們用不著英國的東西，誰管你貿易。道光十八年，鴻臚寺卿黃爵滋建議重治吸食者，吸者一年內戒絕，過期不戒，普通人處死，官吏處死，其子女不准參加科考。高級官員議論，二十一人反對，八人贊成。禁煙令壓根就沒什麼用，鴉片走私與煙毒屢禁不止。

抽鴉片可是高消費，當官的抽上了，靠工資支應不了，就得貪污；當兵的抽上的話就更麻煩了，該衝鋒陷陣的時候煙癮犯了，得躺地上燒一泡兒，這仗還怎麼打？抽食鴉片的結果是政府的財政收入和軍隊的戰鬥力受到嚴重影響。民國的時候，有的地方軍閥的戰鬥力很差，士兵被稱為「雙槍兵」，一杆步槍，一杆煙槍。

湖廣總督林則徐給皇上的奏摺裡面說：「鴉片流毒於天下，法當從嚴。若猶泄泄視之，是使數十年後，中原幾無可以禦敵之兵，且無可以充餉之銀。興思及此，能無股慄？」林則徐每次想到這裡就大腿打哆嗦，股就是腿，慄就是抖。你說沒銀子沒兵皇帝幹什麼勁？鴉片走私造成中國銀荒兵弱，政權的統治基礎不穩，因此皇帝很生氣，氣壞了的皇上派林則徐為欽差大臣赴廣東禁煙。

林則徐禁煙決心相當的大，一八三九年三月林則徐抵達廣州後，隨即嚴正聲明：「若鴉片一日未絕，本大臣一日不回，誓與此事相始終，斷無中止之理。」他在整頓海防，嚴拿煙販的同時，對外國鴉片販子也採取嚴厲的措施。不僅繳獲了人家外商的鴉片，還讓人家寫下保證書，保證以後來華，永不敢夾帶鴉片。如有帶來，一經查出，貨即沒收，人即正法。英國鴉片販子被迫繳出二萬餘箱鴉片，美國煙販繳出一千五百餘箱鴉片。

林大人繳獲鴉片後不肯作罷，隨即上演了中國近現代史上最激動人心的一幕，即人民紀念碑上第一幅浮雕——「虎門銷煙」，這一舉動可謂大快人心。要知道，不是燒煙，鴉片煙不能燒，一燒的話提純了，是銷煙，即把鴉片集中於虎門的海灘，於高處築起圍欄，挖下長寬各十五丈的兩個大坑，灌入海水並倒進生石灰，待水沸騰後投下鴉片，使之徹底銷毀，場面無比壯觀。

虎門銷煙給了英國出兵的藉口。英國商人遊説英國政府，强烈呼籲：政府要保護本國商人的利益。我們的貨物被中國政府給毀了，得讓他賠，得給腐朽的帝國以致命一擊，讓他們認識到我們大英帝國不是好惹的。為此，英國國會展開激烈的爭論，有英國議員説，如果我們為了鴉片而戰，英國不就成了武裝走私集團嗎？這事不能幹。

沒辦法，最後只好請維多利亞女皇御裁。維多利亞女皇宣佈：我們為自由貿易的原則開戰，不是為鴉片而戰。

不是自由貿易嗎？我東西賣到你這裡來就得買，你中國人不買的原因是政府閉關鎖國。我的貨都進不來，老百姓當然不買了。女皇的腦袋認為，我的貨一進來老百姓就會買，她不認為老百姓沒有英國貨，一樣能夠衣食無虞。要掏錢的事老百姓不會幹，女皇意識不到這一點。在女皇的支持下，英國國會勉力以二百七十一比二百六十二，支持票比反對票僅僅多了九票的微弱優勢，通過對華戰爭的提案，英國為了自由貿易的原則決定對華開戰。

就這樣，四千名東方遠征軍，十六艘戰艦，五百四十門炮，繞過半個地球，走了據説半年多，去進攻一個擁有一千三百萬平方公里國土、四點一億人口、九十萬正規軍的帝國。

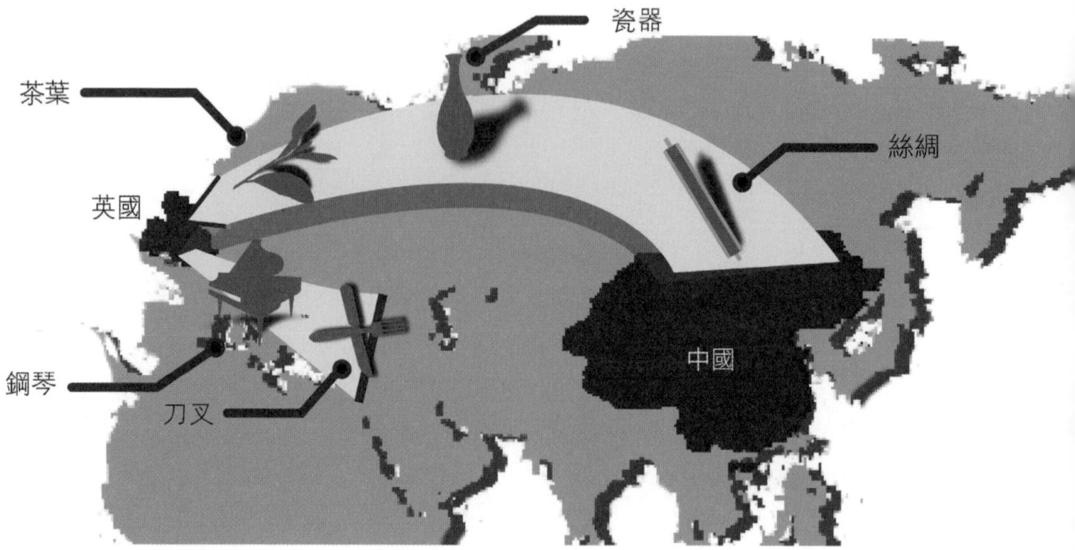

鴉片戰爭前中英貿易圖

鴉片戰爭前的中英貿易，鴉片單邊往來，茶葉、絲綢、瓷器等商品源源不斷從中國輸出，每年七百多萬兩白花花的銀子從英國流往中國。

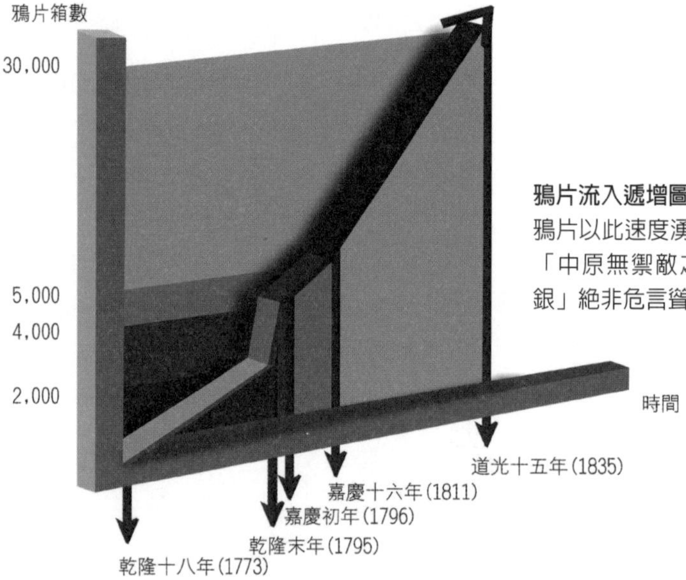

鴉片流入遞增圖

鴉片以此速度湧入中國，長此以往，「中原無禦敵之兵，且無可充餉之銀」絕非危言聳聽。

炮火中相逢

從中英參戰人數數字對比看，英國可謂自不量力。英國的正規軍總共只有十三萬，而且兵力分散，散佈在全球。但是這支軍隊可是百戰雄師，連拿破崙都打他不過。中國有二十五萬八旗兵，六十六萬綠營兵，基本上由市井之徒、流民、窮漢等構成。宋朝以後，朝廷實行募兵制[10]，所謂豎起招兵旗，自有吃糧人。在中國，穿軍裝是來幹什麼來的？大多是吃飯來的，不是真玩命。

英國職業軍人卻不同，為國家開疆拓土，是帝國軍人的光榮。中國九十萬軍隊在哪裡？在全國。英國雖然只有寥寥數千名遠征軍，但中國一萬多公里的海岸線，從來就是有海無防，英軍指哪兒打哪兒。就整體兵力而言，英國是弱勢，但其局部兵力明顯占優勢，而且英國後來陸續增兵。

據統計，鴉片戰爭中英軍累計參戰兵力是二萬人，中國累計參戰兵力是三十萬。當然三十萬是估計的，皇上派你去，你從黑龍江趕去，沒等到你去，仗打完了，這也算參戰。走一半仗打完了，這不怪我，也算參戰。從四川調一千人到浙江參戰，頭期是五百五十人，後期是四百五十人，五百五十人走到半道，仗打完了，那四百五十人還沒出發呢，也就不用去了，清政府全國布兵，軍隊調動起來就很難了。

10 募兵制也就是雇傭兵役制度。招募者與應募者是雇傭關係，從宋代開始，應募的多是些地痞無賴，無組織紀律性。

鴉片戰爭就這樣打了起來，一八四〇年，由四十八艘艦船（海軍戰艦十六艘、東印度公司武裝汽船四艘、運兵船一艘、運輸船二十七艘）和陸軍四千人（愛爾蘭皇家陸軍第十八團、蘇格蘭步兵第二十六團、步兵第四十九團），二千至三千海軍組成的英國遠征軍封鎖了廣州珠江口。

英國裝備齊備，大船三千多噸，大炮一百多門，風帆戰列艦[11]，前後左右哪兒都可以開火，三層甲板，三層炮，人家炮彈打出去是爆炸的，裡面是火藥。咱們小船一百多噸，十門炮，炮位還是固定的，只能朝前打，要是敵艦在左方，趕快划槳趕上去。咱中國的炮彈打出去像鉛球，壓根打不著人家。所以林則徐一看這架勢，帆船怎麼進攻戰列艦，這是個問題。乾脆不打，直接防禦。

廣東防備森嚴，英國人一看，不在廣州玩了，中國這麼大，幹麼跟你在這裡叫板，換到了廈門。廈門防備也挺嚴，林則徐的戰友閩浙總督鄧廷楨在此鎮守。洋人就奔定海而去。這樣一來，林則徐傻了，這洋人怎麼這麼無恥？我把鴉片煙銷毀了，你不找我，你找皇上，這算是什麼事？你打不著我，還跑？林則徐自然也沒轍，想追怎麼追？拿帆船追還是騎兵追？追上能怎麼著？只得趕緊六百里加急快馬，把消息告訴皇帝。二十一天到了北京，皇上召軍機大臣開會，商量一個處理意見。意見發回廣州，這路上來回就是兩個月。

等林則徐拿到皇帝的批示，英國人已經離開此地好久，打定海去了。定海二百多年沒見著洋人，知縣姚懷祥還帶著老百姓去慰問，以為洋人是來進貢的。結果到英國軍艦上一看，人家是來打仗的。英國海軍司令讓姚懷祥把定海城讓出來，姚懷祥斷然拒絕。英國軍艦一舷的火炮齊射，當即就把定海城轟塌一片。姚懷祥目瞪口呆，活了四十六年，沒見過這麼大的船，沒見過這麼狠的炮，但大清官吏，自古有死無降。英國人說，密斯特姚有種，是條漢子，讓你準備二十四小時，我再打你。姚縣令急忙回去找兵，連衙役都算上了，湊了幾百人，招募漁船出海迎敵，數千全副武裝的英軍對付連衙役都算上的幾百烏合之衆，漁船ＰＫ近代戰艦，也堪稱戰爭史上的一樁罕事。四十分鐘後，定海百人船隊全軍覆滅。姚懷祥登上定海城樓，向北京紫禁城方向行了三跪九叩的君臣大禮，投海自盡。

道光帝懾於英國艦隊的威脅，改變了抗英態度，任命琦善為欽差大臣，趕赴廣東。林則徐身處不利境地，依舊上書道光，力陳抗英的必要；同時，還建議朝廷製造堅實炮艦，堅決抵抗侵略者。道光為平息戰事，以誤國誤民、辦理不善等罪名查辦了林則徐、鄧廷楨。琦善抵達廣州後，一反林則徐的做法，下令撤除珠江口的海防，裁減水師，遣散水勇、鄉勇，對人民的抗敵熱情大加打擊。後來琦善得知英國不止要查辦林則徐，賠款開港，還要割讓香港島，不敢答應，只得拖延時間。英國人不耐煩，炮轟大角、沙角，琦善無奈中，背著清廷同英國簽訂割地等條款。道光驚聞琦善簽訂的割地、賠款條約，認為有損國威，顏面盡失，遂查辦琦善，一意主戰。

一時沿海戰事再起，在姚懷祥之後，清朝文武官吏殉國一百餘人。提督級的軍官都陣亡了好幾個。廣東水師提督關天培，相當於南海艦隊司令員。英軍大舉進攻虎門諸炮台，守軍才幾百人，關天培在孤軍無援的絕境下，決心死守陣地。英國司令向關天培發出最後通牒，令其放棄虎

11 戰列艦，又稱爲戰鬥艦、主力艦、戰艦，是一種以大口徑火炮的攻擊力與厚重裝甲的防護力爲主要訴求的高噸位海軍作戰艦艇。

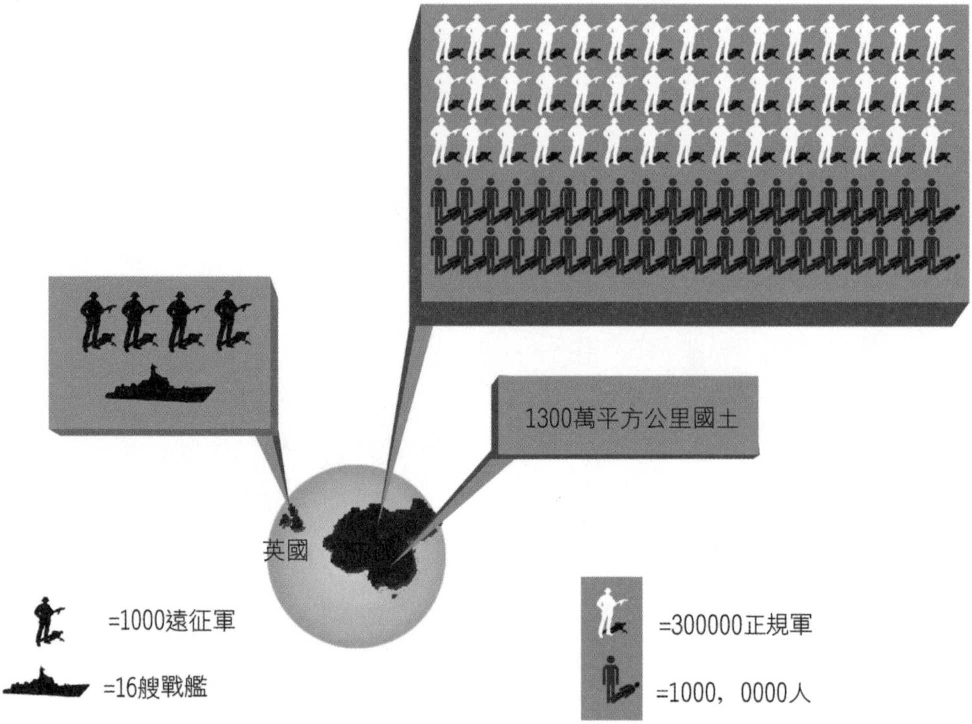

這一次我們要挨打

四千名東方遠征軍，十六艘戰艦就繞過半個地球，據說走了半年多，進攻一個擁有一千三百萬平方公里國土、四點一億人口、九十萬正規軍的中國。這一次中國要挨打。

門各炮台，關天培不予理睬。最終，英軍向清軍發起猛攻，關天培頑强抵抗。在犧牲前，關天培特地委派家丁孫長慶將他的廣東水師提督官印送回省城。孫長慶徘徊良久，不忍離去，待其抱印而走，到半山，回首時見敵炮已經擊中關天培。關天培的屍體最後被人找到時，身體的一半已被炮火燒焦了。出葬的那天，「士大夫數百人縞衣迎送，旁觀者或痛哭失聲」。

中英兩軍再次在定海開戰，定海一戰犧牲了葛雲飛、王錫朋、鄭國鴻三位正二品的總兵，可謂慘烈。

定海開戰前，總兵葛雲飛發佈戰前動員令：「賊不足畏，可盡滅也。」並且當衆宣誓，萬一戰事不利，我身為大將，奉天子之命鎮守這方土地，城亡我亡，這才是大丈夫之義，我絶不離開定海半步，葛雲飛早將生死置之於外。

英軍利用舢板船登陸，攻占了一條通向定海城的險道，企圖攻陷定海。當此危急之時，王錫朋領著士兵抬著土炮奔赴在前，抱著必死之心堵擊英軍。彈藥打完，王錫朋同英軍近身肉搏，拼死抵抗，一次一次震懾住敵軍。隨著英軍登陸人數越來越多，王錫朋再次近身上前，親手殺死幾名英軍，不幸被敵軍炮火擊中，壯烈犧牲。其他將領都因寡不敵衆，先後受傷陣亡。王錫朋死後，被英軍殘忍地剝下皮來，將屍體戳爛作為發洩。鄭國鴻也在身中炮彈後，為國殉難。

失去了戰友對敵軍的牽制，葛雲飛飽受英軍三面夾擊。葛雲飛以死相搏，英軍的槍彈接連不斷地射到他的身上，全身受傷幾十處的葛總兵，如他開戰前起誓的那樣，城存我存，城亡我亡，頑强地堅守在戰鬥最前線。直到最後一枚飛彈，打中他的胸膛，他站立不住，倒在岩石下，壯烈犧牲。

英軍繼而攻打鎮海，鎮海保衛戰中，兩江總督裕謙自殺。兩江總督按照我們今天的話說就是江蘇、江西、安徽三省的省委書記兼省長兼南京軍區司令員，一品大員，這麼大的官都投海自盡了。清朝綠營武官的等級是：提督、總兵、副將、參將、遊擊、都司、守備、千總、把總。如果套用國際通用的軍銜體系，則提督、總兵、副將相當於將級軍官。咱們在鴉片戰爭中，幹掉的英國軍官最高不過是尉官，而我們的高級將領則大量陣亡，損失慘重。

我意與君和

歷來，對中原王朝、對北京的威脅來自蒙古高原。所以修一個長城擋著，外邊待著吧，別老想往裡邊闖！海上防禦是中原王朝從來未曾想過的，因為騎兵不會從海上過來。既然英國人從海上過來，從廣東一路北犯，到達天津，且打得你毫無還手之力，沒辦法，在這種情況下，只有議和。

局勢與人心向來都是瞬息萬變，清廷又不甘心如此議和，英軍為逼清廷就範，從廣州出發，經過東南沿海進入長江直抵南京，朝廷只得屈辱投降。為何打到南京，清政府就不得不投降認輸？東南七省是朝廷命脈所系，是中國財富最為集中，最為富庶的地方，英國控制了東南沿海，意欲控制長江，斷絕漕運，清廷這一下沒錢了怎麼打？沒有任何條件可以談，唯有簽約。

一八四二年中國近代史第一個不平等條約——中英《南京條約》規定：割香港島給英國。割的香港島不是今天整個香港特別行政區。港島的面積只相當於香港特區的百分之三，因為香港特區是一千零六十二平方公里，港島是五十平方公里。割香港島給英國，這是第一次。今天香港特別行政區是一九九七年回來的。它的淪陷是分為三步的：《南京條約》以及《北京條約》和一八九八年《中英展拓香港界址專條》。《南京條約》割港島，《北京條約》割九龍司，然後《中英展拓香港界址專條》是租新界。所以港島和九龍司是割，加一塊大概占特別行政區百分之五的面積；新界是租，理論上割給人家的地要不回來了，但是中華人民共和國不承認不平等條約，香港就必須回來。租的地是一八九八年租的，租期九十九年，到一九九七年到期，所以租期一滿，我們就給要回來了。

賠款二千一百萬兩銀元，這個銀元是指西班牙鑄造墨西哥的鷹洋[12]。收藏銀元的玩家一說銀元就是「大頭、小頭、鷹、龍洋」，大頭是袁大頭，這是存世比較多的。小頭是孫中山，數量比較稀少。龍洋是清朝後期的銀元，光緒、宣統年間發行。鷹洋指的是墨西哥銀元，一塊銀元，折合中國的白銀是七錢二分。所以二千一百萬兩銀元大概應該合中國白銀一千五百、一千六百萬兩的樣子。朝廷一年的財政收入是三千萬——四千萬兩白銀，這些錢三年還清。

需要特別說明的，二千一百萬兩銀元裡，賠鴉片的錢六百萬兩銀元，戰爭中所耗軍費九百萬兩你得報銷。這一千五百萬兩是屈辱的，是不能給的，還有商欠六百萬兩是應該給人家的，就是你欠人家的錢。原來咱只有廣州一地跟英國人通商。所有的對外貿易只能通過廣州的十三行[13]進

---

12 墨西哥從一八二三年自鑄銀元，成色重量皆仿本洋，因鐫有鷹徽，俗稱鷹洋。鴉片戰爭後，鷹洋大量流入中國，在南方、中部各省幾乎成爲主要貨幣。據清朝宣統二年户部調查統計，當時流通的外國銀元約有十一億枚，其中三分之一是墨西哥鷹洋。

13 十三行是清代設立于廣州的經營對外貿易的專業商行。它是清廷實行嚴格管理外貿政策措施的重要組成部分，其目的在於防止中外商民自由交往，由封建官府勢力「招商承充」並加以扶植，成爲對外貿易的代理人，具有官商的社會身份，也是清代重要的商人資本集團。十三行作爲清代官設的對外貿易特許商，代海關徵收進出口洋船各項稅餉，並代官府管理外商和執行外事任務。

行，十三行有點海協會的感覺，表面是民間組織，實際上是官府操控。十三行歷年欠人家英國商人一些錢，反正就是不給，你告我呀？他背後有人撐腰，人家政府是給農民工討債來了，所以你得給人家錢。

第三是廣州、廈門、福州、寧波、上海五口通商，中國的東南沿海地區，是今天中國經濟最發達的，對外開放最早，得全國風氣之先的地方。

第四，協定關稅，英商進出口貨物繳納的關稅率中國要跟英國商定。按照今天的雙方經濟往來標準來看應該不應該？應該。你看中國和美國貿易談判，中國一般是商務部副部長，美國專門有一個談判代表，也是部級的幹部，雙方談判就涉及關稅的問題。比如說美國的飛機、電腦晶片、小麥、橘子是特產，進入中國，我們要給它們優惠，關稅要降低，我們中國的特產NIKE鞋、芭比娃娃、聖誕樹，這些東西要進入美國也要給我們降低關稅。

雙方談這些問題，所以關稅是可以商量的。

鴉片戰爭以後的關稅，就是英國一口價，百分之五。這恐怕是世界上最低的關稅，而且沒得商量。雙方簽完了條約，回去之後等著兩國的領導人批准，英國不幹了，說不夠本。於是又簽附件。《虎門條約》和《五口通商章程》作為《南京條約》的附件，通過這些補充條約，英國取得了「領事裁判權」、「片面最惠國待遇」，還有口岸租賃土地房屋永久居住的特權。

領事裁判權又稱治外法權[14]（抗日戰爭的時候，一九四三年重慶國民政府跟英美廢除了治外

14 治外法權是指免除本地法律司法權的情形，一般是互相給予。

割讓港島

鴉片戰爭中，割讓的香港島不是今天整個香港特別行政區，港島的面積只相當於香港特區的百分之三。

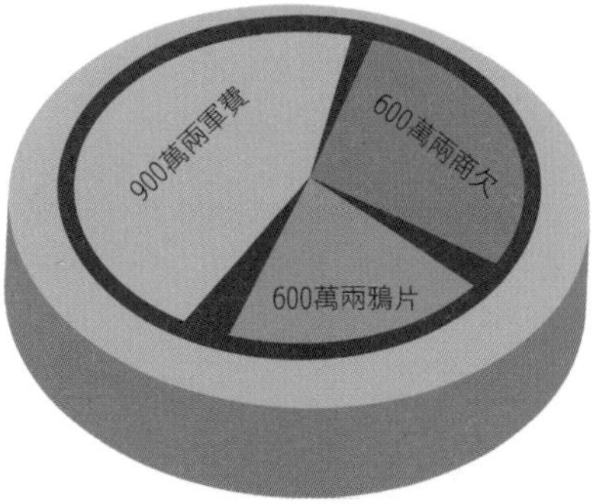

鴉片戰爭賠款兩千一百萬兩銀元結構圖

鴉片戰爭前僅廣州一地跟英國人通商，十三行同英國人買賣欠下六百萬兩白銀，英國政府給本國農民工討債，在戰爭賠款中一併討還。

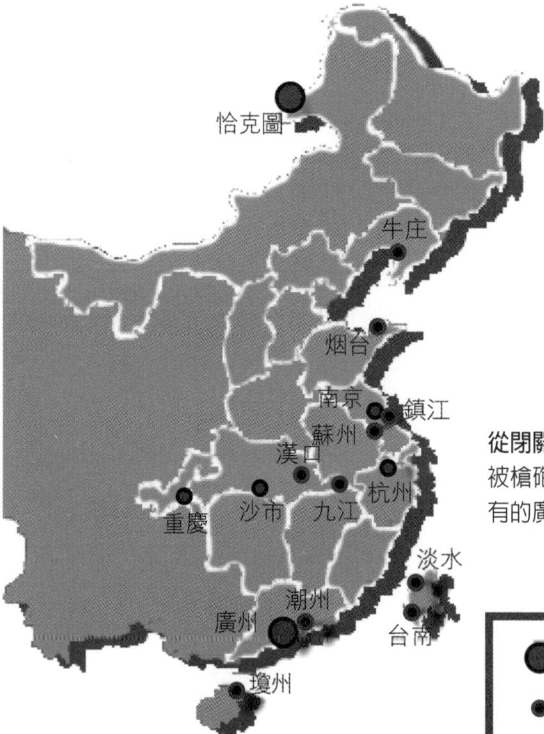

從閉關鎖國到遍地開花

被槍砲打開國門的中國，開放港口日益增多。從僅有的廣州、恰克圖到沿海城市，到沿江內陸⋯⋯

- 閉關鎖國時開放的通商港口
- 第一次鴉片戰爭後被迫開放的通商港口
- 中日《馬關條約》開放的通商口岸

法權），它破壞了中國的司法主權。外國公民在中國犯了罪，中國的法律不能制裁，由他的領事進行裁判。且不説領事裁判公正不公正（估計公正不了），就算公正你也破壞了中國的司法主權。你看美國的軍隊在海外駐紮，幹一些傷天害理的事，像在日本、韓國殺人放火，當地法律判不了美國兵，美國兵只受美國軍法的審判。

美國一個飛行員在義大利駕駛A6重攻擊機超低空飛，他想玩特技，從人家登山纜車索道底下過去。結果玩砸了，把人家撞下來了，二十多人全摔死了。二十多人都是歐洲公民，義大利人、德國人、瑞士人，都是美國的盟國。飛機撞下來了，怎麼也算交通肇事吧？最後好像沒什麼事，回國不了了之了，所在國法律管不了他。

補充條約中，片面最惠國待遇[15]，是咱們要强調的問題。我們中國的特產進入你們美國零關税，你的特產進入中國零關税，這是互相給予對方最惠國待遇，結果現在是片面的，你給他，他不給你，你上哪兒説理去？關鍵片面最惠國待遇裡面英國人聰明，他加了一個一體均沾原則。我們英國要了這麼多利益，萬一以後某一個國家比我們英國要的利益還多，則英國自動享受。你給他就等於給我了。

結果後來所有國家都要求這個，最後連拉丁美洲的香蕉共和國都要一體均沾。咱大清糊塗了，一看見藍眼珠、高鼻子就跟人家簽，到後來當然跟這些國家都廢了，咱改訂新約了。一看秘魯還不如我們大清呢，你也人五人六跟我簽這個？咱跟强國廢不了，跟弱國可以廢了，拉丁美洲的香蕉共和國可比我們中國差遠了。

通商口岸租賃土地房屋永久居住，這就形成後來的租界。英租界、法租界、公共租界，租界中國法律管不了，逃裡面就安全了。殺了人往裡面跑就可以了。上海灘正式進入了租界時代。香港新界是租借地，跟租界還不一樣。

一八四四年，美國和法國强迫清政府簽訂《望廈條約》和《黃埔條約》。《望廈條約》使美國享有英國在《南京條約》及其附件中取得的除割地賠款外的一切特權。除了割地賠款，別的特權美國都要。同樣是對外進行侵略，也有水準的高低。相比較而言，美國的「侵略藝術」水準是比較高的，它很少直接出兵去占領某個國家。有些人低能一點，弄十幾萬軍隊駐在那裡多傻啊？蘇聯才這麼幹，日本才這麼幹，德國才這麼幹，這種藝術程度比較低的事，美國不愛幹，他扔美元、餅乾、優酪乳的時候比扔炸彈的時候多，比如打伊拉克。根據這一條約，美國兵船可以在中國巡查貿易，美國人進入中國的港口，中國領海主權遭到破壞。美國人來到中國，開設醫院、建立教堂。醫院、教堂更多是為自己服務，我們的望聞問切，美國人不知道准不准，開設教堂，是解決美國公民的精神信仰問題。

法國《黃埔條約》使法國享有美國在《望廈條約》中的一切特權。天主教在中國自由傳教。一七二三年，清世宗雍正皇帝下詔禁教，這時法國規定可以自由傳教，即一百二十一年後天主教跟隨著堅船利炮又回到了中國。基督教（廣義）在中國是三起三落。在唐朝，當時尚未分裂的基督教會的一個派別聶斯托裡派傳入中國，稱為景教，唐武宗滅佛，捎帶著連它也滅了。天主教最

15 「片面最惠國待遇」是指一國在通商、航海、稅收或公民法律地位等方面，給予另一國享受現時或將來所給予任何第三國同樣的一切優惠、特權或豁免等待遇。

早傳入中國是在元朝，一二九四年義大利方濟各會會士孟高唯諾以教廷使節身份來到中國，並獲准在京城設立教堂傳教，這是天主教正式傳入中國。其主要在宮廷上層傳播，後隨元朝滅亡而中斷。十六世紀，以利馬竇為首的耶穌會士再度將天主教傳入中國。至清康熙年間，由於羅馬教廷挑起「禮儀之爭」[16]，不准中國教徒敬孔祭祖，而遭皇帝禁教，天主教再陷低谷。這次跟著洋人的炮艦進入中國的天主教、基督教，已經是第四次進入中國了。

獅子滾繡球

鴉片戰爭讓五千年的文明古國，受到前所未有的奇恥大辱。這些不平等條約，一個比一個要的利益多。中國的獨立主權、自然經濟開始遭到破壞，中國在突如其來的變故中，由傳統走向現代。

柏楊先生曾經寫道：「一些中國曾經聽說過，或從沒有聽說過的彈丸小國，在過去就是前來進貢也不夠資格的，現在排隊而來。」[17]葡萄牙、西班牙、比利時、普魯士、奧匈帝國、義大利、荷蘭、丹麥、瑞典等國一一和中國簽訂了條約，而且都享有和《南京條約》中英國人享有一樣的特權。道光年間，葡萄牙人竟然驅逐中國在澳門的官吏，停付租金，公然强占了澳門。中華帝國頓時陷入半殖民地狀態。

16 「禮儀之爭」是在天主教向中國傳播時，圍繞對孔子和祖先的崇拜、對天的祭祀、關於天主的名稱及內涵問題發生的爭論。這一事件幾乎危及到了天主教在中國的存在。

17 引自《中國人史綱下卷》，柏楊著，山西人民出版社，二〇〇八年十月出版。

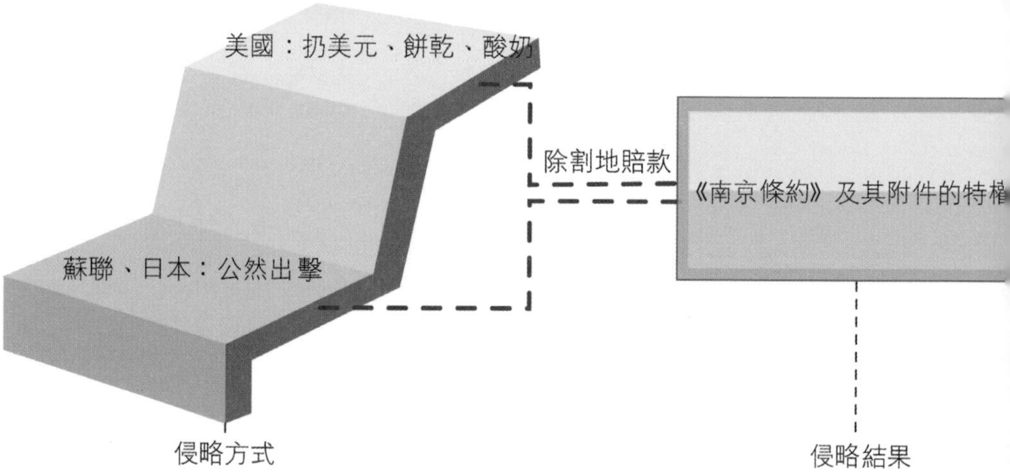

高明的侵略

美國的侵略藝術高明，扔美元的時候比扔炸彈的時候多。美國一般不動一兵一卒，不要割地賠款，利益均沾，你有的特權我都有。

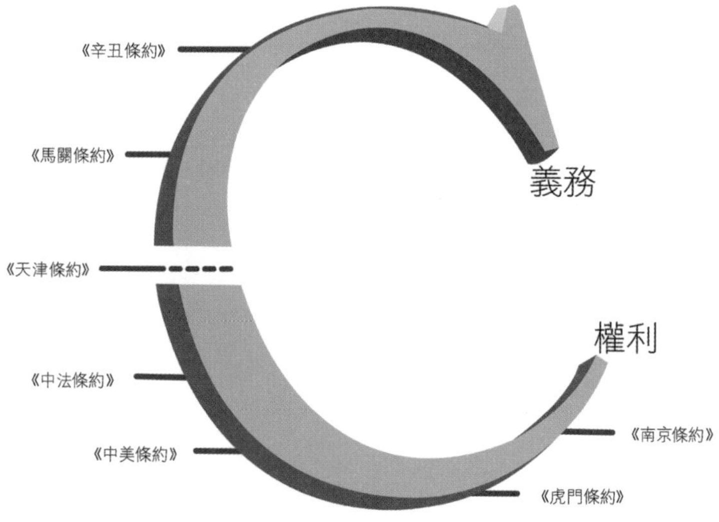

無知者無畏

長期的閉關索國造成的盲目自大，同西方國家的交涉中，清朝無數次放棄自己的應得利益，洋人逐漸把在條約中把享受特權固定為我們應盡的義務。

縱觀《南京條約》《虎門條約》《中美條約》《中法條約》同英法聯軍以後的《天津條約》《北京條約》等，前四約不過是不平等條約的濫觴，後面可謂不平等條約的大成。此前的不平等條款，如協定關稅及領事裁判權等，完全是由於我們的無知而自動放棄。到天津條約，外國人才有意把既得的特權變為義務。在這一過程中，隨著中國同西方外交關係的深入，新鮮事物不斷湧入，中國現代化進程的步伐也在加快。

鴉片戰爭後，清政府同外國的交往日益增多，清政府時候的中國，沒有國旗，也沒有國歌，只有象徵皇權的黃龍旗。一八八九年，張蔭桓出使國外，請求朝廷定長方形黃色龍旗為國旗。一八九六年，李鴻章作為外交特使，出使西歐和俄國，在歡迎會上，按照國際慣例，要演奏主、賓兩國國歌，李鴻章靈光一閃，臨時編出一首七絕詩，以充國歌。歌詞讓人很無語：「金殿當頭紫閣重，仙人掌上玉芙蓉，太平天子朝天日，五色雲車駕六龍。」在不斷的交流與撞擊中，中國將迎來一次前所未有的巨變。

在此過程中，中國社會的性質發生了變化，中國主權遭到破壞，捲入世界資本主義市場，自給自足的經濟逐步解體。中國在資本主義世界市場裡面，成為提供市場和原材料的一方。

社會性質的變化引發社會矛盾變化。由地主和農民的矛盾，變成外國資本主義和中華民族的矛盾，封建主義和人民大眾的矛盾，而外國資本主義和中華民族的矛盾成為各種社會矛盾中最重要的矛盾。中國近現代史基本上都是這樣，只要一有外敵入侵，中華民族到了最後的時候都能凝聚一起，「兄弟鬩於牆而外禦其侮」，團結在一起一塊兒幹，而敵人只要一打跑，內部矛盾就上升為主要矛盾了。

革命任務也發生變化，戰前革命任務是反封建，就是反對本國的封建統治；戰後就變成反侵略反封建，所以叫做民族民主革命。要建立民主的政治體制，立憲也好，民主共和也好，這個時期的革命是資產階級領導的，稱為舊民主主義革命。

鴉片戰爭使中國開始淪為了半封建半殖民地社會，那麼中國的抗爭與探索也就開始了。中國的國門剛剛被洋人打開，中國的鬥爭與探索只能是中國的傳統階級，也就是中國的地主和農民來進行。

2 大敵進逼，避暑第一

找來的事端

一八五〇年，時年十九歲的咸豐帝繼位。中國最高統治者之間權力的交替，令國內局勢以及同西方國家之間的關係，發生了微妙的變化。這位初繼大統的年輕帝王心潮澎湃，大清國的妥協退讓令他蒙羞，群衆抗英的鬥志，深深打動了這顆年輕驛動的心。他再次推行對外强硬路線，支持官員不同西方使節交往。

廣東巡撫葉名琛是個傳統士大夫，很是頑固[18]。咸豐元年（一八五一年）升任總督，在廣東負責外交，常以「雪大恥、尊大體」為己任。葉總督對於洋人的態度同咸豐帝一致，四個字，「不屑一顧」。洋人的公文往來，葉總督的批示往往寥寥數字，有的根本就不作回覆。

十九世紀五十年代，世界資本主義迅速發展，擴大國外市場掠奪殖民地成為當務之急。法、美、英三國，向清政府提出修約，要求中國全境開放，進一步打開中國的市場，掠奪中國的原料。

清政府斷然拒絕修約要求，為什麼朝廷拒了洋人的要求？在咸豐看來，上一次敗給你，那是很偶然一不留神栽一跟頭，臭不要臉又來了，還要全境開放。五口通商，哪一口皇上也沒去過，也就是康熙爺、乾隆爺下過江南，別的清朝皇上就在北京待著，了不起上一趟承德，再了不起上一趟瀋陽，別的地兒不去。五口離皇上遠著呢，我們不就是很偶然打了一場小敗仗，以江南百萬生靈為念，不愛理你，給你簽了約，你別恬不知恥又來了，還要全境開放，沒門兒。夜郎自大的天朝，給了英法再次侵略中國的藉口。一八五六年英法發動侵略中國的戰爭，叫做第二次鴉片戰爭。頭一次鴉片戰爭想要什麼？市場和原料，「二鴉」還是為了這個目的。

一八五六年十月，英國利用「亞羅號事件」製造戰爭事端。「亞羅號」本是一艘中國船，後被海盜奪取，船上所有的人都是中國人，葉名琛在該船上抓捕了一名海盜，也是中國人。這本是中國的家事，與英國人無關。只是這艘船為走私方便，在香港的英國政府處註冊，掛上了英國國旗。英國駐廣州代理領事巴夏禮在英國駐華公使、香港總督包令的指使下，致函兩廣總督葉名琛，稱「亞羅號」是英國船，中國兵侮辱懸掛在船上的英國國旗，要求送還被捕者，賠禮道歉。廣東巡撫葉名琛最初據理力爭，但很快就妥協退讓，將全部人犯送到英領事館聽人處置。巴夏禮為進一步擴大事態，百般挑剔，拒不接受。十月二十三日，英艦突然闖入虎門海口，進攻珠江沿岸炮台，悍然挑起侵略戰爭。接著，英軍炮轟廣州城，並一度攻入內城。當地軍民英勇抵抗，英軍因兵力不足，被迫於一八五七年一月退出珠江內河，等待援軍。

為了擴大侵略戰爭，英國政府於一八五七年三月任命前加拿大總督額爾金為全權代表，率領

18 咸豐上任後，查處了一批在鴉片戰爭中主和的官員。葉名琛之前，咸豐起用的兩廣總督徐廣縉也是個頑固派，剛愎自用。

一支海陸軍來中國；同時向法國政府提出聯合出兵的要求。法國為了換取英國支持它在越南獲得的利益，便接受英國建議，派葛羅為全權代表，以「馬神甫事件」為藉口，與英國聯合出兵。所謂「馬神甫事件」，是指法國天主教神甫馬賴違法進入中國內地活動，於一八五六年二月在廣西西林縣被處死一案。

英法聯軍每隔十分鐘向廣州開炮一次，炫耀武力，葉總督拒不跟洋人談判。他的政策被後人總結為：不戰，不和，不守；不死，不降，不走。葉總督的方式似乎比較符合進退失度，既怕挨打又想維護風度的咸豐爺的作風。洋人打來，葉名琛請示朝廷怎麼辦，咸豐皇帝聖諭：中原未靖，豈可沿海再起風波？就是不能跟洋人打仗。皇帝告訴葉總督「上不可辱國體，下不可開戰事」。葉名琛就傻了，皇上這算什麼主意？不辱國體就得打仗，不打仗就得辱國體，他也不知道這個怎麼辦，求呂洞賓顯靈吧，亭子裡掛著呂大仙的畫像，呂祖顯靈保佑我打退英法，直到英法聯軍攻進廣州，葉名琛被俘，押走上船。上船的時候，葉總督心情很放鬆，特別高興。頂戴花翎打扮得跟上朝似的，隨從以手指海，示意他自盡以全臣節。等船開了葉大人發話了，我要到英國面見英王，與她當面論理，給她上課去。我打不過她，還說不過她嗎？兩榜進士，兩廣總督，中國差不多最有學問的人，就這樣認識世界，沒學問的中國人也不想知道世界是怎樣。葉名琛被侵略軍俘虜，解往印度加爾各答，輾轉流離，不食異鄉粟米絕食而亡。這位清末的官吏怎麼都不會想到，自己會流亡海外，客死他鄉。

打來的地盤

距離第一次鴉片戰爭二十年後，大清還是這樣的，有海無防，太容易打了。一下就上來了，攻占廣州。占領廣州後，第二站定海，第三站就直奔天津，終點站北京，路線跟第一次鴉片戰爭一模一樣，特快。

一八五八年英法聯軍奪取大沽炮台，占領天津。美俄兩國公使也隨同到達天津白河口外。皇上派人議和，英法美俄四國强迫朝廷簽訂了《天津條約》，內容第一條，允許外國公使進駐北京。公使進駐北京是符合國際法的，但是就這一條是皇帝最不能接受。我寧可多開幾個口岸，多賠一點錢，這個公使進京絕對不允許，我不能面見外夷。外夷見我不下跪，這絕對不行。後來，答應也得答應，不答應也得答應。中國大概第一個見洋人公使的是同治皇帝，在中南海紫光閣。紫光閣是專門接見越南朝鮮這些藩屬國的地方，洋人也不知道，傻呆呆地來了，見本國君主是三鞠躬，見大清君主是五鞠躬。大清直至一八七五年，才開始向外派出使節，第一個出使英國的是郭嵩燾，也算禮尚往來了。

條約第二點是開放十個通商口岸，這十個通商口岸已經遍及中國沿海深入長江中下游。

第三，外國艦船進長江，破壞了中國內河主權。領海早就已經破壞過一回了，又破壞了中國的內河主權，內河絕對不能對外開放，美國軍艦有訪問上海的，訪問湛江、青島都可以，什麼時候見過美國軍艦訪問武漢？長江萬噸巨輪都能進去，一般驅逐艦當然可以進去，但我們不會邀請美國軍艦訪問武漢，內河絕對不對外開放的，但當時都開了。

第四，外國人在中國遊歷經商傳教。最起碼人家可以踏遍你的山山水水，搞間諜活動很方便。最後還得賠款。

《天津條約》簽訂後，英法聯軍從大沽炮台撤兵。一八六〇年，聯軍再戰天津，進逼北京，所為何事？咸豐帝一直對於英法侵略者自行退去抱有幻想。《天津條約》滿足了英法聯軍的要求，但對於北京駐使和長江通商等條款一直沒有答應。朝廷調名將蒙古僧格林沁親王同英法聯軍作戰。蒙古騎兵在戰鬥中表現得異常勇敢，冒著敵人的密集炮火，多次衝向敵軍陣營進行英勇的戰鬥。敵軍官吉拉爾在《法蘭西和中國》中對清軍的英勇作戰做了詳細的描述：「光榮應該屬於這些好鬥之士，確實應該屬於他們！沒有害怕，也不出怨言，他們甘願為了大家的安全而慷慨地灑下自己的鮮血。這種犧牲精神在所有的民族那裡都被看作是偉大的、尊貴的……這樣的英雄主義在中國軍隊裡是經常可以看到的；而在歐洲則以訛傳訛，竟認為中國軍隊是缺乏勇氣的，此乃是一大謬誤。八里橋之役，中國軍隊以少有之勇敢迎頭痛擊我們。他們的軍隊是由二萬五千名騎兵和為數眾多的民團所組成的，然而還是打不過人數較少的歐洲人，這也的確是事實。法國和英國的炮兵壓倒了他們的箭、矛、遲鈍的刀和很不像樣的炮。儘管他們呼喊前進，勇猛和反復地衝殺，還是一開始就遭到慘敗！」聯軍此時的裝備水準可比第一次鴉片戰爭強多了，最起碼子彈是定裝，不用先倒藥再裝彈丸了，射速比那時候快多了，我們依舊還是刀矛弓箭，還是這玩意兒，鐙裡藏身，連馬都炸死了，鐙裡能藏什麼身？聯軍陣亡五人，傷二十人，清軍卻是損失慘重。咸豐帝本打算「親統六師，直抵通州，以伸天討而張撻伐」，但接到僧王潰敗的消息，便顧不得群臣對他堅守京師的請求，讓他的弟弟恭親王奕訢擔任議和大臣，留守北京，自己逃往避暑山莊。

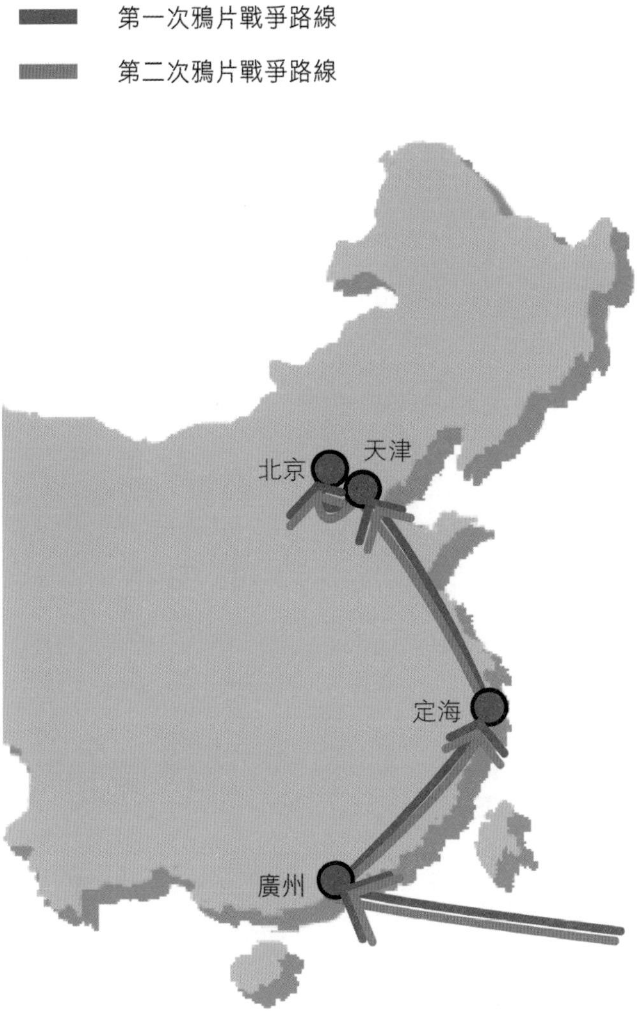

兩次鴉片戰爭路線圖

兩次戰爭路線完全一樣，第一站廣州，第二戰定海，第三戰天津，終點站北京，一模一樣，特快。二十年過去了大清還是這樣的，有海無防。

留守的親王

僧王本是打算戰死沙場以死報國的，突然接到皇上聖旨：「卿以國家依賴之身，而與醜夷拼命太不值矣。」所以僧王一看皇上不讓我死，那就別死了，追隨皇帝去吧。皇帝奔哪兒了？承德，到木蘭圍場打獵去了。那個時候，洋人打到家門口那沒辦法，天子親征？兵都沒了，天子帶誰親征去，怎麼辦啊？所以宗廟社稷黎民百姓就拋給了侵略者，讓自己的弟弟恭親王奕訢留守北京。

恭親王可就氣著了，你說你這傢伙，平時你不用我，我閒廢了這麼多年，等到國難臨頭，你跑了，讓我跟這兒待著。這城下之盟，得我來簽訂。恭親王與咸豐都是宣宗皇帝的兒子。宣宗共有九子，咸豐是老四，恭親王是老六，頭三個兒子都死了，所以老四就變成了老大。

清朝的皇子讀書都是很用功的，哪個皇上的字拿出來都是書法家的水準。結果宣宗的大皇子讀到二十二歲，應該大學畢業分配工作了，皇上還讓他念書，他念煩了，整天吊兒郎當。老師就批評他，你不好好讀書，將來怎麼君臨天下，怎麼做皇帝？他當時被逼惱了，跟老師說，我當了皇帝第一個剮了你，老師一聽，找家長告狀。宣宗就急了：「把那畜生給我叫來！」大阿哥奕緯哆哆嗦嗦地來了，跪下磕完頭，剛一起身，皇上一看：「沒出息的東西！」一腳踹去，沒想到，躺了三天死了。然後老二老三也跟著死了，不知道是嚇的還是怎麼的了。

所以宣宗皇帝一直無子，他非常後悔，怎麼就把兒子一腳給踹死了呢。後來老來得子，四十九歲才有了咸豐皇帝，然後五六七八九就接上了，九個兒子。老四居長，老六賢德，現在歷史學家給老六做智商測算，按照他的文治武功、待人接物各方面的得分跟乾隆大帝接近。要能即位的話，最起碼沒有慈禧太后禍國亂政這些事了。但是歷史不能假設，到底立誰，宣宗皇帝也拿不准主意，那就圍場射獵，考校兩個人的武功吧，咸豐皇帝肯定武功不如奕訢，奕訢自創的刀法槍法，都寫在中華武術的套路裡了，文武全才。咸豐不行。不行怎麼辦呢？打獵的時候他一槍不放，一箭不發，交了白卷。等宣宗一問，他說我不忍心打，春天草木繁育，萬物生長，我怕誤傷母獸，使小獸失親，小獸沒有母親，沒有奶喝，也會餓死，所以我不忍心打。皇上非常高興，我兒仁孝啊，大清以孝治天下，你對動物都這麼愛護，你能不愛護黎民百姓嗎。奕訢非常生氣，你明明打不著，你說你不忍心，我費了這麼半天勁，弄一個虐殺動物，哪兒說理去？

這個時候宣宗皇帝心思就動了，我到底要傳位給老六，還是傳給老四呢？宣宗道光一日病重，自覺不祥，恐怕要駕鶴西遊，於是召集四、六兩個兒子進宮論對，以便決定到底傳位給誰，兩位皇子進宮前都向老師討教對策，老六入宮之前老師告訴他，皇上問什麼，知無不言，言無不盡，一定要讓皇上明白你是一個合格的接班人。所以皇上一問我死了以後，你打算怎麼理財啊，六哥說得頭頭是道；你打算怎麼治國，怎麼賞罰啊，說得特別好，皇上心裡是很踏實。看來這個接班人不錯，但是也有一絲不快，合著我死了之後的事你想得這麼清楚，什麼意思啊？等咸豐要入宮的時候，四兒子的老師杜受田，後來也是諡號文正，跟曾國藩一樣，清朝一共只有八位大臣死後諡號文正。杜文正公善於揣度聖意，就告訴咸豐皇帝，說阿哥見識不及六爺，皇上問什麼都不要回答，皇上只要自言老病，不久於世，惟伏地痛哭爾。所以咸豐一進門就哭，哇哇地哭，皇上一開口問，四阿哥開始哭，皇阿瑪死不了，萬壽無疆永遠健康，皇上一看，這兒子孝順，所以

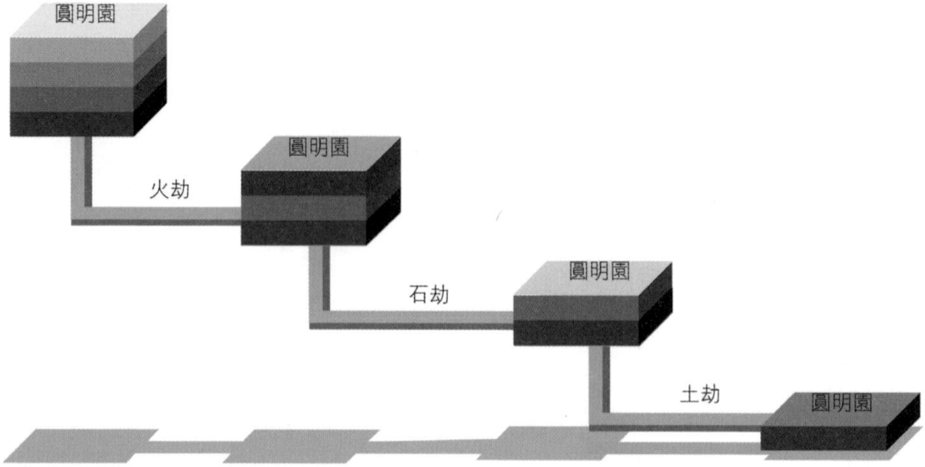

圓明園三劫

圓明園經歷了三劫，火劫，石劫，土劫。八國聯軍火燒圓明園，老百姓接著在裡頭拉石料，開荒造田，將園子毀得徹底。中國自古沒有國家的概念，最大的劫難在於自己人說，搶一點是一點。

最後皇帝立下遺詔的時候，皇四子為太子，皇六子封親王，這是清朝皇帝秘密建儲聖旨裡唯一的一份，寫兩人的，四子做太子，將來承繼大統，皇六子封親王，恭親王不是哥哥封的，是他爹的遺詔裡面封的。所以這哥倆心結、矛盾就很深。

道光病逝後，奕詝即位，改年號為咸豐，封奕訢為恭親王。咸豐之所以在親王爵位前加一個恭字，自然希望這位深受父王喜愛的弟弟對自己也能恭敬服從。咸豐對奕訢感情很複雜，一方面對其另眼相看，曾經把京城最好的一座宅邸賜給奕訢，一方面對他頗為提防，基本上咸豐在位的這些年，恭王就閒廢著，今天讓他掃墓，明天讓他守靈，整天幹這個。

現在外敵打到這兒了，兵臨城下，皇帝自己跑了，讓弟弟去頂，多少有些不地道。咸豐死前，還留著一手，找了八位大臣看著他，所以後來為什麼恭親王跟慈禧聯合起來發動政變，把這八大臣給幹掉，跟這個事是有關的。皇帝歸天，儲君年幼，怎麼著應該叔王輔政，你弄八個不相干的人（死了三個），雖然其中有幾個遠親皇族，你都不用我，這就不合適了。

劫難的中華

攻占了北京城的英法聯軍，焚毀了圓明園，那聯軍是焚搶，圓明園可沒毀，不過確實是經歷了一大劫難。被譽為萬園之園的圓明園被搶後，英國《泰晤士報》稱：「據估計，被掠奪和破壞的財產，總值超過六百萬英鎊，在場的每個軍人都掠奪很多，在進入皇宮的宮殿後，誰也不知道該拿什麼，為了拿金子，而把銀子丟了；為了拿鑲有珠玉的首飾和寶石，又把金子丟了；無價的瓷器和琺瑯器，因為大的不能運走，竟被打碎……」搶劫一空的圓明園最終還被英法聯軍焚燒殆盡，據當年目擊者的記錄，接到焚燒命令後，頃刻間，就看見重重煙霧由樹林裡蜿蜒升騰。不久，縷縷的煙集合成彌天烏黑的一大團，萬萬千千的火焰向外爆發，眼青雲黑，遮天蔽日。看一八七〇年的圓明園照片，尤其是西洋建築，還都存在。

圓明園經歷了三劫，火劫，石劫，土劫。第一樁是火劫，始作俑者是聯軍，石劫就是咱自個兒人幹的，圓明園一荒廢就沒有護軍把守，誰家蓋房子都從裡面拉石料，台階、華表全給拆走，一點兒不留都給端了。十九世紀末，土劫，老百姓進行開荒，圍湖造田，圓明園就徹底給毀了。圓明園是誰的，是皇上的，不是中國的，不搶白不搶。家天下就會出現這種結果，化國為家，老百姓就沒有國家概念，這是你們家的，我搶一點是一點，沒有人覺得是在保衛我的國家，我的民

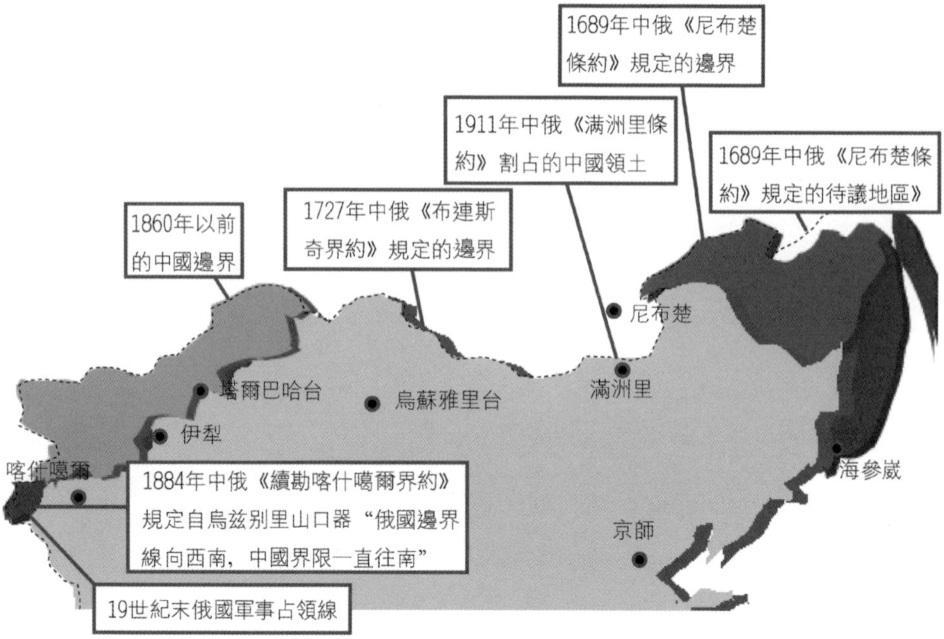

氣吞「山河」如虎

中國近代史上，俄國陸續占我一百七十多萬平方公里的土地，中國的版圖由一張秋海棠變成一只雄雞。俄國大有氣吞山河如虎之勢，不過吞的是別人家的國土。

族。聯軍搶完了，老百姓大著膽子進去，拿吧，也沒人管。

英法聯軍搶劫並焚毀了圓明園之後，強迫朝廷簽訂了《北京條約》。二十七歲的奕訢，對於外交事務全無經驗，卻也不得不在皇城下，處理一個王朝的命運。條約第一承認《天津條約》有效，第二增開天津為商埠，第三割九龍司地方一區給英國，第四准許華工出國。英法兩國估計缺人缺瘋了，打起了華人的主意，華工出國幹麼？做苦力、奴隸。很多小夥子晚上一人在街上走，後面一棍子痲袋一套，一睜眼在船上了。拿那個烙鐵，燒紅了給你胳膊上燙一個「P」，秘魯；燙一「A」，澳大利亞。所以現在那邊定居的華人，說我們家四代定居在美國，都不會說漢語了，那第一代不是「P」就是「A」，都是這麼來的。尤其是美國修鐵路，大西洋通到太平洋的每一根枕木下都有一個華工的冤魂。中國人聰明能幹，一教就會，所以幹活都用中國人。賠款增加，英、法軍費各增至八百萬兩，恤金英國五十萬兩，法國二十萬兩。《北京條約》簽字不久，英法聯軍便離開北京，因為這次令恭親王難堪的簽約之緣，英國從此竟致力於支持由恭親王為首的對外和平妥協派。

戰爭期間，俄國趁火打劫，侵占我國北方大片領土。十九世紀的五〇年代末到八〇年代吃掉一百五十多萬平方公里，民國初年在政權更迭時，占唐努烏梁海、科布多又是十七萬平方公里。現在俄羅斯的圖瓦自治共和國，獨立的外蒙古，共計一百六十萬平方公里土地也被俄國劃走。中國在近代史上就損失土地三百多萬平方公里，占中國陸地表面積的四分之一。中國的版圖原來像一張秋海棠葉，被北邊的熊啰啰一啃，就變成瘦雞一隻了。

3 太平城裡太平軍

上帝愛瘋狂

洪秀全，原名洪仁坤，廣東花縣人。他爹是鄰近諸村的保正[19]，家裡薄有田產，社會地位和經濟條件在當地是好的。他有兩個哥哥，三兄弟中唯有他讀書求功名。洪秀全七歲入本地私塾讀書，從十三歲考到三十多歲，考了四次，都未能考上秀才。洪秀全學問太陋，總是達不到小學畢業水準。一八五七年太平天國刊印頒行的經典官書之一《天父詩》，收選了五百首天王大作，其中四百七十六首是洪秀全進入南京頭三年中寫給後妃的，叫妻妾宮女們背誦。我們可以學習一下天父的詩，是洪天父訂的「十該打」條規：

服事不虔誠一該打。硬頸不聽教二該打。
起眼看丈夫三該打。問王不虔誠四該打。
躁氣不純靜五該打。講話極大聲六該打。
有喚不應聲七該打。面情不喜歡八該打。
眼左望右九該打。講話不悠然十該打。（詩17、詩18）

起眼看主是逆天，不止半點罪萬千。（詩197）

看主單准看到肩，最好道理看胸前。（詩237）

因何當睡又不睡，因何不當睡又睡。

因何不顧主顧睡，因何到今還敢睡。（詩294）

看畢天王創作的這些詩歌，大家就會明白他為什麼四次參加科舉都考不上。天王在一再落榜到公開造反期間，不止一次坐館當私塾先生，教小孩識字和基礎文化知識，私塾先生是當時相當多老童生所從事的不固定職業。一般說來，此類老童生的收入比普通農民好不了多少，只是身份不同罷了。

一八三七年洪秀全第三次參加科舉，並再次落榜。這個一向自視極高並被族人寄予厚望的人，這回現大了。精神、心理受到巨大打擊的洪秀全，回到家裡，隨即大病一場，發燒做夢，據說夢見了上帝。洪秀全夢裡的上帝是個黑袍，背一把龍泉劍的白鬍子老頭。進過教堂的人看見過耶穌像、聖母像，上帝是什麼模樣？上帝是個靈，沒有形象。洪秀全見到的大概是太上老君。全知全能的上帝，也不知道用什麼語言跟他交談，沒准上帝也會講客家話。反正就這麼個人，把龍泉寶劍交給他，讓他到人間斬邪留正，並且跟洪秀全說你是我的二兒子。上帝唯一的兒子應該是耶穌基督，他非說是上帝的二兒子，這容易讓上帝解釋不清楚，人品敗壞，滿口誑語嘛。燒糊塗

19 保正是宋朝開始設置的意在加強民間統治的官職。五百户設一保正，掌管户口治安、訓練壯勇等事。

了的洪秀全依稀記得一本宣揚基督教的小冊子上有天主上帝幾個字，經過本土改良，他開始小範圍傳播他的「教」。這應該是强烈刺激造成的輕度精神病變。

不過，洪天王勇氣實在可嘉。一八四二年，洪秀全第四次參加了科舉考試，卻依舊不盡如人意，榜上無名。一起落榜的馮雲山出於對考試的極端不滿，從星相術角度看出洪秀全「多異相」、「有王者風」，鼓動洪秀全造反。馮的勸說，符合洪秀全燒糊塗時的夢幻，於是洪天王徹底斷了科舉仕進的念頭。老洪決心造反之後，正式改名為洪秀全。據學者潘旭瀾分析，洪先生改名是很費一番心思的，秀全拆開，是「禾（吾）乃人王」。回顧洪天王走過的這些路，簡括地說，進不了學，考不上秀才，是造反的決定性原因，造反是為了做人王。做了人王，不但可以實現「等我自己來開科取天下士」，還能夠「手握乾坤殺伐權」，殺盡所痛恨、憎惡的人。當然不只是造反、報復，更重要的是占有和享受：占有一切，「禾乃玉食」，「世間萬寶歸我有的了」。這些早期直言不諱的言志，說明了洪走上「革命」道路的初衷[20]。

太平天國真是中國近代史上的一幕滑稽劇。甭管什麼宗教都是博愛不殺生，洪秀全卻不，他就創立這麼一個教，叫做拜上帝教，目的是反政府。

兔子見到鷹

中國民族革命的洪流，起伏約二百年，太平天國最終成在兩廣地區，成為洶湧的波濤發展起來有其深層次原因。英國在廣東受了多年壓迫，對於廣東政府和人民怨氣頗深，好不容易打了勝仗，對於此地人民的盤剝便開始變本加厲。此處積怨最深。加之，廣東人民族觀念强，性情剛

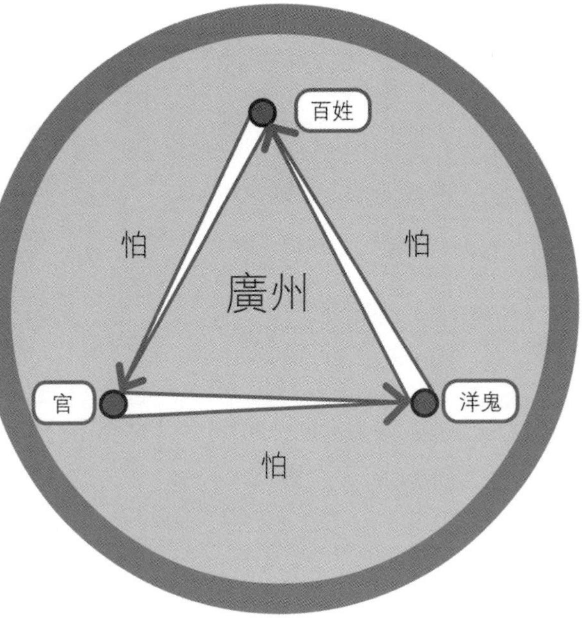

當反抗成為自覺
廣州是最早被打開的港口，這裡也是最早感受到帝國主義壓迫的地方。當地流傳：「百姓怕官，官怕洋鬼，洋鬼怕百姓」的說法。

毅，從第一次鴉片戰爭起，廣東人民便自發地組織「三元里平英團」抗擊英軍。而地方官吏不能處理，壓抑人民順外夷，廣西同廣東交界，所以兩廣地區的人仇英仇官便是常事。

作為最早受到資本主義壓迫的兩廣地區，人民一方面要抵抗外力，一方面要反抗政府，轉而發展成為一種自覺。兩廣成為革命的策源地，有一定的群眾基礎，兩廣地區，民間自發組織的抗英活動不斷，民間流傳著「百姓怕官，官怕洋鬼，洋鬼怕百姓」的說法。

廣東相對來說比較發達，廣東人見過真的基督教，人家不信洪天王那一套，於是他輾轉到了廣西深山裡傳教。兩廣地區對於朝廷和洋人的仇恨，可謂一觸即發，洪秀全起

20 參閱潘旭瀾〈色情、貪腐與殺戮：揭開洪秀全的歷史真面目〉，原載於《炎黃春秋》二〇〇五年第二期。

事的時機比較成熟。一八五一年洪秀全金田舉事前，朝廷得到密報，派前雲貴總督林則徐前去平定叛亂。當時林則徐正生病臥床，接到命令後星夜兼程，病情加重。其子心疼老爸，勸他休息，林則徐回答：「我在新疆，兩萬里冰天雪地裡尚且隻身持戈從來沒有說過苦，現在又怎麼會害怕勞累？」林則徐並隨口寫了一聯：「苟利國家生死以，豈因禍福避趨之。」繼而繼續趕路。帶病急行的林則徐最終死於半路。得知林文忠公要來的洪秀全一夥本準備作鳥獸散，結果沒想到林文忠公半路離世，這下子一場大戲就開始上演了。

財色與天齊

金田起義後，洪秀全建號太平天國。剛弄一村就建國，這也太失策，一下子把朝廷的注意力吸引過來。這可不是小流氓偷雞摸狗的行為，這可是性質嚴重的反革命顛覆政府的大動作，朝廷立馬調集重兵進行鎮壓。

洪秀全在轉戰中攻下一鄉，就自稱天王。就是這個打了一個村就建國，打了一個鄉就稱天王的主，稱天王的時候，光嬪妃就有三十六人，什麼叫邪教，就在這裡，不光騙財還得騙色，不過那個地方的色大概也沒什麼。到最後洪秀全八十多個妃子，都認不全，只能編號，一號妃二號妃，完全實現數位化管理，清朝嬪妃最多的乾隆爺也只有五十多個。

太平天國實行一夫多妻制。天國重要領導人楊秀清公開承認：「兄弟聘娶妻妾，婚姻天定，多少聽天。」天王洪秀全擁有的妻妾是有準確的數位記錄的。據太平天國多位人士供認，洪秀全耽於女色。一八六四年湘軍收復南京，「幼天王」洪天貴福被俘後稱：「我現年十六歲，老天王是我父親。我八十八個母后，我是第二個賴氏所生。我九歲時就給我四個妻子。」天王有八十八個後妃，已經超過了歷代封建帝王的三宮六院七十二後妃的人數，天王可以日日醉臥溫柔鄉了。

攻下南京後的洪天王，滿足於半壁江山到手，全心投入自己的天子生活，天王從四十一歲進南京，到一八六四年六月五十二歲時自殺，十一年中從未邁出過京城一步。正值壯年的洪秀全大小事務全部交給了底下人，既不指揮殺敵，也不過問朝政。進駐南京後，洪天王每做生日，部下蒙得恩就要為他獻上美女六人；每年春暖花開之際，蒙得恩還要在天京十三道城門口為洪秀全選美女，後來乾脆明文規定：所有少婦美女俱被天王選用。一八六一年太平軍進取蘇浙的時候，洪秀全又從李秀成選送到京城的三千名美女中挑出一百八十人收入天王府。天王府宮中有橫直均八尺的大雕花床，幹什麼用的，不言而喻。

洪秀全一共擁有多少個女人，恐怕永遠難以準確統計。據一本叫做《江南春夢筆記》的書說，天王府連太監也不設，妃嬪加上服役的女官，總計有二千三百多名美女，陪侍洪秀全一個男人。

洪秀全在後妃的管理上，有他過人之處。他的八十八個後妃，一律沒有封號，統稱為妻。因妻妾太多，洪秀全自己連姓名都記不住，怎麼傳喚享用呢？洪秀全來了個古今中外後宮史無前例的創舉，數位化依次編號，於是就有了第二十五妻、第七十三妻等曠古未聞的名目。至於上千個如花似玉的宮女，更是比妻妾還要等而下之的備用享樂工具，所以連個數字編號都攤不上。洪秀全不理朝政，把精力放在了管理後宮上。後宮女人不敢惹惱天王，太平天國成立之初，「天下多男子全是兄弟之輩，天下多女子儘是姊妹之群」的口號，多少有些可笑。曾國藩捉摸不透他的這位對手，也絕對想不到自己處心積慮剿滅的物件，日日坐享榮華，夜夜在後宮與嬪妃娘娘飲酒笙歌，生活竟是這般模樣。[21]

天國要燃燒

在永安，洪秀全重賞手下，封了五個「王」，這封王的詞估計是老洪從戲台上學來的。文盲楊秀清為「東王」，「管制東方各國」，應該包括日本，東方各國都歸他管；幫會頭子蕭朝貴為「西王」，管制西方各國，不知道英國聽不聽他的；軍師馮雲山為「南王」，當然包括馬來西亞都歸他管了；地主韋昌輝是「北王」，這包括俄羅斯的地界都歸他管；最後「翼王」石達開，石達開是太平天國裡學歷最高的，武舉出身，據說還能寫兩筆詩，應該不是秘書代筆。洪秀全智商太低，沒有駕馭群雄的本領，他的朋友洪大全，謀士馮雲山，勇將蕭朝貴都戰死，更使他失去了靈魂。洪秀全讓楊秀清獨掌大權，其他人都受他節制。天王稱萬歲，東王稱九千歲，西王八千歲，南王七千歲，北王六千歲，翼王五千歲。這就是所謂太平天國的「首義六傑」。

太平天國繼續北伐，洪秀全的人馬占領南京，改為天京，定為都城。據說這個時候的洪秀全是擁兵五十萬，戰艦上萬艘，估計這五十萬一半是家屬，你想他有多少個家屬？這個時候，從廣西那麼個山旮旯*裡邊打到了南京，應該怎麼樣，北上，直搗黃龍！

洪秀全若是全軍北上，拿下京城，不是不可能。問題是洪秀全哪有如此政治智慧，他到了南京。南京是六朝古都，文章錦繡地，溫柔富貴鄉。洪秀全到那兒眼珠子都不夠使，小天堂，天堂路就跟這兒開始，該開始造了。洪秀全蓋起了豪華天王府，占地面積與北京紫禁城相仿佛，紫禁城可是一千三百萬平方公里的帝國皇宮。洪秀全只占了三座城市，南京、鎮江、揚州，就建這麼大一個天王府。老百姓講話叫「小人乍富，就忘了自己幹什麼的」，完全是暴發戶心理。建了天王府的老洪，終日不理朝政，在天王府裡，陪著那些個妃子，業餘時間，編一些「天書」。他不見大臣，一見大臣，大臣就該明白天王的水準。朝政就歸東王楊秀清等人來管，這腐敗的程度也算得上是驚為天人。

蚊子銜秤砣

太平天國最低的官叫兩司馬，一共管二十五個人，出門要坐四人抬的轎子。二十五人去掉一半女人，剩下十一個男人，裡邊還有四個得給他抬轎子，也不知道他能不能找到那轎子，不行八仙桌倒過來就扛著走。清朝七品知縣兩人抬的小轎，總督是八抬，皇帝是十六抬，皇帝出殯的時候，那個梓宮是一百二十八個人抬的。洪秀全的轎子是六十四抬，楊秀清四十八人抬，他們一出來南京城就全城戒嚴，老百姓都得背對著他們的儀仗隊，跪在路邊，如果你衝撞他的儀仗隊，斬首不留。再厲害點的，淩遲，點天燈，把你熬成油，這事多了去，洪秀全的想像力多豐富，濫用私刑。要知道清朝謀大逆才是淩遲，一般人享受不到這個待遇。

洪秀全暴虐無度，他還沒有當天王時，就經常將妻子打得要死，進入南京後，參照天王的佳作《天父詩》，天王反反復複地强調，惹他發火就是死罪，他發火就要殺人，衆人要一齊跪求息

---

21 參閱《追尋歷史的眞相》，張秀楓著，河南文藝出版社，二〇〇八年二月出版。

* 旮旯，指不受注意的偏僻角落。

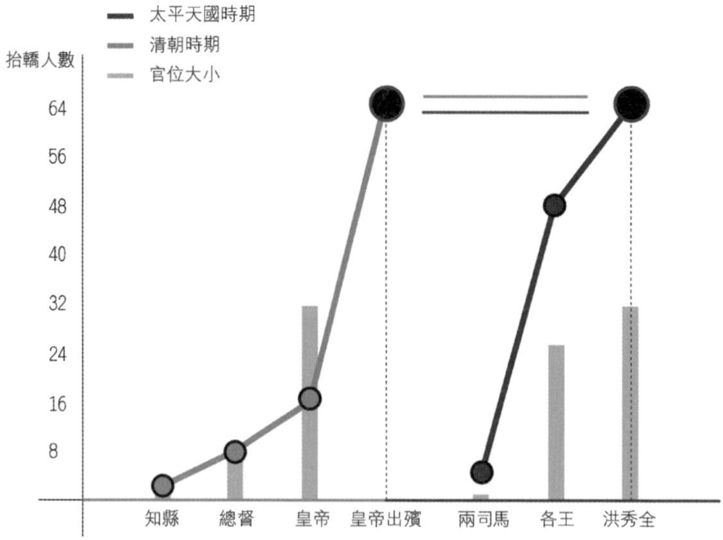

太平天國，多少斯文掃地

清朝七品知縣兩人抬轎，總督八人抬轎，皇帝十六人抬轎，皇帝出殯一百二十八人抬棺材。太平天國最低官員司馬四人抬轎，各王四十八人抬轎，洪秀全出行六十四人抬轎。

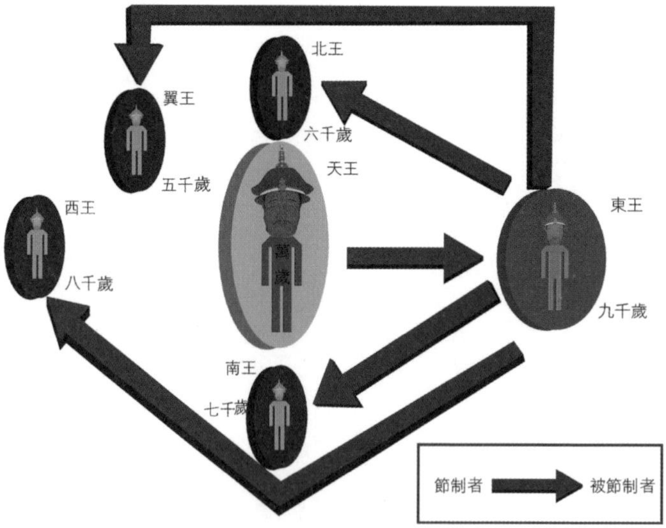

太平天國高層圖

洪秀全智商太低，沒有駕馭群雄的本領，洪秀全讓楊秀清獨掌大權，其他人都受他節制。

怒，不求就別怪洪天王大開殺戒。洪秀全對妻妾、宮女尚且如此，對他所敵視所不滿的人就更不用說了。他從決心造反開始，作詩言志，訂條規下詔書，動不動就是殺、誅、斬首不留、一同皆斬、該誅該滅、放膽殺妖，可以說是念念不忘，殺聲連天。由於他不斷號召、明確規定和直接命令，部下官兵在非戰鬥場合，隨便殺人也如同割草。太平軍打進南京清除妖人的做法令人髮指。清朝官員、僧尼道士、商人、儒生乃至醫生、店員、藝人，都被當為妖人，擄掠屠殺不在話下。「凡擄之人，每視其人之手，如掌心紅潤，十指無重繭者，恆指為妖，或一見即殺，或問答後殺，或不勝刑掠自承為妖殺，或竟捶楚以死。」不少漢族大小官員、紳士、讀書人，逃不掉又不願死在太平軍手裡的，全家便一同自殺。洪秀全就在這種血腥恐怖中，在太平軍的跪迎之下，無限風光地進入「天京」。

王多如牛毛

天朝的人事任免制度自然就是洪天王說了算。太平天國本是有首義六傑，可是內訌不斷。韋昌輝殺掉楊秀清，接著韋昌輝被處死，繼而石達開率領精銳部隊出走，天國幾乎是朝中無人。生性多疑的洪秀全估計被爭鬥、猜忌傷透了心，乾脆任人唯親，用自家人。「安王」、「福王」分別是洪秀全的兩個哥哥洪仁發、洪仁達擔任，自家人名雖掌權，實則是洪秀全借此希望壓制、監視石達開。不過這兩人實在太荒唐、愚蠢了，洪秀全迫於滿朝反對，不得已取消兩個昏庸兄長的王位。為不引起事端，這兩個哥哥雖不做王，但洪秀全依舊對他們言聽計從，後來又再改封為「信王」、「勇王」，二人一直干預朝政，掌握實權。在太平天國，自家人還是最受信任。洪秀全也敢大膽提拔一些年輕將領，天京危急之時，洪秀全更是明確宣佈，朝政由洪仁玕執掌。洪仁玕，是洪秀全堂弟。因為本家人可靠，又不像兩個老哥那樣粗鄙，就立馬三級飛升。洪秀全家族十多號人，一概封王。洪秀全外甥幼西王蕭有和，很受洪秀全喜歡，洪臨死前不久，封他為前台發命者。洪秀全的女婿鐘萬信、黃棟樑、黃文勝，同樣受寵信，個個封王。這些皇親國戚，都不會打仗，不會辦事，幾乎個個貪暴兇橫，粗鄙野蠻，胡作非為，在各地太平軍中也廣被厭惡卻又都無計可施。

不僅是任人唯親，太平天國全無章法可言，完全是由洪秀全說了算，任其恣意妄為。本來太平天國逼走石達開後，洪秀全把軍事、行政大權攬在一身，既是皇帝又是軍事長官。可是這傢伙智慧有限，腦容量有限，軍事、行政他一樣都管不好，抓在手裡也無計可施，過兩天就嫌煩，而且為這些事情操心費神，不符合洪天王的秉性，轉而甩手交給他人。最可怕的是，太平天國的官爵混亂到了一定地步，甚至開始大肆甩賣。等東、南、西、北、翼王分配完畢後，又出現義、安、福、燕、豫、侯六爵。一八五七年洪秀全曾宣佈永不封王，但只過了一年多，就封洪仁玕為「幹王」。反正幹盡這些出爾反爾、言而無信的事。為了安撫人心，消除諸將領的不滿，洪秀全封陳玉成、李秀成等主要將領為王。洪秀全一方面想削弱李秀成的力量，一方面想多撈些銀兩，竟然讓自己的哥哥接受犯了罪而懼怕李秀成懲處的陳坤書賄賂，賣給陳一個王位，是為護王。此舉一發便不可收拾，其後，王爵大拍賣，一毛錢十一個。「昭王」黃文英說，占領區不多的城鎮，有王爵的人「多如過江之鯽」，達到二千七百多個。洪秀全兄弟甩賣王爵，將搜刮合法化，大建王府，大搞腐敗。這種自毀前程的事，恐怕也只有洪天王能夠幹得出，而且覺得自己賺翻了。天國完全沒有章法、制度可言。上層因為毫無鬥志，貪圖享受，追求這些華而不實的爵位，而且互相爭鬥，攻伐不休。下層軍民則不堪搜括之苦，不勝負擔之重，苦不堪言。洋洋得意的洪秀全不過是在自掘墳墓而已。[22]

老虎住進城

太平天國王多，排場也大。所有受封為王的，不論等級，不分有職無職，一朝受封，立即修王府，選美人，辦儀仗，出門時前呼後擁。天國最低級別的兩司馬都是乘四人抬的黑轎，開個會，王爺多得數不過來，門口的車位更是沒法安排，王爺們轎子找個地方停靠大概不會方便，抬轎子服侍的人員可是多如牛毛，那場面何等威風。至今浙江還流傳侍王李世賢出門坐五十四人抬的龍鳳黃轎，轎上可以召集部下開會。因為當時王爺太多，百姓們迎不勝迎，流傳出民謠：「王爺遍地走，小民淚直流。」

這麼多的王爺需要大量的雜役服侍，於是就抓兵拉夫，招降納叛。反過來為了養兵，為了營造安樂窩，他們又巧立名目，橫徵暴斂，諸如店捐、股捐、月捐、日捐、房捐、局捐、灶捐、禮拜捐、門牌稅、人頭稅、犒師費等達二三十種。田賦則由天朝初時制定的每畝一斗七升五合，兩年中即增加到每畝七斗。

不怪農民要跟天國鬧，天國定都以後，頒佈了《天朝田畝制度》，廢除地主土地所有制，按

22 參閱潘旭瀾〈色情、貪腐與殺戮：揭開洪秀全的歷史真面目〉，原載於《炎黃春秋》二〇〇五年第二期。

人口和年齡平均分配土地，每戶留足口糧，其餘歸國庫。國庫就是聖庫，全交給他們家，要不然他怎麼弄那麼大的皇宮，八十八個媳婦，靠什麼養活？那麼多王，還有王的美人拿什麼養活？那些歷來為人們歌頌的天國制度和口號不可信，「有田同耕，有飯同吃，有衣同穿，有錢同使，無處不均勻，無人不飽暖」，給你地還不收糧，不收糧他吃什麼，而且還得比你吃得好，滿朝文武靠什麼養？無非是讓太平軍領導，讓農民成為戰時打仗，平時勞作的工具，農民除了自己的口糧，其他一切都要上繳國庫，盡最大可能地剝奪底層勞動人民的成果。洪秀全想通過這個方案，建立「有田同耕，有飯同食，有衣同穿，有錢同使，無處不均勻，無人不飽暖」的社會。按照當時的生產力水準，如果要建立，就是原始社會，那是開歷史的倒車，中國要是這麼實現了，麻煩了，就回到中世紀了。

不管是地皮刮下來，還是糧食，財寶，都進了大小王爺和地方官的腰包，太平軍的各個領袖都是財大氣粗，到處都是大興土木，講究排場，奢侈糜爛，有人曾經記錄下在太平天國王府的見聞，那些人的吃穿用度遠非農民可以想像，據說筷子、叉、匙羹均用銀制，刀子為英國製品，酒杯為銀質鑲金的。「忠王有一頂真金的王冠。以余觀之，此真極美精品也。冠身為極薄金片，鏤成虎形，虎身及虎尾長可繞冠前冠後；兩旁各有一小禽，當中則有鳳凰屹立冠頂。冠之上下前後複鑲以珠寶，余曾戴之頭上，其重約三磅。忠王又有一金如意，上面嵌有許多寶玉及珍珠……凡各器物可用銀者皆用銀制，刀鞘及帶均是銀的，傘柄是銀的，扇子、鞭子、蚊拍其柄全是銀的，而王弟之手上則金鐲銀鐲累累也。」[23]短短時間內，太平天國的「王爺」們個個富可敵國。

家家都關門

太平天國幹的事現今依舊無法想像。太平軍所到之處，沒別的，孔廟、岳王廟、關帝廟、佛寺一掃無餘。尤其是洪秀全傾盡全城之力營造天王府，幾乎將六朝以來的古建築拆光，舉世聞名的南京大報恩寺塔，是被炸掉的，明代故宮被拆毀得只剩一座破城門。好多名家藏書樓藏書全給毀了，書不是燒了，就是澆了，或者扔糞坑裡，中國數千年禮儀人倫、詩書典冊掃蕩殆盡。中國文化徹底給連根刨，多少名家藏書樓藏書毀於一旦。洪秀全對於中華傳統文化，完全是仇視的。除了極少數他所需要的，其餘不分良莠一概加以掃蕩。洪秀全掃蕩中華傳統文化，並不是不要文化，而是要用自己的一套取而代之。而洪天王推崇的一套就是自己的那套《天條書》以及《天父詩》，如此之流。洪天王大量地造字，造詞，採用了很多的方言俚語，而且洪天王一直有一個宏願便是自己出題考別人。

難怪曾文正公講：「我孔子、孟子之所痛哭於九泉，凡讀書識字者，又焉可袖手安坐，不思一為之所也。」只要你還認字的，還坐得下去嗎？坐在書齋裡的，都該起來跟這幫邪教徒幹一場。打著革命的旗號，幹著卑鄙齷齪的勾當。你想反清，你想號召漢族人來反清，曾國藩比他棋高一著。我不談民族，我保衛的是中國文化。要把文化毀掉，就是把中國連根刨掉。

---

23 引自英國人富禮賜《天京遊記》。原載《華北先驅週報》，簡又文譯，一九三五年收入《太平天國雜記》第一輯。清咸豐十一年（一八六一年）七月，富禮賜以英國翻譯官身份訪問太平天國都城——天京（今南京），後以其見聞寫成此書。

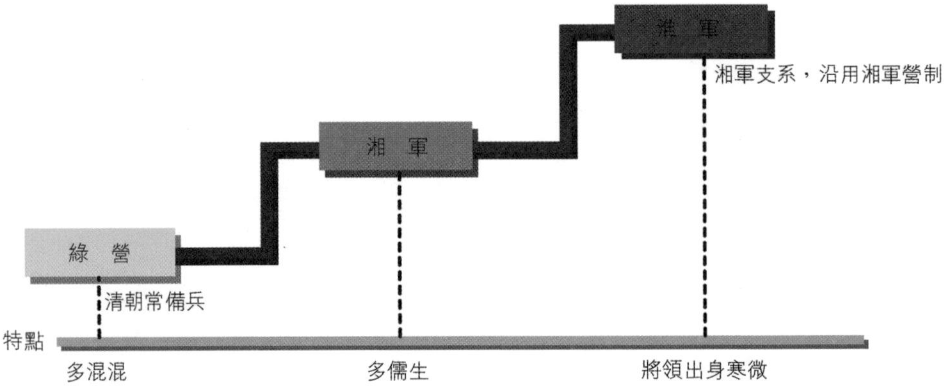

湘淮軍代興示意圖

清末軍隊，湘軍取代綠營，淮軍取代湘軍，它們都是不同歷史時期的產物，完成各自的歷史使命。

可惜大清軍隊八旗綠營全是無用之兵，英法聯軍打不過，人家洋槍洋炮咱不說。這農民釘耙鋤頭糞叉子也幹不過，朝廷每年數百萬有用之餉，養此數十萬無用之兵，正規軍靠不上。朝廷號召各地辦團練，曾文正公毀家紓難，組建湘軍，去跟他們作戰。湘軍本是地方團練，咸豐初年，各地暴亂，官兵不僅不能打仗，連鄉下的土匪都不能對付，朝廷知道官兵無力承擔剿匪的重任，只得獎勵團練[24]。曾國藩的湘軍，强調軍隊素質，他招人的時候，不要地痞流氓，都是些健壯樸實之人，保持著我國農民固有的勇敢和誠實；在編制上，比較科學，有自己的營制；而且曾國藩尤其注重湘軍的精神教育，維護名教倫常是曾國藩對於湘軍的要求；曾國藩的營官都是任用了一些儒生，這種「我不知戰，但知無走，平生久要，臨難不苟」的精神糾正了綠營的習氣；曾國藩的軍餉高出綠營一倍，每次出征，曾國藩的補給都很充足；湘軍多是湖南人，曾國藩利用宗族觀念和鄉土觀念，加强隊伍的團結。曾國藩的治兵之道，令整個清朝的隊伍為之一新。

自有降魔人

出兵前，曾文正公發表《討粵匪檄》，大意是說：從唐虞三代以來，歷代聖人，都重名教和倫常，君臣父子關係，上下尊卑，秩序井然，如同帽子和鞋不能倒置一樣。但是太平天國的那幫人，盜來外夷那套，自稱崇尚天主教，自立君主，自封臣相，從君相到兵卒奴役都以兄弟相稱，除了把天稱為父以外，其他都以兄弟姊妹互稱。而且不能自己耕作不繳納賦稅，謂之都是天王的田；商人不能自己做買賣留下餘錢，謂之貨也是天王的；士不能讀誦孔子之經，因為有別於耶穌的新約；中國數千年的人倫禮儀，《詩》《書》典籍，都掃蕩殆盡。這不是我大清以來的變數，是名教[25]開闢以來前所未有的事。孔孟在九泉之下痛哭，凡是讀書識字的人，怎麼可以袖手旁觀，不思有為呢？自古以來，王道治明，神道治幽，雖然有亂臣賊子，窮兇極惡，也往往敬畏鬼神。李自成到曲阜，不犯聖廟；張獻忠到梓潼，也祭文昌。粵匪焚燒所到之處，都是先毀廟宇，忠臣義士，如關帝、岳王之人，也將安放供奉他們的地方玷污，讓他們的身像殘缺；佛寺、道院、城隍、社壇，無廟不燒，無像不滅；這些行徑，神鬼共憤，希望此次出征能夠雪此之恥。

本來，洪秀全起事的時候，西方人特別高興，羅馬教廷特別派了主教到中國來考察。這玩意

---

24 團練是中國地方武裝的一種，是在正規軍之外就地選取丁壯，加以訓練的地主武裝組織。

25 名教，一般指以正名分、定尊卑爲主要內容的封建禮教和道德規範。

兒要成功了，世界上一下子增加四億基督徒，多好啊。誰知，主教一到這兒就氣死了，這哪叫基督教，上帝弄一個二兒子，這是什麼事呀，簡直是侮辱我們的宗教信仰！主教説教皇要是能管得著洪秀全，早把他綁在火刑柱上燒死了！

太平天國帶來了中華民族歷史上的一次災難。僅蘇、浙、皖、贛、閩五省，人口過量死亡就多達七千萬。中國當時最富庶的地區，經濟受到極慘重的打擊。太平軍所到之處，文化受到無法彌補的破壞。沙皇俄國趁清朝政府與太平軍做你死我活的搏鬥，東北與華北兵力空虛，侵占黑龍江以北、外興安嶺以南六十多萬平方公里的土地；清政府因為顧及太平天國內戰，無心與外敵對抗，英、法聯軍輕易地攻占天津、北京，大肆搶掠，火燒圓明園。人類歷史上傷亡最大的戰爭是太平天國，其次才是一戰、二戰。太平天國使中國的人口由原來的四億減到了二點四億。

4 潮人看世界

開眼第一人

導演謝晉在二十世紀九〇年代拍過一個鴉片戰爭題材的電影，紀念鴉片戰爭一百五十五周年，電影末尾，林則徐充軍伊犁。實際上朝廷幾年之後就把他召了回來，林則徐歷任山西布政使、河南巡撫，最後死於剿滅太平軍途中。林則徐被認為是開眼看世界的第一人，他在廣東設立驛館，組織編譯《各國律例》和《四洲志》，為了對抗西方戰艦，林則徐提議建設新式海軍。可惜這些都沒有付諸實踐。

林則徐去世時，咸豐皇帝剛剛繼位，咸豐帝很看重他，對於他的離世無比悲痛，親題挽聯，把他比作諸葛亮，謚號文忠。影片中林則徐被充軍時，親朋好友去送行，路遇力主同英國人簽約的琦善。琦善因為同英軍簽約，回頭也沒落得個好下場，被定為賣國賊，也被充軍。林則徐上前跟琦善打招呼，琦善見到林則徐就放聲大哭，說你看少穆，你充軍落一個民族英雄，你看我弄一個漢奸的名聲，我哪兒說理去，都是為皇帝盡忠啊。林則徐就安慰他，說我這一去就再沒有機會見到皇上了（他後來做地方官確實就再也沒有機會見到皇上），但是因為你是宗室覺羅，你還有見皇上的機會。如果你再次見到皇上的話，林則徐說著就從自個兒車上抱出一個地球儀，交給琦善，說麻煩你把這個交給皇上，告訴皇上當今世界群雄並立，不能再做類似於天朝上國的迷夢了。所以林則徐是中國開眼看世界的第一人。他認識到中國當時在很多地方，已經落後。

在鴉片戰爭不久後的一八六五年，西方鐵路之父麥克唐納・斯蒂芬在金碧輝煌的皇宮琉璃瓦下，向龍椅上的同治小皇帝提出一個發展中國鐵路的宏大計畫：以揚子流域的華中商業中心——漢口為出發點，修建一條東通上海，西至四川、雲南等省，直達印度的鐵路。為了證明自己所言不虛，斯蒂芬特意在宣武門建造了一條一里長的小鐵路，試驗了一列火車。當這個怪物鳴響汽笛，京華震動。而當下皇帝龍顏大怒，因火車震動了山川鬼神，不利於廟堂社稷，深感不安，沒收了「怪龍」。斯蒂芬失望地離開了中國，臨行前，斯蒂芬感慨，中國的火車時代尚未到來。天國從自我沉睡的美夢中醒來，終非易事。

花在牆外香

林則徐編了書給了他的朋友魏源，魏源根據《四洲志》編寫《海國圖志》，這是當時介紹西方歷史地理最詳實的專著。魏源寫了這本書，因為科舉不考它，在中國基本上無人問津，沒什麼人看，為什麼沒什麼人看？科舉不考你看它幹麼，高考不考歷史，誰還學它？據說十年也沒賣多少本，結果被日本人拿到日本之後，翻譯成日文，一年就賣了六千冊，為明治維新一定程度上奠定了思想基礎，所以《海國圖志》可謂蜚聲東鄰。

《海國圖志》內容非常龐雜，有點百科全書的意思。從政治到經濟、地理、情報、軍事、天文都有涵蓋。對於鴉片戰爭，魏源從議守、議戰、論款三方面，總結鴉片戰爭失敗的經驗教訓，

當今世界群雄林立，不能再做類似於天朝上國迷夢。

開眼看世界
從鴉片戰爭砲火走出來的部份知識份子，從心底打開了一道新窗，知道在天朝之外還有全新的世界。

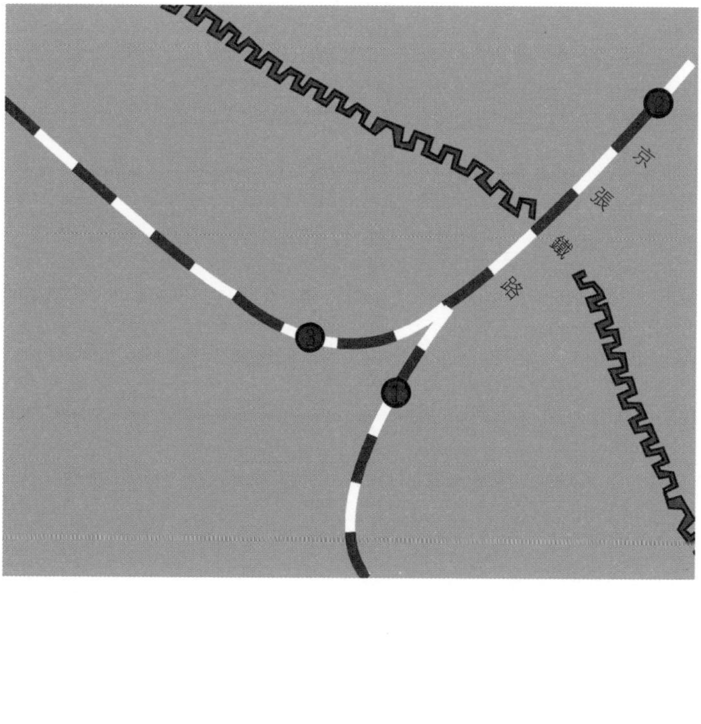
京張鐵路

八達嶺附近「人」字型路軌示意圖
火車時代，何時到來？一八六五年，西方鐵路之父提出在中國修建鐵路的宏大計畫，被皇帝否決。直到一九〇九年詹天佑建成京張鐵路，中國才有首條自修自營的鐵路。

提出了戰敗之後所應該採取的防患於未然的措施，論述了「師夷長技以制夷」的戰略對策，並且對嚴禁鴉片、廣開貿易、大辦工廠等問題，提出了自己嶄新的見解。書中有一部分是世界地圖及各國分地圖，這是對「中國是天下的中心」陳腐觀念的突破。該書還介紹了世界各國的地理位置、歷史沿革、政治制度、物產礦藏、宗教信仰、風土人情、中西曆法、中西紀年對照通表。情報、船、炮、槍、水雷等武器的製造圖樣、西洋技藝、望遠鏡作法資料、用炮測量方法及測量工具此書中也有涉獵。該書還系統介紹了地球形狀及其運行規律，哥白尼太陽中心說等近代自然科學知識。魏源通過整理資料，認識到西方非但不野蠻，而且有更先進的文明。魏源在《海國圖志》裡非常自覺地宣導具有近代因素的思想觀念，大膽提出「師夷長技以制夷」的命題，明確界定「夷之長技」有三個方面：「一戰艦，二火器，三養兵練兵之法」。魏源還認為諸如量天尺、千里鏡、龍尾車、風鋸、火輪機、自來火、自轉碓、千金秤之類「凡有益於民用者」都應當學習引進。

三郎贊西洋

魏源說：「夷之長技者何？一曰火器，二曰造船，三曰練兵養兵之法。」最初地主階級看到的洋人的長技，只是洋人的技術，而且技術當中的還只是軍事技術，基本上他們對洋人的認識還是很皮毛的。所以要學洋人的火器，洋人的造船，但你得知道那個船不是作坊裡造出來的，你說我找一個鐵架子弄一大炮，你不可能，他那個得在有大機器的工廠裡面才可以做出來，你得明白這個，另外這些主張還得付諸實踐。

姚瑩是台灣兵備道[26]，在鴉片戰爭當中抗擊英國，寫過《康輶紀行》這本書。《康輶紀行》對西南形勢進行了全面考察，對於加強西南邊防作用甚大。徐繼畬是福建巡撫[27]，因為在《瀛寰志略》中，說外國的東西不錯，而且尤贊外國制度，所以被彈劾罷官。

徐繼畬盛讚華盛頓，認為他造反比陳勝吳廣都牛，割據比曹操劉備都厲害，但是他不當皇上，不傳子孫，非常像咱們中國的堯舜禹，堯舜禹搞禪讓。華盛頓治理國家，推崇謙讓，致力於培養良好的傳統，而不崇尚暴力征服，這跟許多國家截然不同。徐繼畬說自己曾看過華盛頓的畫像，其氣度堅毅，相貌雄偉，超凡脱俗。不能不說他是一位人中俊傑！美利堅合衆國這個國家，幅員廣大，既不分封王侯，也不搞權力世襲，公權交由公衆來執掌，開創了古今未曾有過的先例，真是個奇跡！西方的歷史人物，實在不能不推華盛頓為第一！徐繼畬熱情地歌頌了一番華盛頓，朝廷就有人彈劾，說我們大清制度不好，說我們兒子傳孫子，徐繼畬就慘了，可見那時候保守勢力是非常大的。也就是這些個事，新思想改變沒改變？中國天朝上國的觀念、閉關鎖國的政策改變沒改變？沒改變，中國是外甥打燈籠——照舊，都沒有改變。

學習些皮毛

最早涉及到制度革新的是《資政新篇》，這本書具有資本主義性質。一八五九年由太平天國

---

26 兵備道是明朝各省重要地方設整飭兵備的官員，置於各省重要地區。清代沿置。
27 巡撫是中國明清時地方軍政大員之一，又稱撫台。清代巡撫主管一省軍政、民政。

的所謂幹王洪仁玕提出。他原來是拜上帝會骨幹，到外地傳教，朝廷通緝他，他就躲到了香港，香港當時已經是英國的殖民地，洪仁玕見過一點資本主義的皮毛，回來以後寫了一本《資政新篇》。

對於《資政新篇》，學者潘旭瀾先生曾指出：這並不是洪秀全主動「向西方尋找真理」的產物，而是出於壓服諸將領的現實需要。從書中羅列一些外國人名字，稱「與弟相善」，以自我炫耀，尤其說明這一點。洪秀全看過後批准刻印，直接原因是為洪仁玕樹立威信，並表示自己善於擢拔能人之英明。還有一個深層原因是，奏章開頭及貫串全文的「權歸於一」、「强本弱末」，即希望天王高度集權。他防止各地將領叛亂的辦法，很合洪秀全的胃口。儘管如此，洪秀全不但在幾處作眉批明確表示不同意外，也僅僅將這個「以廣聖聞」的奏章批准印發給將官做參閱資料而已。所以，包括李秀成在內的高級將領都對《資政新篇》不屑一顧。更值得注意的是，在一八六二年，洪秀全重新頒佈《天朝田畝制度》這個具有根本性的政策檔，將作為參閱資料的《資政新篇》加以否定，至少是取消了。

第九章

良辰美景他家田

甲午戰爭

清政府無能，台灣人民有種，台灣人民自發進行了保衛戰，前後五個多月大小百餘仗，打死打傷日軍三萬多人，比甲午戰爭當中清軍打死打傷的日軍都多。日軍主力部隊近衛師團有一半被消滅，近衛師團和日本的二、三、五、六師團，並稱是日軍的五大主力，近衛師團在這一仗被消滅了近一半，以後歷次戰爭包括第二次世界大戰都沒有出動過。

1 只記吃不記打

女人來當權

清廷在同英法交戰、剿滅太平天國過程中，皇權在不自覺中又進行了一次更替。清朝對於西方人的態度由對抗轉為妥協，這同幼主登位，決策者發生變故有關。

咸豐帝在對外關係的處理上，一貫强硬。恭親王在兵臨城下的北京，幾乎是別無選擇地簽訂了《北京條約》，但一切國內外政策的重大決定仍要逃亡承德的咸豐帝作出。咸豐皇帝不太願意妥協，經過第二次鴉片戰爭，留守北京的官員竟然發生奇妙的轉變，他們開始對外國侵略者心存幻想，由抵制外夷轉而親近，他們創立了中國與西方關係的新秩序，並在此後的很多年內一直力圖維持這種關係，這與逃亡在外的咸豐朝廷是有著很大分歧的。

歷史出現了戲劇性的一刻，咸豐帝竟然病死承德。咸豐帝旁邊有幾位作風强硬的抵抗派，以肅順為代表，急欲維護清廷統治，希望能夠糾正政府各種弊端。肅順作風潑辣而嚴厲。肅順頗受咸豐賞識，並逐漸取得了實權。咸豐去世前，立下遺詔，立五歲獨子載淳為皇儲，並任命肅順等八位輔政大臣，輔佐幼主處理政事。載淳的生母慈禧，野心勃勃，希望能夠借此機會奪取至高無上的統治大權。慈禧善於玩弄權術，同恭親王商量，發動政變，處死了護柩回京的肅順。此舉得到列强的支持，一八六一年十一月十一日幼帝即位，年號同治。皇太后慈禧垂簾聽政，慈禧在此後的四十七年中將成為中國的真正統治者。這次政變史稱「辛酉政變」。

男人來中興

清廷經過政權更迭，平定太平天國之後，政權上在一定時期內維持著穩定。之後，清政府內有奕訢、文祥等主持朝政，外有曾國藩、左宗棠、李鴻章等鎮撫，似乎景象一新。

這段時期也被叫做「中興」。有學者曾說過：「歐洲人的到來，中華帝國領土的擴大與中國人口增加一倍，這三個因素的相互作用，便決定了近代中國歷史的方向。」外部的入侵和中國社會內部自我修復的需要，推動著中國社會向另一個時代過渡。

雖然太平軍的失敗給長江流域帶來了安全，但另一武裝集團捻軍的力量卻在逐漸壯大，它使華北本身面臨巨大的威脅。捻軍趁太平軍動亂時開始由原來分散的組織發展為聯合作戰。清政府對其所投下的鎮壓力量之大不亞於對太平軍的征剿。在安徽省西北角的一塊農村根據地站穩了腳跟後，捻軍頻繁襲擊了鄰近各省，從而大規模地觸發了各地的叛亂。令清廷很是頭疼。

捻軍問題越來越嚴重，並且有危及北京之勢。他們部隊使用了土炮和簡單的火器，所以抵擋地方小股綠營軍的能力就更强了。有些州縣官員甚至出錢送他們離開轄境。

朝廷繼續派出曾國藩剿滅捻軍。各地動盪的局勢使儒家文化建立起來的帝國制度經歷了一次嚴峻考驗。從起義軍手中收復的城鎮，民心需要安撫，民政需要恢復，這對於清朝統治者而言同樣是一場考驗。清朝抬出一套抽取各省財政資源的辦法，對於因戰爭受破壞的地方，田賦豁免。

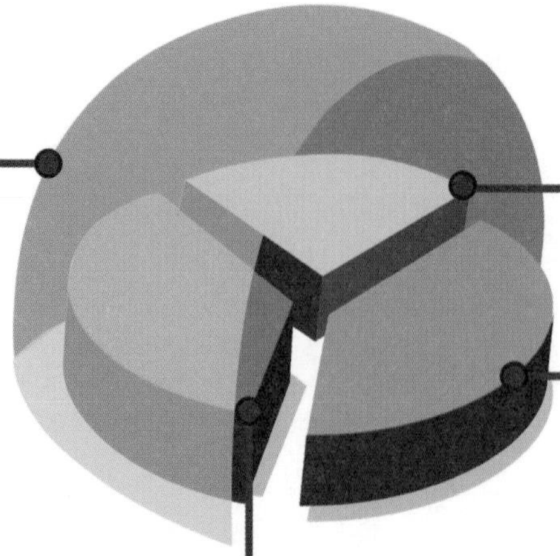
對外：曾國藩、
左宗棠、
李鴻章等
鎮撫岩疆
對內：內亂後經濟調整
對內：奕訢、文祥
等主持朝政
對內：降低農村賦稅
鼓勵耕作及發放糧種
安撫人民的反抗情緒

同光中興

同光中興是清末慣性恢復階段，也是利用帝國主義利益調整而做的一次喘息。似乎景象一新，頗足有為。

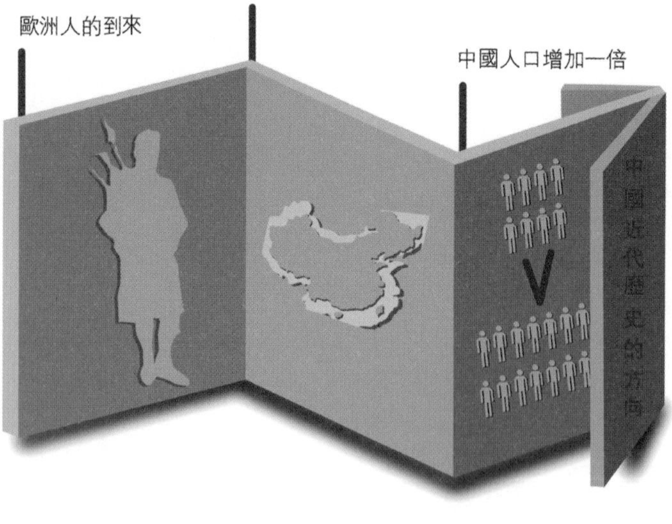
中華帝國領土擴大一倍

決定中國近代發展方向的因素

歐洲人的到來，中華帝國領土的擴大與中國人口增加一倍，這三個因素的相互作用，變決定了近代中國歷史的方向。

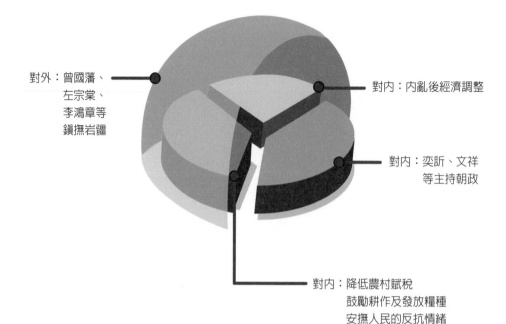

其他地方，鼓勵耕作，發放糧種，安撫人民的反抗情緒。在與太平天國的對抗中，逐漸建立起來的地方武裝，曾國藩的湘軍、李鴻章的淮軍、左宗棠的楚軍都掌握有强大的軍事武裝。清廷收斂起一貫的傲慢氣焰，大興科舉，增加考試取錄名額以籠絡人才，防止類似太平天國的出現，籠絡更多人才維護清廷統治，客觀上造成近代中國人思想進一步腐化。興辦洋務，主要在外交方面，與外國列强謀求共同合作。

2 師夷長技不制夷

三辯定乾坤

如果說，第一次鴉片戰爭未曾給中國太大的觸動，「二鴉」給天朝帶來的可是無限創痛。京師被洋人攻破，帝國都城三千多年來頭一次被洋人占領，咸豐皇帝倉皇外逃，避難於避暑山莊，還英年早逝一命嗚呼。痛定思痛，朝廷決定改弦更張。

由於對如何解決國內重重危機，是否需要向洋人學習以及如何學習等諸多問題上的差異，朝廷官吏分為頑固派和洋務派兩大派別。洋務派在中央以奕訢為代表，在地方以曾國藩、李鴻章、左宗棠、張之洞為代表，主張利用西方先進技術來維護清朝統治，這是洋務運動的目的。兩派都是要維護清朝統治，但是怎麼維護在手段上是有區別的。一方主張原封不動地維持著就行了，一方說洋一把吧，洋務派跟頑固派進行了三場論戰。

第一場就是華夷之辯。頑固派攻擊洋務派學習西方先進技術是以夷變夏，要毀棄中國的統治和倫理道德。中國近代的探索舉步維艱，小日本為什麼一下就成功，甭管我跟誰學了，我都還是日本人。中國幾千年都是人家跟我們學，現在我們跟他學，學了以後我還是不是我？中國人這種觀念非常强烈，你如果讓我們學洋人的東西，那就是以夷變夏，如果中國人都認為洋人先進，北大清華畢業生都跑美國去，這不就是以夷變夏？當然這個很容易取得勝利，因為甭管是頑固派和洋務派，其目的都是一樣，就是用洋槍火炮衛我堯舜禹湯文武周孔之道，保衛儒家文明。

第二場辯論是道器之辯。道是制度，器是技術。中國人是看中制度還是看中技術？當然是看中制度。頑固派高唱「立國之道，尚禮儀不尚權謀，根本之圖，在人心不在技藝」，主張「以忠信為甲冑，禮儀為干櫓」抵禦外辱。洋人來了之後怎麼抵禦他，給他上課，講四書五經，拿經書把洋人幹掉，頑固派一幫人都是理學名家。洋務派說，大學士您說得太好了，但是「以忠信為甲冑，以禮儀為干櫓，無益於自強實際，二三十年來，中外臣僚正由於未得制敵之要，徒以空言塞責，已致釀成庚申之變[1]。」恭王當朝問頑固派代表倭仁老師，下次再發生庚申之變，聯軍打北京你敢不敢到前線去跟英國人理論，敢不敢披著你的甲冑，舉著你的干櫓去給人上課？如果你敢的話，則本王唯大學士之命是從，嚇得倭仁二十多天沒敢上朝，說我腳崴了走不了。

第三場義利之辯緊跟而上。君子喻於義，小人喻於利，王安石就是這麼被攻擊的，整天修工廠弄鐵路，不就是一幫小人嗎？最後朝廷明白了，皇太后也明白了，光在那兒嚷嚷口號，國庫裡的銀子能自個兒長出來？洋務運動通過這場辯論基本上是把頑固派的勢力給打下去了，洋務運動興起、發展起來。

1 庚申之變是指一八六〇年，英法聯軍占領北京，燒毀圓明園，咸豐帝逃往承德避暑山莊，最終被迫簽訂《北京條約》，對列強作出巨大讓步這一重大事變，該年爲庚申年。

衙門理事多

總理衙門是推動洋務運動的中央機構，但洋務派的勢力主要是總督和巡撫，他們掌握地方實權。曾國藩兩江總督遷直隸，直隸總督，正式官銜為「總督直隸等處地方提督軍務、糧餉、管理河道兼巡撫事」，是清朝九位最高級的封疆大臣之一，總管直隸、河南和山東的軍民政務。而由於直隸省地處京畿要地，因此直隸總督被稱為疆臣之首。曾國藩一走遺缺就由李鴻章補，所以李鴻章也是兩江總督遷直隸。

清中期以後對於地方大員定設八督[2]：直隸、兩江、陝甘、閩浙、兩湖（即湖廣）、兩廣、四川、雲貴。另有漕運及東河、南河總督三員。兩江是最富庶的地方，江蘇、江西、安徽三省地盤也大。左宗棠是閩浙遷陝甘，張之洞是兩廣遷湖廣，基本上清朝地方八個總督這就占了四個了，張之洞做湖廣總督長達三十多年。總督在清代為地方最高級長官，管轄一省或二三省，兼都察院右都御史銜，正二品；加兵部尚書銜，從一品。

曾國藩在危難之時，維護了清朝統治，維護了舊文化。他雖然並未親身參與同英法聯軍的戰爭，但是西方人的勢力深入長江，在長江一帶作戰的曾國藩深知，舊文化並不能救中國。曾國藩注重水師，認為水上優勢也能決定陸上優勢，西方的軍器和練兵之法在我們之上，所以他提倡自強，要購買西洋輪船槍炮，以夷器制夷。

後來的中國認識到，夷是制不了的，不被夷制就不錯了，唯有自強。夷的洋槍火炮太厲害，所以，洋務運動前期以「自強」為旗號創辦近代軍事工業，比較重要的有曾國藩的安慶內軍械所，李鴻章的江南製造總局，左宗棠的福州船政局和崇厚的天津機械製造局。通過洋務運動，清朝的軍隊用了二十多年的時間就完成了西方國家的軍隊五百年才完成的由冷兵器向火藥兵器的過渡。

洋務運動作用相當大。一八六四年平定太平天國，收復南京的時候，湘軍還放箭。一八八四年中法戰爭爆發，清軍已經開槍。到甲午戰爭的時候，中國軍隊的裝備水準比日軍要領先了，再打不過就是兵將的問題，不是裝備的問題。電視劇裡一演，都辛亥革命了，清兵還舉兩銅錘，那純粹是瞎扯，是為了突出武打效果，抱一挺機槍怎麼武打？其實清軍的裝備水準，已經不比列强差多少了，尤其是輕兵器。可能機槍大炮這玩意兒不行，槍這些東西沒問題，當然起到了一定的保衛國家的作用。

洋務派後期為解決軍事工業的資金、燃料運輸方面的困難，打出「求富」的旗號，興建了近代的民用工業——李鴻章的上海輪船招商局、天津的開平煤礦，張之洞的漢陽鐵廠和湖北織布局。民國的時候，最大的兵工廠就在漢陽，所以那時候士兵用的槍叫漢陽造，其實就是仿的德國毛瑟槍，為什麼在漢陽造？漢陽有最大的兵工廠；兵工廠為什麼在漢陽？因為漢陽有鐵廠。

洋務派還籌畫海防，北洋、南洋、福建三支海軍艦隊建立後，成立海軍衙門。

中國幾次敗仗吃的就是有海無防的虧，大海不像陸地，大海是連成一片的，朝發夕至，從哪兒都能過來，所以有海無防吃虧就吃大了。曾國藩在任兩江總督期間，保舉李鴻章到上海操練淮

2 總督在清代爲地方最高級長官，職掌總理軍民事務、統轄文武、考核官吏，爲一方面軍民最高長官，世稱封疆大吏。

軍[3]。李鴻章提出專設海防的想法。一八七五年之後，朝廷任命直隸總督、北洋大臣李鴻章創設北洋水師。一八七五年，李鴻章通過總稅務司赫德在英國訂造四艘炮船，開始清朝海軍向國外購軍艦的歷史。不久，向英國訂造巡洋艦「揚威」、「超勇」。因為對在英國定造的軍艦不滿意，經過反復比較後，李鴻章向德國船廠訂造鐵甲艦「定遠」、「鎮遠」。一八八一年，李鴻章先後選定在旅順和威海兩地修建海軍基地。一八八五年，海軍衙門成立，李鴻章遣駐外公使分別向英國、德國訂造巡洋艦「致遠」、「靖遠」與「經遠」、「來遠」。一八八八年十二月十七日，北洋水師正式宣告成立並於同日頒佈施行《北洋水師章程》。從此，近代中國正式擁有了一支在當時堪稱世界第九、亞洲第一的海軍艦隊。當時美國海軍是世界第十二，中國北洋水師是世界第九，還不算南洋、福建水師。

洋務運動還創辦新式學校培養人才。一八七二年到一八七五年，政府每年派三十名幼童去美國留學，一去要在美國待很多年，而且這些個孩子生死各安天命，去的都是窮孩子。有錢的孩子誰敢上那兒去？不像今天去的都是有錢的孩子，有錢孩子科舉做官，沒事上美國幹麼去？沒人願意出國的。那會兒一說出國都是去外夷，沒准讓那兒人給吃了，沒人敢去。所以只有這些人去美國，去的時候長袍馬褂大辮子，回來全都西裝革履小分頭，給李中堂磕頭的時候都得小心磕，因為辮子是假的，別一磕頭辮子掉了，大逆不道。

可惜這些人學成的非常少，大概就第一批幼童有學成的，你想這一幫人到了美國，他們看了就知道什麼是好的，民主自由比這個專制要强得多，人家那兒見總統都直呼其名，咱這兒見皇上還得跪著，這多不好意思。原來咱們中國派駐在國外的使節，新的使臣來，舊的使臣要歸國，得到碼頭上去迎接，新的使臣宣讀聖旨，使館全體人員跪在那兒，接這個聖旨，外國人就跟看耍猴的一樣圍一堆看，怎麼回事，這玩意兒太好玩了，念什麼呢都在那兒趴著，念完聖旨以後才到使館。後來中國人也感覺這個太有傷國體，所以就奏請朝廷，朝廷批准了，這儀式在使館裡舉行，咱就別在碼頭上現眼了。因為中國肯定都得在哪兒，碼頭上，欽差大臣來了你得迎到碼頭上，你得出城多少里去迎，跟那兒就得宣聖旨，就得跪著，你不能回到衙門才跪接。公使夫人裹完小腳，晾那裹腳的白布，洋人就以為中國國喪，以為皇上死了，都來弔唁來了，驚聞大皇帝不幸去世，我們都來哀悼。中國人傻了，沒這事啊。那人說你這兒為什麼掛白布啊，那是裹腳布，洋人不懂好好的腳幹麼裹起來，所以好多觀念一發生衝突，這一幫人就不願意再接受清朝這種封建的統治，朝廷一看，壞了。

於是下詔，召回當年出國的這批幼童。相當多的孩子沒有完成學業就回來了，有的是上了大學，也有的不回來了，就在他那個寄養家庭的掩護下跑了。中央電視台拍過一個五集的紀錄片，幼童好幾個跑了，跟當地人結婚，採訪他的孫子，長相完全是白人，而且只能說英文，一句中文都不會，而這些回來的人，就把先進的觀念帶了回來。

未富先破產

洋務運動談不上破產，它只是沒能使中國走上富强，原因是什麼？就是只引進技術不改進制

3 淮軍是晚清在曾國藩指示下由李鴻章招募淮勇編練的一支軍隊。淮軍出於湘軍，是清朝統治階層中一個重要的武裝政治集團。

度。李鴻章致總理衙門函：「中國文物制度，事事遠出西人之上，獨火器萬不能及。」我們的制度比洋人好多了，獨火器萬不能及，就這一條不怎麼樣，所以「中國欲自強，則莫如學習外國利器；欲學習外國利器，則莫如覓制器之器，師其法而不必盡用其人。」我們只需要學外國的軍事技術就可以了，別的我們都不用學。我們遠出西人之上，用得著跟他們學嗎？他們應該跟咱們學。

而鄭觀應認為，你要學就學人家的制度，學人家的體，不能光學不用。咱們認為中學為體，西學為用，中體西用。鄭觀應明確提出來不能這麼幹，人家「西人立國……育才於學堂，論政於議院，君民一體，上下同心，務實而戒虛，謀定而後動，此其體也。輪船、火炮、洋槍、水雷、鐵路、電線，此其用也。中國遺其體而求其用，無論竭蹶步趨，常不相及；就令鐵艦成行，鐵路四達，果以足恃歟？」[4]你光學洋槍火炮輪船水雷這些根本解決不了問題。近代學習西方，日本學得比較徹底，包括一八八八年近代亞洲第一部《大日本帝國憲法》，甭管它多保守，也是近代亞洲的第一部憲法，日本是在亞洲第一個確定了君主立憲政體的國家。

另外，對洋務運動進行一些深入細緻的分析，發現洋務運動得以興起，是在一沒內憂，大規模農民反抗剛剛被鎮壓的情況下開始的。二沒外患，列強忙於鞏固既得利益，所以沒有大的戰爭爆發，中外各種勢力暫時「和好」。而這個時候的資產階級和無產階級都是剛剛萌發，比較弱小，所以沒有人反抗朝廷。隨著列強進一步提出新的侵略要求，兩次鴉片戰爭之後的東西，他們可就不再滿足。農民起義雖然被鎮壓，但是以後農民還要進行反抗，資產階級隨著力量的強大也會起來反抗，所以這個內憂外患只是暫時平息，洋務運動是在這樣一個背景下開展起來的。

為什麼到一八九四年大規模戰爭又爆發了?列强已經不滿足既得利益了，他們要瓜分世界，要資本輸出，所以又爆發了戰爭，到八國聯軍侵華這個要求算是滿足了，然後中外又是三十年和平。到九一八事變、七七盧溝橋事變，小日本又發起了大規模的侵華戰爭。中國近代史上這五場大規模的侵華戰爭分三波。兩次鴉片戰爭是第一波，甲午戰爭、八國聯軍是第二波，日本侵華是第三波。中間都是三十多年，給中國喘息的機會，中國發展就是利用這三十多年。中間為什麼給你三十多年喘息的機會?帝國主義在鞏固既得利益。當然抗日戰爭是很特殊的，因為後來英美用不著這種戰爭手段侵略中國，歐美列强用不著，小日本因為經濟落後只能用這種手段，世界經濟危機一爆發它沒法擺脱，這次戰爭可看作是上一場戰爭得到的利益已經不滿足，提出新侵略要求，都是差不多三十年的時間。就像你吃完早點，需要時間消化，你不能早上起來油條煎餅豆漿雞蛋牛奶吃個一斤多，二斤，八點鐘剛來這麼一餐，九點再讓你來一頓，你就得哭了。你得十二點來一頓，十二點燒雞烤鵝，再加幾條魚，一斤米飯又進去了，你再來就得晚上六點了。所以洋人兩次鴉片戰爭就是早餐，然後需要消化，甲午戰爭、八國聯軍就是午餐，到抗日戰爭就是晚餐，最後小鬼子撐死算了，就這麼一個意思。西方國家需要時間來鞏固既得利益，咱們鑽了一個空當。

---

4 引自鄭觀應《盛世危言》初刻自序。

洋務大盤點

洋務運動最終是沒能讓中國走向富強的道路。它創辦的近代工業以官辦、官督商辦、官商合辦為主，不具備近代化企業的性質，或者說不是近代化企業。近代化企業是資產階級企業，還應該是商人辦的，私人辦的。日本明治維新之後，朝廷對私人辦企業大力扶持，甚至工廠國家可以半買半送地給你，大力扶持，我們呢？都是官辦，甚至壓制私人資本的發展，所以資產階級就沒法發展。江南製造總局的總辦，正五品，上班跟上朝似的，閒人閃開，肅靜回避，廠長頂戴花翎的去，工人上班不好好幹，遲到了，給你五十板子。

其次，力量分散，沒有形成近代工業體系。洋務運動建的幾個廠，就集中在長江中下游那麼些個有限的地方。要想建兵工廠，首先得有鋼鐵廠，要想有鋼鐵廠，首先資源得跟上，周圍得有煤礦。如果建了一個兵工廠，兵工廠建起來了，機器全是從外國進口的，要是人家不賣給你機器，你這東西就開不了。要有鋼鐵廠了，這煤是從外國進口的，那就更扯了，所以洋務運動沒有在中國形成近代工業體系。

再看洋務運動興辦的教育。洋務運動期間，所開辦的新式教育，只是培養了一些專門人才，沒能建立起近代教育體系。出去了幾批幼童，一百多人還沒學完就全給召回來，後來陸陸續續派了一些留學生，比如說去英國學海軍，但問題是就出去的這一點留學生，絕大多數的中國讀書人還在幹麼呢？四書五經科舉八股的還在幹這個，所以沒有形成近代教育體系。

嚴複，中國近代史上有名的人物，翻譯《天演論》[5]。嚴複從英國格林尼治海軍學院畢業，日本首相伊藤博文是他的同學，伊藤博文回來當了日本首相，嚴複一輩子最高做到天津水師學堂總教習。這不屬於官，無官無品，為什麼嚴複不可以做官呢？學歷不夠啊，學歷怎麼不夠？有的留學生是美國的博士，那扯淡，你是中國的進士嗎，博士管什麼用，你連一個舉人都不是你怎麼能做官呢？所以這一幫留學生回來只能做事不能當官，回來的人還得捧起四書五經來，從頭看從頭考。能考上的估計也不多，你想他整天念英文華盛頓將軍傳，現在來這個君君臣臣，父父子子，肯定有抵觸情緒，只有做事的，很少有說做官的。最大的官可能就是唐紹儀，後來做到清朝的外務大臣，民國首任國務總理，那個時候風氣已經開放多了。一開始出去的一幫人都不行，沒人答理。

也就是說，洋務運動的工業和教育，解決不了中國的實際問題，海軍更是裝裝門面，是皇太后王爺的豪華大遊艇。要知道海軍最主要的作用是與敵人爭雄於海上，整天在港口藏著就沒用。當然，洋務運動最終是失敗了，但它開啓了中國的近代化，引進技術，培養人才，刺激民族資本主義，抵制外國經濟侵略，畢竟中國的廠子辦起來，國貨賣出去，洋貨就少一點。

5 《天演論》書名直譯應為《進化論與倫理學》。作者赫胥黎，英國博物學家。《天演論》的基本觀點是：自然界的生物不是萬古不變，而是不斷進化的；進化的原因在於「物競天擇」，「物競」就是生存競爭，「天擇」就是自然選擇；這一原理同樣適用於人類，不過人類文明愈發展，適於生存的人們就愈是那些倫理上最優秀的人。

3 先進階級代言人

先進生產力

洋務運動刺激了中國的民族資產階級，中國社會就開始有了不同於以往的變化。鴉片戰爭後外國資本主義侵入，分解了中國自給自足的經濟，擴大了商品市場和勞動力市場。它能夠為西方提供市場和勞動力，就也能為中國提供市場和勞動力，只要這事你願意幹。其次，受外商企業的刺激，中國的官僚地主商人投資近代工業，不僅受外商企業的刺激，也受洋務派的刺激，他一看這玩意兒能來錢，比土地刨食來錢，所以他們就開始幹這個事。

十九世紀六七〇年代，在上海、廣東、天津等地興起資本主義工業，比較著名的有上海發昌機器廠、廣東南海繼昌隆機器絲廠、天津貽來牟機器磨坊。繼昌隆機器絲廠是紡織廠，貽來牟機器磨坊磨什麼玩意兒，磨麵粉。它們都是輕工業，這幾個工廠跟前面洋務派創辦的企業要分開了。那個名怪不拉嘰的就是民族資產階級的企業，民族資產階級就是私人創辦的，不像國企名頭比較大，漢陽鐵廠，湖北織布局，你就是繼昌隆機器絲廠，能代表湖北嗎？你們家開一個小飯館叫做中國大飯店，工商局絕對不給你註冊，你什麼中國大飯店，你北京飯店他也不給你註冊。北京飯店在哪兒，在長安街上，回頭你這兒一干擾，外國人跑你這兒來了，這就不合適了。難的反而是洋務派的那兩個軍事工業和民用工業，不好區分。

光腳最革命

資產階級是先進生產力。無產階級是先進生產力的代表，資產階級也曾是先進生產力的代表。西方採用近代企業管理模式，廠長不能拿鞭子抽人，敲板子也不能幹。其實中國資本家也是人民大眾，也是被壓迫的，被誰壓迫呢？也就是我們常說的三座大山，他們也壓迫資本家。不像在國外，資本家就是天老爺，中國不行。資本家都受壓迫，所以他有革命性。而有產者總是希望維護社會穩定，「今亡亦死，舉大計亦死，等死，死國可乎？」造反者總是無產者，我怎麼著都是死，所以馬克思怎麼號召？無產階級起來鬥爭吧，你們失去的是鎖鏈，得到的是整個世界。為什麼無產階級他能去鬥爭呢？我什麼都沒有啊，等死，死國可乎？資產階級不可能做到這一點，他希望社會穩定，當這個社會動亂的程度超過他忍受的能力的時候，他就往後撤了。所以現在任何一個國家，如果穩定一定是有一個龐大的中產階級階層，有有產者國家才能夠穩定。所以資產階級具有妥協性，根本原因就在這兒。

一般歐美國家裡先有資產階級然後才能有無產階級，咱中國是正好相反，因為他誕生在外商企業裡。工人階級來源於破產的農民和手工業者，在洋務派和民族資產階級創辦的廠礦裡也產生了中國的無產階級。

光腳的不怕穿鞋的，無產階級深受壓迫，所以革命性是最強的。這種出身於破產農民的工人和農民便於結盟，他們集中程度高，便於鬥爭。

4 不敗而敗，不勝而勝

邊境起紛爭

中國曾經也是個有很多屬邦的國家。緬甸、安南[6]、朝鮮、尼泊爾都是。我們對於屬國抱有唯一的一點希望就是它們能來朝貢，我們不去干涉屬國的內政外交，更不會有殖民通商的經濟政策。這些屬國同中國的關係也還不錯，按時納糧，請求冊封，如此而已。而且但凡屬國內部有叛亂，中國都會不計酬勞、跋山涉水地前往擺平，所以，屬國對於我們是擁戴的。

中國喜歡擁有自己的屬國，是一種傳統。因為中國文化的關係，古代聖賢君王，都追求使四夷傾心嚮往，然後散點錢財，傳播一下文化。而這些國家多半就是我們的鄰國，越南在我們的西南，蒙古在我們的西北，琉球在東南，它們基本上就是我們的邊防線，屬於國之門戶，唇亡齒寒。

西方資本主義對清朝的侵略，除了直接攻打外，還有一種就是侵略屬國。法國人侵占安南，在康乾盛世的時候就開始了。

英法對華第二次鴉片戰爭期間，法國開始武力侵占越南南部，使越南南部六省淪為法國殖民地。法國人因為湄公河不適合航運，把目光轉向越南北部，並很快攻陷河內。越南無力抵抗，向當時駐紮在中越邊境的劉永福[7]求助。劉永福率領的黑旗軍協助抵抗法軍侵略。黑旗軍在河內城郊大敗法國，劉永福身先士卒，冒死衝鋒，斬法國數百人首級，法軍被迫退回越南南部。後來，法軍屢犯越南，向駐守越南的清朝軍隊進攻。法國侵略者為實現對越南的殖民統治，及早達到據越南而侵入中國西南的目的，開始以全力來對付中國。中法之間正面衝突的危機日益逼近。

在戰與和的問題上，朝廷內部紛爭不休。左宗棠、曾紀澤、張之洞為代表的主戰派，多次要求朝廷採取抗法方針，曾紀澤還照會法國，極力維護宗主國地位，毫不退步。以李鴻章為首的主和派最終控制了局面。

宗棠憾平生

一八八三年底，法軍向紅河三角洲中國軍隊防地發動攻擊。中法戰爭爆發。一八八四年，法國艦隊强行駛入福建水師的馬尾基地，戰火擴大到中國東南沿海。八月二十六日，清廷頒發上諭譴責法國「橫索無名兵費，恣意要求」、「先啟兵端」，令陸路各軍迅速進兵，沿海各地嚴防法軍侵入。這道上諭實際上是對法國侵略者的宣戰書。

同年，法軍侵占台灣。分頭進犯台灣基隆和淡水，劉銘傳審時度勢，放棄基隆，集中兵力扼守淡水，擊退侵略者。轉而，法軍攻占諒山，進犯鎮南關。馮子材率部英勇抗擊敵人，獲得鎮南

6 越南古稱，包括現廣西一帶。

7 劉永福是以「反清復明」爲宗旨的天地會領導人之一，其隊伍以七星黑旗爲戰旗，故稱黑旗軍。太平天國失敗後，黑旗軍活躍於中越邊境。

關大捷。馮子材乘勝追擊法軍，清朝電令乘勝即收，並在一八八五年四月七日，宣佈停戰撤軍。對此，張之洞奏請朝廷，延緩撤兵時間，以克河內。然而朝廷沒有採納他的建議，致使中法戰爭出現一個奇特的結局，中國不敗而敗，法國不勝而勝。

清政府在勝利情況下，同法國簽訂屈辱的《中法會定越南條款》，對此左宗棠內心悲憤不能自已，病死福州。在臨終前，留下這樣的話：「惟此次越南和戰，實中國強弱一大關鍵，臣督師南下，迄未大伸撻伐，張我國威。遺恨平生，不能瞑目。」

中國西南從此門戶洞開，法國侵略勢力以印度支那為基地，長驅直入雲南、廣西和廣州灣（今湛江市），並使之一度變成法國的勢力範圍。

5 甲午一戰驚天人

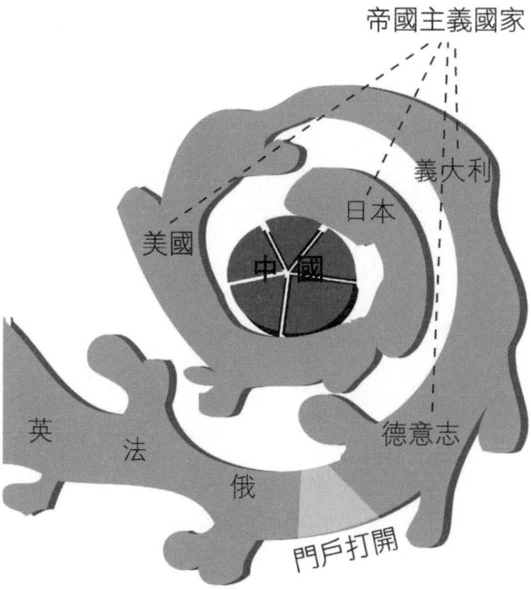

四面包圍中的清廷

清末的中國，外處帝國主義瓜分的漩渦之中，四面包圍，絕無生路。

攻掠急先鋒

十九世紀七〇年代，西方資本主義向帝國主義過渡，他們要求重新分割世界，加緊爭奪市場，中國成為他們的主要目標。當時的中國可以說是世界上碩果僅存的還沒有被瓜分的大國，拉丁美洲基本被瓜分完了，澳洲也沒了，亞洲也幾乎被瓜分殆盡，剩下日本和暹羅[8]，還有一個中國。列強都對中國虎視眈眈。同治之前，列強實行帝國主

8 暹羅，現今泰國的古稱。

義的僅英俄法三國。在中國門戶被打開後，德意志統一，義大利統一，美國中央政府消滅南方獨立運動，恢復統治並加强統一。此時，東方帝國主義日本也興起，光緒年間，我們處在帝國主義的四面包圍之中。

在這個情況下誰表現得最積極？日本。

日本通過明治維新，國力强盛，可是其市場狹小，資源尤其匱乏。尤其到第二次工業革命以後，鋼鐵和石油百分之百依賴進口，橡膠都依賴進口，當然它國內產一點銅，產一點很有限的東西。其本身三十七萬平方公里的國土，森林覆蓋率將近百分之七十，幾千萬人口都集中在七點五四萬平方公里的平原地帶，直至今天。日本人口密度比中國大得不是一點半點，大部分森林山地沒有什麼人。所以它極需對外擴張，它對外擴張的目標是中國和朝鮮。明治維新使日本脫亞入歐，與歐美列强共進退，失之歐美，取之鄰國。日本當時也是半殖民地，直到一九一〇年才廢除不平等條約，國力也不强於中國。它就是敢於賭國運，對中國發動這一場戰爭。

世界主要資本主義國家向帝國主義過渡，日本的侵略在一定程度上得到了西方列强的支持，西方列强為什麼支持日本？日本獨占中國，不會對西方列强的利益構成威脅？誰都想著瓜分中國，可中國畢竟不同於非洲，是史前文明時代，和拉美香蕉共和國也有區別，也不像當時的印度，從來沒有統一過。中國在一八四〇年以前是，就是到一八四〇年中國的國民生產總值在世界上都是數一數二的。那麼强那麼大的國家，如果要去瓜分，就得考慮誰有這個實力。一口想把中國咬下，回頭把牙硌掉了，這怎麼弄？這個時候，小日本「不揣冒昧」地跳出來，我來，我打頭炮，西方列强當然求之不得，因為你們倆都是亞洲國家，都是黃種人，屬於黃種人的內訌，對於基督教文明沒有任何的損失。你們來吧，既然日本願意做先鋒，帝國主義自然慫恿加支援，尤其是英國，表現最積極。

此刻，「帝國主義們的心情是矛盾的：它們希望戰爭，尤其希望中華帝國對外戰爭爆發，因為這不但可以削弱這個帝國的國力，而且還可以檢驗這個帝國目前的抵抗能力——這一點至關重要，因為自中國務實的官員致力於洋務運動後，帝國的防務實力讓帝國主義們有點兒摸不著底了。只是，除了日本人之外，帝國主義們並不希望日本人真的打勝，至少是不能讓日本人獲得圓滿的勝利。因為如果這樣，中國人給日本人的好處肯定會影響到自己的利益——中華帝國的版圖和市場再大也是有限的。」[9]

水師變「水狗」

一八九四年朝鮮東學黨[10]起事，清政府應朝鮮政府請求派兵，日軍也趁機開進了朝鮮，挑起戰爭。當時的中朝關係，我們是宗主，朝鮮是藩屬，是我們的藩國。藩國有難，宗主出兵代為平亂，這是符合宗藩關係的[11]。當然，這種關係完全不符合近代國際法，所以小日本說我不承認朝

9 引自《一九〇一年：一個帝國的背影》，王樹增著，海南出版社，二〇〇四年三月出版。

10 一八七六年，日本迫使朝鮮簽訂不平等條約後，朝鮮逐漸淪爲殖民地。朝鮮人民不甘心做奴隸，一八九四年一月，東學黨領導人全琫準領導農民起義，攻占古埠郡衙，活捉郡守。起義軍攻占郡城後建立革命政權執綱所，提出「滅盡權貴」的口號。三月，農民軍擊潰前來鎮壓的反動軍隊，並乘勝前進。四月底，一舉攻占南方重鎮全州，革命浪潮席捲全國。

11 在明清兩代，朝鮮與中國是宗藩關係。藩屬國的國王繼位，須經過宗主國的冊封，才算取得合法的地位；藩屬國需定期向宗主國進貢；宗主國負有幫助藩屬國維護統治秩序的責任。

鮮是藩國，它是一個獨立國家，你能派兵我也能派兵，清軍進去兩千，日軍進去八千，清軍一入朝鮮，迅速平定東學之亂，但是日軍就賴著不走，蓄意挑起戰爭。

甲午中日戰爭有陸戰和海戰，陸戰就是兩場，平壤之戰和遼東之戰。海戰是三場，豐島海戰、黃海海戰和威海衛之戰，威海衛之戰實際上是海陸都有，甲午中日戰爭首先是在海上打起。

黃海、豐島、平壤戰役屬於第一階段，戰火沒有燒到中國，遼東和威海衛就是在中國本土打的。首先是豐島海戰，因為日本增兵咱也增兵，所以北洋水師「濟遠」、「廣乙」兩艦掩護商船往朝鮮增兵，當時戰爭還沒有爆發。結果日本聯合艦隊三艘主力艦不宣而戰，對中國發動了突然襲擊。日軍有備而來，我們毫無準備，因此「廣乙」艦沉沒，「濟遠」受傷。有說濟遠管帶貪生怕死，貪不貪生，怕不怕死不好說，不死也得一塊沉沒，所以「濟遠」號撤退。這樣，兩艘沒有武裝的商船「高升」號、「操江」號就暴露在日軍面前，「操江」號上官兵被俘。操江號比較小，是一艘木殼木肋的老式軍艦，原屬南洋水師，後借調北洋用於通訊和運輸，配置官兵八十二人，船齡已超過二十年，雖然也配備五門火炮，但也只能勉强對付海盜而已，根本不可能作為對抗軍艦的戰船。操江號上面有二十萬兩白銀的軍餉，也被日本繳獲。「高升」號是我們租的英國商船，結果日本人掛出信號旗要求高升號投降，船上一千多陸軍將士表示拒絕，用步槍射擊日寇的軍艦，然後放下小艇讓歐洲籍船員離開了船。日本人發射魚雷把「高升」號擊沉，一千多名陸軍將士落水，八百多人殉國。

豐島海戰等於是小日本不宣而戰，首先挑起了戰爭。豐島海戰第二天，德宗皇帝發佈上諭對日本宣戰，第三天日本天皇也下了一道聖旨，對中國宣戰，戰爭正式打起來了。在朝鮮境內進行的第一場戰爭是平壤之戰。平壤是朝鮮的古都，僅次於國都漢城。清軍一萬七千人，日軍一萬六千人。日本人在兵力上並不占優勢，但是戰爭還沒有打起來，清軍統帥直隸提督葉志超就打算放棄平壤城，退守鴨綠江。總兵左寶貴是個回民，堅決主張抵抗。說：「敵人懸軍深入，正宜出奇痛擊，使其片帆不返，不敢再窺視中原，今若不戰而退，何以對朝鮮而報國家。」所以他是堅決抵抗。左寶貴守平壤玄武門，激戰中警衛勸他摘掉紅纓帽，脱去黃馬褂，那一身紅的黃的都跟交通信號燈似的，太明顯，一看就是個高級武官。左寶貴說我穿上這一身衣服是激勵士氣，結果清軍激勵了，日軍也激勵了，發炮攻城，左寶貴親自指揮重炮向敵人還擊。在激戰中，左寶貴腿上中了一彈，很敏捷地用一塊布包好傷口站起來繼續鼓舞士兵作戰。最後，左寶貴以身殉國，平壤淪陷。葉志超一口氣往北跑了五百多里，過了鴨綠江，連馬都沒下，日軍尾追進入了中國境內。

只顧一人慶

幾乎與平壤之戰同時，北洋水師主力掩護陸軍在朝鮮登陸，返航途中行至黃海，在鴨綠江入海口大東溝處遭遇了日本聯合艦隊，展開了一場激戰。北洋水師提督丁汝昌主張堅持抵抗，戰鬥開始不久，北洋艦隊旗艦「定遠」艦由於下水十二年，久已失修，艦橋被突然開火的大炮震塌，丁汝昌摔傷，信旗被毀。丁汝昌拒絕隨從把自己抬入內艙，堅持坐在甲板上督戰。可是他只能鼓一艦士氣，戰鬥剛開始，北洋艦隊就失去了指揮。北洋艦隊一直衝殺在前的「致遠」艦受到日「吉野」、「高千穗」等的集中轟擊，多處受傷，艦身傾斜。「吉野」衝在最前面，正遇上全身著火的「致遠」艦。管帶鄧世昌下令撞沉「吉野」。「致遠」艦向「吉野」號右舷高速撞去。日艦官兵見狀大驚失色，拼命逃竄，並向「致遠」艦連連發射魚雷，「致遠」艦躲過一枚魚雷後，不幸為另一枚所中，全艦官兵共二百五十二名壯烈戰死。「致遠」被擊沉以後，鄧世昌落水，他的隨從劉忠拋救生圈給他，被他推到一邊；左一號魚雷艇趕來相救，他拒不上艇，並說：「吾立志殺敵報國，今死於海，義也，何求生為！」他養的愛犬太陽犬遊到他的身邊，先是咬住他的手臂不使他下沉，他將犬奮力推開，犬又銜住他的髮辮，使他的頭露出水面。鄧世昌抱定與戰艦共存亡的決心，毅然抱住愛犬，一同沉入滾滾波濤之中。

除致遠艦管帶鄧世昌外，經遠艦管帶林永升也壯烈殉國。北洋水師當年曾經是亞洲第一，世界第九。從綜合力量上來看，不說强於日本的聯合艦隊，起碼也應該是伯仲之間，開戰的時候北洋水師是十艘軍艦三萬四千噸，日本十二艘四萬噸。北洋水師兩艘最大的鐵甲艦定遠、鎮遠是遠東第一流鐵甲艦。

北洋水師自從一八八八年成軍以來到甲午年間，六年時間不但未添一艦，甚至未添一彈，船隻也沒有很好地維護。海軍的錢，被慈禧太后拿去修頤和園了。這樣一來，北洋水師老矣。當時軍艦爭雄於海上，主要是比航速和火力，火力主要是看射速。北洋水師的平均航速是十四點五節，日本聯合艦隊是十八節，聯合艦隊主力艦吉野艦的航速高達二十二節。另外就是火力，日本軍艦的炮雖然比咱們小，但是它有九十七門速射炮，我們一門都沒有。速射炮是新生事物，速射炮出現的時候，海軍軍費被拿去修園子了。吉野艦本來是大清訂購的，連訂金都交了，最後沒錢了退貨。英國看這一艘軍艦砸手裡了，皇家海軍也不需要，就向日本兜售，打折賣給你，你要嗎？日本多窮的國家，沒有錢，明治維新是一八六八年，洋務運動是一八六一年，沒有錢怎麼辦？天皇捐了三十萬，那會兒的日元是銀洋，不像現在的日元，三十萬合不了多少人民幣。各級文武官吏、國會議員把自己工資的一部分捐出來，皇后把自己的首飾都獻出來，以後就只能頭上插櫻花了。然後發行公債，老百姓踴躍搶購，甚至有日本女學生去賣身然後把錢捐給國家，就這麼買的軍艦。

日本是舉國一致，君臣一體，上下同心，一定要把中國給打敗。你再看咱們這兒，老太后拿著海軍經費，過一個生日，鋪張揚厲，用銀七百萬兩。七百萬兩白銀是一個什麼概念？定遠、鎮遠一艘是六十二萬五千兩，老太后過一個生日，北洋水師遠東第一流鐵甲艦能買十一艘。老太太一個生日的花費再造一個北洋艦隊沒有問題。結果這個錢都拋出去了。慈禧太后做六十大壽，翁同龢等大臣上奏請求壽誕從簡，節約公衆開支，補充前線軍費，慈禧太后當即不悅：「誰要是令我一時不快樂，我就要他一生不快樂。」四下當即噤若寒蟬。

再看軍隊士氣。據說日本有一個小兵出征，他媽這麼跟他說，這一仗打完了，我希望在靖國神社看見你。言下之意就是沒指望你活著回來。平壤之戰，清軍的統帥衛汝貴的老婆給他寫的家信，被日本人繳獲，登在日本軍中的報紙上。衛汝貴的老婆給他寫的家信是，老爺春秋五十八歲了，咱家有錢有地，上戰場千萬別玩命，能跑就跑。你想這人指揮的軍隊，不是說槍炮不如人，根本沒有精氣神。人家打仗將有必死之心，士無貪生之念。這可倒好，統帥都打了一上戰場我就跑的主意，讓當兵的給你玩命，開什麼玩笑。

駭人大屠城

一樣都是洋槍洋炮，清軍那會兒已經使槍炮了，沒有拿糞叉。刀矛弓箭都是爺爺輩的玩意，但還是不行。黃海海戰中國五艘主力艦沉沒[12]，日本五艦重創。重創跟沉沒的區別是重創的那個還能拉回去煉鋼，咱們要煉鋼得給它撈上來。我們的定遠、鎮遠挨了二百多發炮彈都沒事，是不沉之艦，主力尚存。你速射炮一百二十毫米口徑小炮，你就打，沒事。

可朝廷不允許北洋水師繼續出戰，就此造成了黃海制海權拱手讓敵。遼東之戰，大清發祥之地，結果除了太原鎮總兵列士成率軍抵抗之外，餘皆一觸即潰。這樣，日軍一路高歌猛進，將戰火燒到中國境內。遼東之戰，日本進行了慘絕人寰的「旅順大屠殺」。全城二萬多人，被殺得還剩抬屍的三十六人。

當時美國駐華使館的武官在日軍中觀陣，被日本的暴行驚呆了，他給國內的報告中說，旅順城內凝固的鮮血有一英尺厚，到處都是殘肢斷臂。世界人民的眼睛是雪亮的，英國人艾倫對這次屠殺有過描述：「日本兵追逐逃難的百姓，用槍桿和刺刀對付所有的人；對跌倒的人更是兇狠地亂刺。在街上行走，腳下到處可踩著死屍。」「天黑了，屠殺還在繼續進行著。槍聲、呼喊聲、尖叫聲和呻吟聲，到處迴蕩。街道上呈現出一幅可怕的景象：地上浸透了血水，遍地躺臥著肢體殘缺的屍體；有些小胡同，簡直被死屍堵住了。死者大都是城裡人。」「日軍用刺刀穿透婦女的胸膛，將不滿兩歲的幼兒串起來，故意地舉向高空，讓人觀看。」剖腹，挖心的事在當時的旅順並不少見，多少無辜無知的兒童慘死在日本人屠刀之下，很多世界媒體都對此事進行了報導。日本在中國的暴行令世界輿論譁然，日本不是文明嗎，怎麼能這麼野蠻？日本為了掩蓋罪行，趕緊把中國人的屍體收集火化，有人可能就剩一根指頭了，哪找去？甭管是誰的往一塊兒堆，骨灰裝了滿滿七口棺材。這是什麼概念，你看人往那一站那麼大一塊，燒了就一把，不信回家試試，就一把。你想七口棺材是多少？小日本有多狠。在墳上插一碑，上寫「清國陣亡將兵之墓」。裡面有將和兵嗎？沒有，將和兵都跑了，留下的都是手無寸鐵的和平居民。日軍除了一路奔東北而來，還有一路就占領威海衛，北洋水師全軍覆沒。北洋水師是洋務運動最突出的成果，打到這個份上打不下去了，只得屈辱求和。

螞蟻吞大象

甲午戰爭的失敗不僅給李鴻章以致命一擊，也令很多人百思不得其解。中國是大國，有四億人口，軍隊九十五萬，打的是一場自衛反擊戰；日本是小國，軍隊只有二十九萬，後方遙遠，供應不便，幹的是無恥的侵略勾當。可是最終清政府竟然失敗了，日本上演了一出螞蟻吞大象的荒誕劇。

大清政府，從來都是只記吃肉，不記挨打。清政府平定了國內叛亂，列强之間又相互爭奪利益，暫時對於中國無暇顧及。在簽訂《北京條約》後，清政府內部一些握有實權的官員同英法之間不再交惡，西方殖民者在中國幾乎不用費力地享受著既得利益，中國政治家的神經稍稍鬆弛了

12 黃海海戰歷時五個多小時，北洋水師損失致遠、經遠、超勇、揚威以及觸礁後被毀的廣甲五艘軍艦。來遠受重傷。

一些，他們對西方國家的友善充滿了感恩。對於隔壁小國日本，清政府向來沒有放在心上。

小日本不知道哪根筋倔上了，幾乎從沒停止過打中國的主意。它很無畏，妄圖以它弱小的身軀吃掉中國，吃下中國是它這輩子的夢想，不管腸胃是否能夠消化。明治維新後，小日本資本主義得到飛速發展，可能是由於非良性的過快發展，加上日本的武士道精神，產生了軍國主義的變種，日本變得極具擴張性和掠奪性。一八五五年，日本胃口大好，有政治家提出要占領台灣、呂宋島，占領整個中國，君臨印度。這種思想竟然在不久的將來成為了日本的主流思想。很快這種不切實際的想法得到具體化，並形成文字如《清國征討方略》，詳細寫明瞭征討步伐。可怕的是，日本嚴格按照征討方案，不動聲色地發動了侵略戰爭，而且幾乎完全達到了它的目的。

清朝政府無論如何都沒想到隔壁的鄰居，不怎麼富裕，還願意傾家蕩產地花錢打仗。有好日子不好好過，動輒動武，盤算著怎樣吃掉別人，不是我們的一貫作風。對於小日本毫不提防，是清政府最為失策的一步。對於國際形勢一無所知的清朝，能夠哄好西方列強不再炮轟，老佛爺就該在宮裡暗自念阿彌陀佛了，更別說早做判斷，提高警惕了。

一些有識之士，如兩江總督沈葆禎、台灣巡撫劉銘傳等看出「倭人不可輕視」，但朝廷和大部分政要對日本的認識還停留在小國的階段，「不以倭人為意」，對國防負重要責任的李鴻章也認為「倭人為遠患而非近憂」。在日本傾全國之力擴充軍備、戰爭危險日益迫近的緊要關頭，清政府反而放鬆了國防建設，以財政緊張為由，削減軍費預算，從一八八八年開始停止購進軍艦，一八九一年停止撥付海軍的器械彈藥經費。中國就是在這樣一種不清醒的狀態下，迎來了一場命運攸關的戰爭。

清政府跟洋人打了幾次仗，便開始奴性十足。清廷實權人物慈禧太后、恭親王等都是主和派，李鴻章也堅決主張「力保和局」。從戰爭開始到失敗投降，他們一直致力於爭取英俄德法美等國家的調停，以達到求和目的。朝鮮戰場的失利，雖然造成了一定的被動，但還沒有影響全局。這時候，清政府如果能認清形勢，堅定地投入反侵略戰爭，並採取正確的戰略，一定能夠挫敗敵人的進攻。外交和軍事一樣，都是國家政治行為的重要手段。李鴻章過於老道，他企圖利用各國之間的利益衝突遏制日本，解除中日軍事對峙，用心可以理解。但他畢竟同列强打交道不多，對於洋人的認識不夠，對洋人寄予的希望過多，放鬆了自己的軍事努力。他認為「列強必有區處，必有收場」，命令部下「靜守勿動」，「保艦勿失」，既延誤了軍機，又影響了士氣。

李鴻章首先請求英國調停，他考慮英國在華既得利益最多，但沒有想到英國和日本已經在背後進行了交易，英國甚至對日軍擊沉中國商船事件保持沉默。就這樣，中國被英國出賣了，李鴻章轉而請求俄國干涉，但這時俄國西伯利亞鐵路尚未修通，在遠東爭奪的籌碼還不夠，並不想和日本鬧翻。人人都在打自己的算盤，沒有國家願意為了中國跟日本翻臉。老謀深算的李鴻章這次失算了。

李鴻章自認為武器裝備落後於日本，對於戰爭並沒有抱太多的勝算，主將尚且如此，戰爭的結果可想而知。果然，在中日海戰中，李鴻章主動放棄制海權[13]，黃海關係到三個半島，即朝鮮

13 制海權指交戰一方在一定時間對一定海區的控制權。目的是確保己方兵力在海上行動的自由，剝奪敵方兵力海上行動的自由；保護己方海上交通運輸的安全，阻止敵方的海上交通運輸，亦即使該海洋區域爲己所用而不爲敵所用。

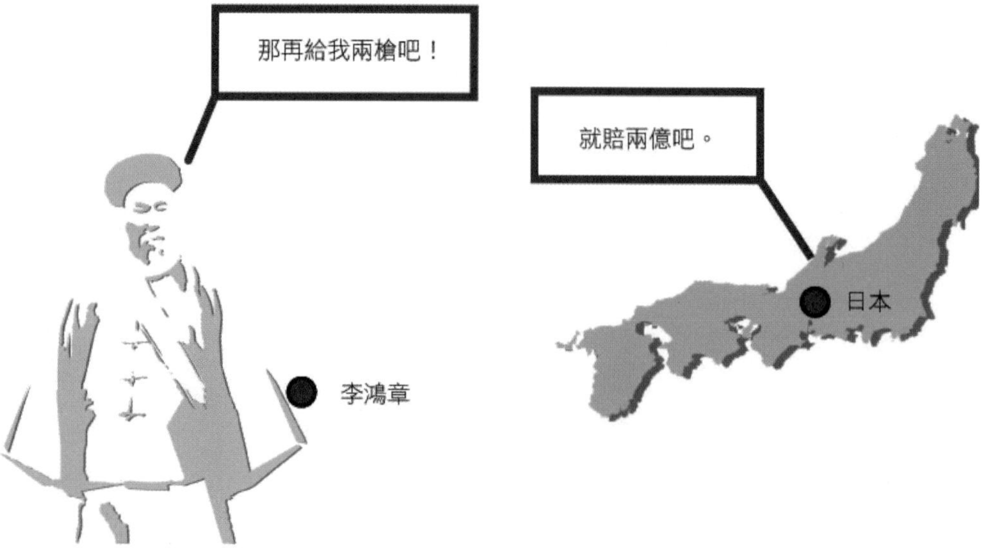

史上最貴的一槍

李鴻章被日本憤青給了一槍，日本政府為了防止李鴻章憤然回國，甲午戰爭賠款拖而不還，挨了一槍將賠款減了一億，這是史上最貴的一槍。

半島、遼東半島、山東半島的海上交通，所以黃海的制海權至關重要，李鴻章拱手相讓。如此猶疑的戰爭心理，同小日本咬定中國不放鬆的決心，對比鮮明。

多起併發症

一八九五年，李鴻章和伊藤博文簽訂了《馬關條約》，第一，割三島，遼東半島、台灣、澎湖列島。第二，賠款兩億兩白銀。小日本窮瘋了，獅子大開口，一張嘴多少，約三億日元！以前我們也賠，幾百萬，上千萬，到頭了。日本張嘴三億，不許還價。兔子成精，比老虎還厲害，這下李鴻章發愁了，這三億從哪兒籌？

李鴻章回旅館途中被一個日本憤青給了一槍，日本憤青為什麼要刺殺李鴻章呢？他認為我們能把中國滅了，憑什麼跟他談判，所以要一槍把李鴻章打死，讓這個判談不成，然後日軍皇軍就占領北京。哪一國都有憤青，愛國賊比賣國賊更可惡，他在道義上占了一個制高點，替國家做決定。當時日本的憤青能知道國庫裡除了耗子屎什麼都沒有了嗎？

李鴻章的遇刺讓日本政府非常尷尬，萬一李鴻章憤然回國，這仗拖下去，就不太划算了。中國這麼老大，什麼時候征服完？幾十年後它都沒有能征服中國，甭說那會兒羽翼未豐滿的時候。所以，日本見中堂受傷表示慰問賠款減一億，你挨了一槍減一億，李鴻章說那再給我兩槍吧，再打我兩槍，我值了，反正我七十多歲了，來日無多。七十三、八十四，閻王不叫我自個兒去，再挨兩槍得了。日本人當然不幹，但因李鴻章挨槍，賠款從三億元減到了兩億。

李鴻章二十多年訓練的北洋水師，就因為這場水仗，葬送海底。此後的北洋水師，幾乎完全蜷縮起來，望風披靡，不能再戰。淮軍聲望，從此算完了。當時的輿論給李鴻章的壓力很大，都說李鴻章昏庸誤國，媚日賣國，更有甚者希望李鴻章以死謝天下，李敖曾經質疑，歷史對李鴻章公平嗎？

我們一起同李敖回顧那段歷史：「一八九五年《馬關條約》簽訂的時候，日本馬關當時叫下關，他們見了面，在日本的書裡面，我們看得很清楚，日方代表是伊藤博文，就是這張照片，我們也看到李鴻章。」甲午戰爭後，李鴻章代表中國簽訂城下之盟，這兩位被西方稱為「東方俾斯麥」的人物坐到了一起。李鴻章是青年伊藤博文的偶像，年輕的伊藤博文曾經在維新時期到訪中國，對這位晚清政府中宣導洋務運動，創辦江南製造局、天津機器局、北洋艦隊、輪船招商局、電報局、開平礦務局、派遣中國第一批學生留美，最具世界眼光和擔當的中堂大人滿是景仰。事隔不久，這位後輩小生同昔年偶像再次見面，雙方的地位發生了戲劇性變化。「當伊藤博文提出來要台灣的時候，李鴻章談都不跟他談啊，你談什麼台灣啊，談都不談。可是形勢比人強，我們看到當時日本人的口氣，大家看看那幾段伊藤博文跟李鴻章的對話，伊藤博文說，中堂，我此次節略[14]，但有『允』、『不允』兩句話而已。就是說只有答應或不答應，Yes or No兩句話，你是Yes or No答應不答應？李鴻章說，難道不准分辯？我跟你辯都不能辯嗎？伊藤博文說，你辯好了，但不能減少，我要的條件不能減少，隨便你辯可是不能減少。你想想這是什麼口氣啊！李鴻章是在這種情形底下跟日本的伊藤博文談判的。」[15]弱國無外交，國運如此，大清國國力弱到了極點，在這個過程中間，李鴻章被推到這樣一個位置上頭，非常無奈。

「我們再看後來對於台灣，李鴻章說如果不肯讓，不肯割讓台灣給你，又將如何？伊藤博文說，如果所讓之地必須以兵力所到之地。我兵若深入山東各省，將如之何？意思是說，你不給我台灣，我就要你山東了，我打到山東去了。做這個假設，做這個威脅。李鴻章有什麼辦法，是犧牲山東呢，還是犧牲台灣？」[16]日本以深入山東並進入各省相脅，言外之意是你願意犧牲台灣還是願意亡國。李鴻章沒有選擇，他怎麼會不知道合約一旦簽下，自己的名節毀於一旦，死後仍得背負罵名。

「我們再看日本人吵著要辦手續，就一個月。李鴻章說時間來不及，兩個月吧。李鴻章說，頭緒紛繁，兩月方寬，辦事較妥。貴國何必急急，台灣已是口中之物。你看伊藤博文怎麼說，伊藤博文說尚未下嚥，饑甚。口中之物，我還沒吃在肚子裡面，我肚子餓得要死。你看這什麼口氣啊，日本的王八蛋。」[17]李鴻章與伊藤博文的談判，是一場羔羊與惡狼的談判。李鴻章全無談判的籌碼，這位七十三歲高齡的老人，抱著爭得一分是一分的態度，拼力力爭，舌敝唇焦，磨到盡頭處，其實根本沒有可商量的餘地，李鴻章不願意自己的名字出現在恥辱的條約上，最後卻不得不簽下了中國近代史上最恥辱的《馬關條約》。

《馬關條約》割讓台灣、澎湖、遼東三大島嶼給日本。它大大刺激了列強瓜分中國的野心，各國爭相在中國劃分勢力範圍。如果說甲午戰爭以前，列強對大清帝國還有最後一絲敬畏的話，甲午戰爭之後這種敬畏徹底沒有了。甲午戰爭以前我們打敗仗都是輸給英法。輸給英法不丟人，全世界誰打得過英法？俄羅斯打不過，美國打不過，澳洲更甭提了，非洲還用說嗎，拉美誰能打得過你，拉美不是從西班牙、葡萄牙這「兩顆牙」手裡獨立出來的嗎？所以誰都打不過英法，我們輸了也不丟人。現在被誰打了？日本，一千多年跟我們低聲下氣的日本。「以寥寥數艦之舟師，區區數萬人之眾，一戰而翦我最親之藩屬，再戰而陪京戒嚴，三戰而奪我最堅之海口，四戰而威海之海軍大替矣。」中國這人就丟大了，中國在亞洲稱王的時期也結束了。一千多年漢唐以來形成的以中國為亞洲中心的體系被顛覆了。甲午一戰顛倒乾坤，日本國力不如中國，都能把中國打成這樣，那西方列強一看日本都行，咱哥幾個別客氣了，來吧，爭相在中國劃分勢力範圍。特別是這一仗打完，台灣就出去了，一八九五年台灣被占領，直至一九四五年抗戰勝利，整整被日本占領了五十年。這五十年小日本在台灣推行奴化教育，台灣人起日本名字，按日式的起居飲

---

14 節略，外交文書的一種。用來說明事實、證據或有關法律的問題，不簽字也有用印，重要性次於照會。
15 均引自《李敖有話說3》，李敖著，中國友誼出版公司，二〇〇六年一月出版。
16 同上。
17 同上。

食，家家不能供祖先，要建神社，供日本的天照大神。每天中午老師帶著學生向東京皇宮方向遙拜，學生的課本裡面的世界地圖，日本、台灣、朝鮮是一種顏色。扉頁上都印著這麼一段話：「大日本天皇陛下對本土人民、半島人民、台灣人民皆愛若赤子。」就這樣向台灣人灌輸這種觀念，日本、台灣、朝鮮是一個國家，都是天皇陛下的子民。

巨額賠款，清政府無力償還，不得不舉借外債，列強通過貸款控制了中國的經濟命脈。大清一年財政收入是八千八百萬，要給日本二億，後來贖遼東花費三千萬，威海衛贖城費一百五十萬，八年還清，這一筆錢可就老了去了，從哪兒去找這一筆錢？只能跟洋人借。借洋債，跟英法俄德四國銀行借了三億兩銀子，拿到手的是兩億六千五百萬，剩下的算回扣了，要還七億兩，還有很多苛刻的政治條件，還清貸款之前，鐵路得我修。這筆錢折合日元是三億二千五百萬，相當於日本四年財政收入的總和，也就是說咱們賠這一筆錢，三年不吃不喝，小日本可以四年什麼都不幹，日本當時正好是第二次工業革命，急需資金。一下中國給了四年的財政收入總和，於是，到十九世紀末二十世紀初，日本一躍而成為帝國主義六強，與英法俄德美並駕齊驅了。

第三，開放通商口岸，侵略勢力深入中國內地。這次戰爭後，中國開蘇州、杭州、沙市、重慶四個通商口岸。重慶已經到了西南腹地，八年抗戰時，國民政府就在重慶領導抗日戰爭。從乾隆二十二年，閉關鎖國，專限廣州一口和恰克圖一城。一次鴉片戰爭後，到廣州、廈門、福州、寧波、上海五處。「二鴉」後開放牛莊（後改營口）、登州（後改煙台）、台南、淡水、潮州（後改汕頭）、瓊州、南京、九江、鎮江、漢口。中日《馬關條約》又開放重慶、沙市、蘇州、杭州為通商口岸，並且允許日本設工廠免收內地稅。

第四，資本輸出，在中國設工廠，阻礙了中國民族資本主義的發展。這個今天看得特別明顯，巴黎春天百貨商店，最好的NIKE鞋也就是五十幾歐元，折合人民幣五百多元，法國人都不買。咱們這兒NIKE鞋除非是十年前的款式，打完折也不是這價，這鞋都哪兒生產的？大部分都是中國生產的，結果中國賣得最貴，人家那兒極其便宜，二三十元一雙就很不錯了，這個巨額利潤都被洋人掙走了。咱們出口一雙鞋掙二點三元，出口一件衣服掙三點五一元，大部分的錢都讓人家掙走。很多年前一個芭比娃娃在美國市場上九點九九美元，二元從中國進的，運費一元，出口材料零點六五元，等於中國做這麼一個娃娃掙零點三五元，大頭都讓人家給掙走了。最後還算咱們跟他們的貿易順差，因為這個東西Made in China。你能找到美國生產的NIKE鞋，開玩笑，那得多少錢一雙？工人一年五六萬美元，他做鞋多少錢一雙，它得賣多少錢才夠給工人開工資的？咱中國勞動力極其便宜，幾乎跟不要錢一樣了。倒退一百年，連那三塊多錢你也沒地掙去。

最讓人哭笑不得的是俄、德、法三國干涉還遼。俄、德、法強迫小日本把遼東半島還給中國，是出於對中國人民的同情與友誼嗎？不是，俄國想把中國東北變成黃俄羅斯，它想要卻被小日本給弄走了，俄國絕不答應。俄國的法國盟友，也跟著抗議。德國想占山東，也不願意遼東變成日本領土，所以三國抗議，日本一看國庫就剩耗子屎了，沒法跟强國作戰，那行，遼東我就不要了，但是給我錢，三千萬兩銀子。俄國說我有功吧，我給你要回遼東，旅順、大連歸我了，强租二十五年，把遼東變成俄國的勢力範圍。結果老毛子不爭氣，十年後日俄戰爭戰敗，小日本又把這地給弄回來了，等於我們白花了三千萬兩銀子，兜一圈，最後這地還是小日本的。九一八事變後更徹底，不光是遼東半島，大清龍興之地、太祖太宗陵寢所在，都成日本領土了，要是我們要不回來，掃墓得申請簽證，給祖宗上墳去不了，可憐。

清政府無能，台灣人民有種，台灣人民自發進行了保衛戰，前後五個多月大小百餘仗，打死打傷日軍三萬多人，比甲午戰爭當中清軍打死打傷的日軍都多。日軍主力部隊近衛師團有一半被消滅，近衛師團和日本的二、三、五、六師團，並稱是日軍的五大主力，近衛師團在這一仗被消滅了近一半，以後歷次戰爭包括第二次世界大戰都沒有出動過，就保衛皇宮。近衛師團師團長、陸軍中將、明治天皇的叔叔北白川宮能久親王被擊斃，第一旅團長山根信成少將被擊斃，整個近衛師團死了一個師團長，死了一個少將旅團長，這個師團長還是皇叔劉玄德一樣的人物。但可惜沒能保住台灣。

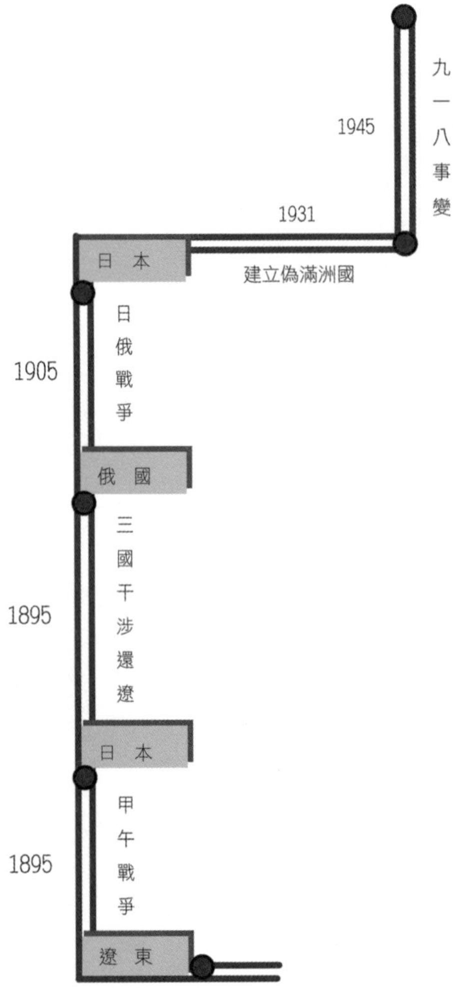

東北與日本的五十年恩怨糾葛

東北是塊福地，自甲午中日戰爭開始，日本就沒把自己當外人，目光始終盯著東北，這一盯，一占就是五十年，這塊土地五十年說不盡恩怨情仇。

6 裝瓶變法的酒

十條之闊論

甲午戰爭中國損失太大，面子上也過不去，梁啓超先生講：「華夏四千年大夢之喚醒，實自甲午戰敗，割台灣，償二百兆始。」這一仗可把中國人打醒了。我們為什麼敗給小日本，有人開始琢磨，因為我們的變革沒有觸及到根本，小日本除了人種不能變，其他全變了，完全西化。咱們是弄一點皮毛，「中國文武制度，事事遠出西人之上，獨火器萬不能及」，得，現在火器跟人家一樣，還幹不過人家，而且幹的還不是歐洲，是它的學生日本，跟老師打就更打不過了。這樣一來，中國人認識到，制度也得變革，所以有了「戊戌變法」。

甲午戰爭後帝國主義瓜分中國，中華民族面臨著亡國滅種的危險。但中國自然經濟進一步被破壞，大量的勞動力市場湧現，朝廷為了擴大稅源，解決財政危機，放寬了對民間設廠的限制，標誌著中國幾千年的傳統經濟政策——從商鞅變法開始的重農抑商政策開始改變，與世界潮流接軌，資產階級活躍異常。

十九世紀六〇年代，由於西方資本主義思想的傳入和中國資本主義的產生，出現早期維新思想。王韜、鄭觀應在經濟上主張發展民族工商業，與外國進行商戰；文化上興辦學校，學習西方

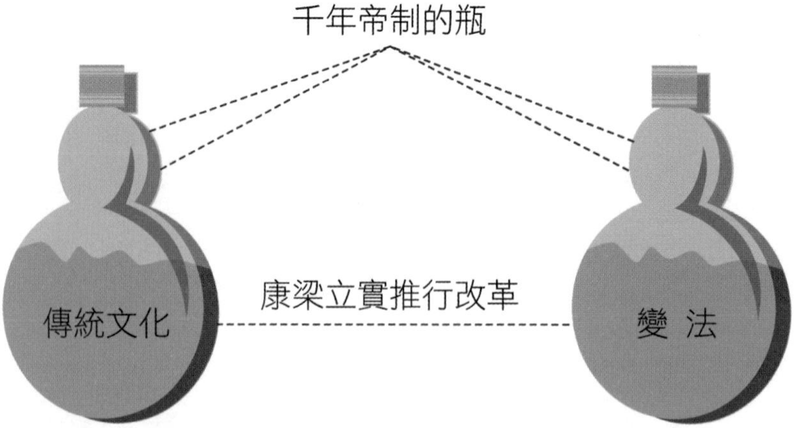

康梁：裝一瓶變法的酒

康梁立憲推行改革，酒瓶裝新酒，依舊用帝制的瓶，裝變法的酒。中國的改良主義始終缺乏革命的勇氣，儒生的政治理想總是充滿了悲劇。

自然科學知識；政治上實現君主立憲，突破了洋務運動的思想主張。早期維新思想沒有形成完整的理論，只是就事論事。

有行動的是康有為、梁啓超這幾位。他們的思想為變法做了理論準備，主要是：第一，開辦學堂，即廣州的萬木草堂。萬木草堂主要講授中國數千年來學術源流、歷史政治沿革得失，涉及西方國家歷史、政治，也注重體育和音樂。萬木草堂創辦之初，康有為就主張「脫前人之窠臼，開獨得之新理」。草堂的命名，就有培植萬木、為國家培養棟樑之才的意思。

一八九一年三月，康有為撰寫了《長興學記》作為萬木草堂學規，以《論語》的「志於道，據於德，依於仁，游於藝」為綱，對學生施以德、智、體教育。在德育方面，康有為提倡禮節、慎獨、主靜、養心、檢攝威儀、敦行孝悌、崇尚任恤、同體饑溺等傳統道德修養，其中的內容仍然沒有脫離封建教育，但他的目的則在激勵氣節，發揚精神，從而讓更多的國民發憤圖强。在智育方面，當時萬木草堂開設四種課程：義理之學、經世之學、考據之學和詞章之學。義理之學，包括孔學、佛學、周秦諸子之學、宋明理學、泰西哲學等；經世之學，包括有政治原理學、中國政治沿革得失、萬國政治沿革得失、政治應用學、群學等；考據之學，包括中國經學、史學、萬國史學、地理學、數學、格致學等；詞章之學，包括中國詞章學、外國語言文字學。這些課程，雖然還是以傳統的學術為主幹，但與當時專學八股、帖括詞章的傳統學堂形成了鮮明的對比。在體育方面，除規定上體育課之外，康有為又將體育與習禮結合起來，寓體育於禮儀音樂之中，並舉行兵操和射擊練習。在弟子們的說明下，康有為編著《新學偽經考》和《孔子改制考》，托古改制，宣傳今文經說，鼓吹變法維新。起初有學生不滿二十人，後增至一百多人，培養出一批著名的維新變法人才，其中梁啓超、麥孟華、徐勤等成為戊戌變法的骨幹。一八九四年康有為赴北京參加會試，學堂一度停辦。一八九六年後又有短期講學活動。由於萬木草堂明確提出中體西用為辦學宗旨，而且採用中西並重的教育內容，對當時的書院教學影響很大。後來梁啓超在湖南主講時務學堂時，基本上承襲了萬木草堂的辦學精神。

第二，康有為把西方政治資本主義學說同傳統儒家思想相結合宣傳維新變法，撰寫了《新學偽經考》和《孔子改制考》，奠定資本主義維新派進行變法的理論基礎。

第三，梁啓超在《時務報》發表《變法通議》，指出：「法者天下之公器也，變者天下之公理也。」指明變法有四條途徑：「其一，像日本，自變；其二，如突厥，他人執其權而代變者也；其三，如印度，見併於一國而代變者也；其四，如波蘭，見分於諸國而代變者也。吉凶之故，去就之間，其何擇焉？」主張學習日本，迅速變法，避免印度、波蘭那樣亡國的命運。

第四，發動「公車上書」，使維新思想發展成為愛國救亡的政治運動。一八九五年李鴻章跟伊藤博文簽訂《馬關條約》，簽完字之後需要兩國的皇帝批准，加蓋玉璽，用璽之後才能生效，當時日本給的期限是十天。消息傳來，康有為正好在北京參加會試，聯絡各省會試的舉人一千三百多人聯名給皇帝上書，康有為在上書裡說：「聞日本索償二萬萬，是使我臣民上下三歲不食乃能給之。若借洋債，合以利息扣折，百年亦無償理，是自斃之道也。與其以二萬萬償日本，何如以二萬萬外修戰備，內變法度哉！」聽說日本要賠二億，我們從上到下上至老佛爺，下至小百姓，勒緊褲腰帶三年不吃才能給它。要是向洋人借錢，不曉得幾時能還清，這是死路一條。要是這兩萬萬自個兒花多爽，你賠它幹麼？所以康有為提出拒和、遷都、練兵、變法四項主張。

拒和就是拒不簽訂《馬關條約》。康有為提議遷都到西安去，那個地方離大海遠，周秦漢唐歷代興王之地，小日本登陸一定到不了那兒。練兵，練二十萬精兵，拿兩億兩銀子練兵、買武器，跟小日本再決一死戰。變法，「竊以為今之為治，當以開創之勢治天下，不當以守成之勢治天下；當以列國並立之勢治天下，不當以一統垂裳之勢治天下。」康有為引經據典，說《易經》裡頭說：「窮則變，變則通。」董仲舒也說：「為政不調，甚者更張，乃可謂理。」要是祖宗的法不能變的話，那麼世祖何嘗沒有變太宗皇帝的法？要是用八貝勒的舊法治天下，那我清朝怎能夠長治久安呢？不變法而割祖宗之疆土，到最後亡國，與變法而使宗廟得以繼續，孰輕孰重，孰得孰失，皇上必能分辨的。康有為用古聖先賢、列祖列宗的例子說明變法的合理性。這一封上書，皇上是看不到的。朝廷的法度是京官四品以上，地方官三品以上，才有權上摺子。否則全國那麼多官員，人人給皇上上摺子，皇上不得看吐血？清朝每一代皇帝有這種專折奏事權的官員就三百多個人，三百多人一天給皇上上一摺子，三百多份摺子皇上從早看到晚，你老百姓上摺子那不可能。通政使司衙門拒絕代奏，所以皇上沒看到。但是此文在報紙上一發表，康、梁火了，成了知識份子的偶像，一夜竄紅，名震天下。

第五，創辦《中外紀聞》。《中外紀聞》是資產階級早期政治團體的機關刊物，它登載一些格致[18]有用的書，探討萬國强弱的原因，提出言政敷治的建議，在中國近代政治史、新聞史上有一定地位。後來，這份刊物成為維新派的重要輿論期刊，其前身是《萬國公報》，由梁啓超、任大變任主編，是中國資產階級政黨報刊的萌芽。該報的出版使廣大官員和知識份子漸知新法的好處，為改良派政治團體的建立和改良運動的進一步開展創造了有利條件。

第六，成立强學會。又稱强學書局，或譯書局。入會者衆多。袁世凱曾捐銀入會。帝師李鴻藻、翁同龢等也予支持。李鴻章也願捐銀二千兩入會，因簽訂《馬關條約》名聲不好，遭到拒絕。英國傳教士李提摩太等也加入强學會。北京强學會成立之後，康有為立即南下南京，遊説兩江總督張之洞。十一月上海强學會成立，一八九六年一月十二日刊《强學報》，提出開議院的政治主張，宣導維新變法。强學會之後，各地也紛紛組織會社，有湖北質學會、廣州聖學會、湖南南學會、廣東粵學會、蘇州蘇學會、陝西味經學會，上海有不纏足會、農學會、譯書會、蒙學會

18 格致是中國古代認識論的一個命題，指窮究事物的道理而求得知識。

等。强學會已具有現代政黨的雛形。

第七，同封建頑固勢力論戰。論戰中的封建頑固勢力，包括洋務派。論戰主要圍繞三方面展開：要不要維新變法；要不要興民權，實行君主立憲；要不要提倡西學，改革教育制度。中心是要不要讓資產階級參與政權，實行君主立憲制度代替君主專制制度。維新派同封建頑固勢力的論戰，是近代史上維新與守舊的論戰，是資本主義思想與封建主義思想的第一次正面交鋒。使一些知識份子開始擺脱封建思想的束縛，推動了維新變法運動的高漲。

第八，德國强占膠州灣，康有為再次上書光緒帝，迅速變法。康有為跟皇上講，現在是：「萬國報館，議論沸騰，鹹以瓜分中國為言，若箭在弦，省括即發。海內驚惶，亂民蠢動……瓜分豆剖，漸露機芽，恐懼回惶，不知死所……恐自爾後，皇上與諸臣雖欲苟安旦夕，歌舞湖山而不可得矣，且恐皇上與諸臣求為長安布衣而不可得矣。自台灣割讓後，天下皆知朝廷之不可恃，人無固志，奸究生心……加以賄賂昏行，暴亂於上，胥役官差，蹙亂於下，亂機遍伏，既無強鄰之逼，揭杆斬木，已可憂危！」瓜分豆剖，這個時候漸露機芽，德國能占膠州灣，後來法國就能占廣州灣，英國就能占威海衛，義大利都想租三門灣，中國面臨被瓜分，面臨著嚴重的外患。同時老百姓內亂，要造反了，所以面臨著內憂外患，皇上需要迅速變法。在上書中，康有為圍繞召開國會、定憲法的主張，進一步提出變法的上、中、下三策。皇帝仿效彼得大帝和明治天皇，親自主持大計，宣佈變法，是上策；召集有才能的人，共商變法的具體方案和步驟，依次推行，是中策；責成督撫在各省實施新政，是下策。當時康有為中了進士，六品工部主事，閑衙冷曹一個小官，皇帝見他不行，不符合規矩，皇上給他專折奏事權，你雖然見不著我，你可以給我上摺子，你不是讓我變嗎，咱們怎麼變，大變？小變？所以康有為給皇上上了一個《應詔統籌全局折》，我奉皇命統籌全局給你來這麼一個摺子。

第九，一八九八年，康有為起草《應詔統籌全局折》，這是資產階級維新派的施政綱領。在這份摺子裡，康有為寫道：「今天世界上的守舊國家，沒有不被分割，不亡國的。被人家割了土地被人民推翻的有波蘭；有撈權撈利被舉事而亡的緬甸；有亡盡土地，人民還是人民，國家不過徒有虛名的越南；有收利權而後亡的印度；有自己握其權利而慢慢被分割最終亡國的土耳其、埃及。我朝今天沒有士，沒有兵，沒有糧餉，沒有船隻，沒有軍械，雖名為國，而土地、鐵路、輪船、商務、銀行，只要聽到洋人一聲命令，任憑取之。雖然形式上沒有亡國，實際上國已經不存了。以後會是怎樣，我不忍心說。看世界各國，都以變法而自強，守舊而亡國。以你皇上的聰明，看各國的形勢，變則保全，不變則亡，大變則強，小變乃亡。」康有為還進一步分析：「今之部寺，率皆守舊之官，驟與改革，勢實難行。」所以主張：「既立制度局總其綱，宜立十二局分其事。」設立法律局，度支局，學校局，農局，工局，商局，鐵路局，郵政局，礦務局，遊會局，陸軍局，海軍局。康有為在機構設置上的提法讓陳舊的中國耳目一新。康有為對當前一番形勢的分析，看得光緒小皇帝很害怕，想想也有道理。老康的話句句說進了皇帝心裡。

第十，成立具有資產階級政黨性質的保國會。一八九八年四月十二日，保國會在北京成立，擬定《保國會章程》三十條，主要內容是：「以國地日制，國權日削，國民日困，思維持振救之，故開斯會以冀保全。」以「保國」、「保種」、「保教」[19]為宗旨，講求變法、外交、經濟，以協助政府治理國家。規定在北京、上海設總會，各省、府、縣設分會，時已略具政黨規模。共集會三次，意在集群策、群智、群力，發憤救亡，推動維新運動。接著，保滇會、保浙會、保川會相繼組織。保國會的成立，使頑固派與維新派的鬥爭更加激化。頑固派大罵康有為僭越妄為，非殺頭不可，攻擊保國會保中國不保大清，名為保國，勢必亂國。光緒帝力挺康有為，所以保國會雖然連遭劾奏，但未被查禁。

甚微之成效

康有為的維新思想體系對中國思想界是一種强有力的刺激。一八九八年六月光緒帝頒佈《定國是詔》，開始變法，史稱「戊戌變法」。「國是」則指國家大計，國家的指導方針、理論基礎、方針政策。《定國是詔》是光緒帝頒佈的改革綱領。

詔書中說，數年以來，中外明主，講求時務，多主張變法自强。我今天在詔書中說的，開特科、裁冗兵、改武科制度、立大小學堂，都是經再三審定，覺得成熟以後才打算實施的，但是這畢竟是從未有過的新鮮事，對它的評論肯定是莫衷一是。有的人老成憂國，以為必須墨守成規，循規蹈矩，新法必當摒除。試問今日時局都這樣了，國勢是這種狀況，如果仍用不練的兵，有限的錢，沒有實學的人，在强弱明顯，貧富懸殊情況下，能對抗外夷的堅船利炮嗎？國家大計要是不定，則號令不行，最終的結果肯定就是門戶紛爭，相處如同水火，走宋朝、明朝的老路子，對於狀況的改善一點用都沒有。最後皇上對衆臣給予了很高的希望，希望各王公大臣努力向上，發憤圖强，用聖賢義理之學植其根本，博採西學多多務實，改變空談的流弊。專心致志，精益求精，不要只學皮毛，空説大話，化無用為有用，以成通經濟變之才。

詔書沒什麼意思，頒佈詔書的儀式十分隆重，歷史上叫做「金鳳頒詔」。在進行頒詔儀式時，工部[20]要預先在天安門正中垛口設置備有黃案的宣詔台，並準備好「金鳳朵雲」，金鳳朵雲是漆成金黃色的木雕鳳凰和雕成雲朵狀的木盤。捧接詔書的官員和宣讀詔書的官員衣冠楚楚，恭候在那裡。詔書放在太和殿黃案上，皇帝蓋上禦璽後，經過一套繁瑣的禮儀，由禮部尚書用雲盤承接詔書，捧出太和殿，暫放到午門外的龍亭裡，然後在鼓樂儀仗的引導下抬到天安門城樓上，再將詔書放在宣詔台的黃案上。宣詔官登台面西而立，宣讀詔書。這時，只見天安門下金水橋南，文武百官和耆老按官位序列依次面北而行三跪九叩大禮。

詔書讀完，由奉詔官把詔書卷起，放在木雕的金鳳嘴裡，再用彩繩懸吊金鳳從天安門垛口正中徐徐放下。城樓下早有禮部官員雙手捧著朵雲樣的盤子，等在那裡，這樣，金鳳嘴中的詔書也就落在雲盤中了，此舉稱為「雲盤接詔」。

接詔後，詔書仍要放回天安門前的龍亭內，然後由黃色傘蓋、儀仗、鼓樂為前導，浩浩蕩蕩抬出大清門，送往禮部衙門。這時，禮部尚書早已從長安左門快步回到禮部衙署門前跪迎詔書，並將詔書恭敬地放在大堂內，行三跪九叩禮。隨後，用黃紙謄寫若干份，分送各地，頒告天

---

19 這裡保教的「教」特指儒家思想。

20 清朝的工部主管興修水利、主要的土木建築工程，大體相當於現代的水利部和建築工程部。

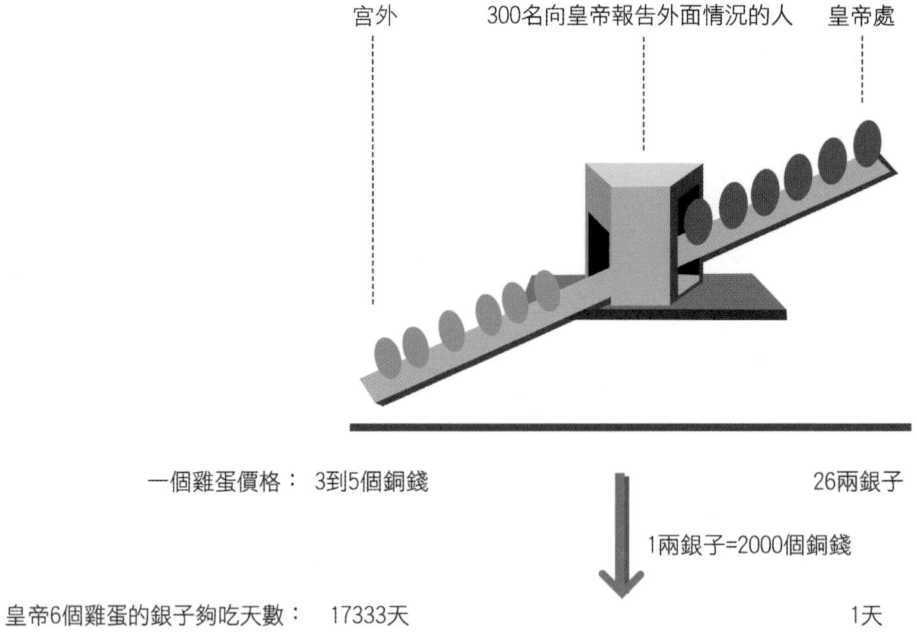

打碎雞蛋能游泳

皇帝一天吃雞蛋花的銀子，其實夠他吃上一輩子的雞蛋。靠三百多人向他匯報外面情況，基本上就是兩眼一抹黑。

下。[21]詔書的頒佈標誌著戊戌變法開始。

政府准許官民上書言事，裁汰冗員，廢除旗人特權。官民上書言事是好事，皇上就靠三百多人向他彙報外面情況，他基本上兩眼一抹黑。光緒皇帝並非庸君暗主，就是膽小懦弱一點，也算得上是少年早慧，受過良好的教育。結果他讓人蒙成什麼樣？皇上平日一天吃六個雞蛋，一個雞蛋是三文到五文銅錢，結果內務府給他報賬說二十六兩銀子一個，你一天吃六個，就是一百五十六兩銀子。二十六兩銀子，二千多個銅錢是一兩銀子，一百五十六兩再乘以二千，然後除以三或者五，算算能買多少個雞蛋？這雞蛋打碎了皇帝能在裡面游泳。皇帝一天吃這麼多雞蛋，卻連雞蛋多少錢一個都不知道。他師傅翁同龢給他上課，皇上說話了：「翁師傅這個雞蛋特別好吃，稍微貴一點，你們家吃得起嗎？」翁同龢自然知道這是太監搗鬼，他不能說破，「我們家吃不起，祭祖宗拿一個雞蛋模型擺一擺」，結果皇帝召見外省官員就出事了，外省官員不明就裡，「朝臣待漏五更寒」，皇上早早地跟他談完了公事聊聊家常吧，「卿這麼大早就起來上朝，吃早點了嗎？」「吃了」，「你早點吃的什麼？」「臣家貧，雞蛋三枚而已。」皇上一聽就暈了，你一月掙多少錢，你敢吃三顆雞蛋，一頓早點，七十多兩銀子你幹進去了。然而這個官可能在京官裡面混過的，一看周圍太監臉色有變，狠狠地盯著他，明白是太監搗鬼，便說皇上你吃的是超市裡面的無公害雞蛋，我這是早市臭雞蛋，便宜。皇上說原來是這樣，皇上不能吃臭雞蛋去。

准許官民上書言事，民間疾苦就悉入龍眼了，這是好事。取消閒散機構，裁汰冗員，廢除旗人特權，這也是好事，但問題是有相當多的人要跟你玩命了。日本明治維新，不是減人而是增加人，原來的地方大名這時候讓你做藩主，但是別掌實權，一切待遇不變，武士的俸祿由國家出資，你最起碼要讓他活下去，生活水準還比原來好一點，就像宋太祖杯酒釋兵權，你得有贖買政策。戊戌維新倒好，從明天開始你下崗了。我除了當官什麼都不會，你讓我下崗，我不跟你玩命怎麼著？旗人是不應該寄生，問題是旗人是大清的根基。你不給他錢糧，就全上頤和園找太后出來主持公道，在這事上幹得太「左」了。

21 引自《近六百年歷史的天安門》。

經濟方面保護農工商業，編制預算決算，設立郵局。

軍事方面改習洋操。洋操不是廣播體操，是用洋人的操練得法。打仗得匍匐前進，別背著洋槍擺八卦陣，沒用。諸葛武侯傳下來的，諸葛六侯也沒用，一炮就轟爛了，你該匍匐前進得匍匐前進，然後一二一齊步走，你得這麼練洋人的操練方法。每個士兵後邊背一杆旗，你不是有毛病嗎，你唯恐人家發現不了你？

文化教育方面，開辦京師大學堂，各地設立中小學堂，京師大學堂就是今天的北大，中小學堂就是中學小學。廢八股改試策論，這事又大了，讀書人十年寒窗準備，一朝臨考，你通知我孔子孟子改考原子電子了，我跟你拼了。誰會那個？變法的措施給自己樹的對立面太多，好是好，操之過急。

維新變法得到了民族資產階級、開明地主、愛國知識份子的支持，只是這些人在中國是少之又少。戊戌變法失敗後，變法代表人物嚴複說過中國守舊和維新的人是一千比一。可能這個比例還不止，那維新肯定就要失敗。

被囚與掉頭

光緒皇帝支持變法，一方面是不甘心做亡國之君，另一方面也想把權從慈禧手裡拿回來。慈禧二十六歲守寡，掌權四十八年，心理變態，陪伴她打發漫長歲月的是權力。慈禧善於玩弄權術，一八六一年，咸豐帝屍骨未寒，慈禧便聯合恭親王奕訢發動辛酉政變，除掉八位顧命大臣，宣佈垂簾聽政。一八七三年，同治帝下旨重修圓明園，第二年，工程全面鋪開，內外重臣都認為這是勞民傷財之舉，恭親王也屢諫阻止。同治帝大怒，降恭親王為郡王並撤去其一切職務。第二天，慈禧出面，加恩賜還恭親王一切爵位，從此以後，恭親王對慈禧更加俯首貼耳。

慈禧的親兒子同治皇帝被她活活逼死了，懷有四個月身孕的皇后也被她冷言冷語千般虐待自殺身亡。理論上，應該由比同治皇帝低一輩的繼承大統，如此一來，慈禧晉升太皇太后，無法垂簾聽政。所以她堅持立當時年僅四歲的載湉為帝，就是光緒。光緒性格懦弱，但天資聰明，受過良好的教育，一直想擺脫受制於人的局面，卻苦於無力擺脫。

清朝的沖靈之主繼位，應該是十四歲大婚，世祖、聖祖都是這樣，聖祖康熙十四歲大婚，繼而除鼇拜，大婚就表示已經成年。而光緒帝眼瞅十九歲，還不讓大婚，其實就是慈禧不願意放權。群臣議論紛紛，慈禧沒折了，只好下令光緒大婚，然後自己撤簾歸政。於是八旗秀女全來參加選秀，經過初賽、復賽、決賽，最後闖進決賽的五個女孩，即慈禧的弟弟桂祥之女葉赫那拉氏、江西巡撫德馨的兩個女兒、侍郎長敘的兩個女兒，在體和殿等待太後跟皇上面試。皇上拿著玉如意遞到誰手裡誰就是皇后，給荷包的就是嬪妃，給五十兩銀子的，就是給你報銷往返機票走人。太后就說：「皇帝誰堪中選，汝自裁之，合意者即授以如意可也。」皇上回答：「此大事當由皇爸爸主之，子臣不能自主。」太后堅持令其自選，皇上看中了巡撫德馨的長女，拿著玉如意奔向自己的夢中情人。走到半路腦袋後面一聲暴喝，皇帝回頭一看，太后滿臉怒容沖都統桂祥的女兒努嘴，都統桂祥是慈禧的親弟弟，光緒的親舅舅，他的女兒是光緒的表姐，比光緒大三歲。慈禧沖葉赫那拉氏努努嘴，給她！光緒萬般不情願把玉如意交到自己表姐的手裡，這就是後來的隆裕皇后，葉赫那拉氏相貌平庸，且含胸駝背，和「靚麗」二字沾不著邊，且已二十一歲，比光緒帝還年長三歲。在光緒看來，表姐當妻子有點接受不了，而且隆裕的長相又難如人意，不選其為後也在情理之中。但隆裕是慈禧指定的，光緒再不願意也不敢違背太后懿旨。大婚當晚，光緒自個兒回養心殿，把皇后扔到坤甯宮，兩人感情一直不好，夫妻失和。

慈禧將侄女立為皇后有自己的如意算盤。首先皇帝的後妃，尤其是皇后，與皇帝的關係最為密切，對皇帝的想法有特殊影響力，將自己的侄女立為皇后親上加親，而且這樣做無異是在光緒身邊安置了一個最忠實可靠的耳目和密探。其次，同治帝選後的失敗對她的教訓很大。慈禧與同治帝皇后阿魯特氏有矛盾，甚至導致母子不和，慈禧自然不願讓歷史重演。

婚後，慈禧太后跑到頤和園幕後操作，光緒一直耿耿於懷，變法，要不跟太后打招呼也不合適，於是去找太后。太后對光緒醉心於新思想早有耳聞，老太后沉得住氣，只要大清國號不改，辮子不剪，別的我不管你，變去吧。光緒傻傻地變，這一變把底下人都得罪了。六部堂官好幾十人，成群結隊往頤和園跪，請太后出來，太后一出來光緒就沒戲了。

據說皇上被囚禁前，多次密詔讓康有為等人來救，譚嗣同智慧火花一閃而現，找袁世凱。幹麼要找袁世凱呢？變法初期，袁世凱在訓練新軍，表現出對變法極大的熱忱，還捧過光緒帝的臭腳，騙取了維新人士和小皇帝的信任。維新人士冒死一搏，想爭取袁世凱的新軍同老佛爺最後一戰。擱咱們誰是袁世凱，咱都毫不猶豫地把他給賣了，因為你找我本身就把我怎麼樣，把我給擱進去了，你讓我七千新建陸軍打北京，殺回頤和園，殺太后，太後跟皇上誰腿粗我拿腳指頭都能想明白，我幹這事，開玩笑吧。我絕對不能幹，擱咱誰也不會幹這事，所以這一幫人就是書生誤國。慈禧太后後來說，康有為要想辦法幹麼不找我，誰有權啊。太后有權你找皇上，人家娘兒倆的事，你說你，兩姓旁人攪和這渾水，你幹麼去？完了以後你又找袁世凱，袁世凱連猶豫都不猶豫就把他們給賣了。

太后一聽有這事，成。維新變法百日後，百官上朝，寶座上是滿面怒容的老太后，皇上坐在邊上的小馬紮上。太后說你看我春秋已高，六十多了，不打算干預朝政，這皇上鬧得不太對，不像話了，一幫老臣勸我以江山社稷為重，我不得不出來。隨後，慈禧太后將光緒帝囚禁中南海瀛台，將譚嗣同等六人殺害。老太后到底還是個文化人，保留京師大學堂，其餘被廢。

瀛台是一個島，四面環水，有一個吊橋，民國的時候修了石頭橋。每天上朝的時候吊橋放下來，或者太監划著小船把皇上接到岸上，抬到養心殿往寶座上一擱，一言不發，慈禧太后說完了，看他一眼，皇帝你看呢，皇上趕緊站起來，親爸爸說了算。光緒在瀛台，戴皇冠做了十年囚徒，那島是當時中國最高級別的政治犯監獄。皇后說我照顧你，住在這個島上，監視他的一舉一動。十年的時間，除了跟著皇太后上西安，那時候八國聯軍打過來了，不跑不成。剩下就在那個島上，看看《三國演義》，越看越鬱悶。然後鍛煉身體，射箭，箭靶子畫一個大王八，寫上袁世凱。

老太后收拾完光緒，接著收拾慫恿變法的一群人。譚嗣同要跑是可以跑的，但他慷慨表示：「各國變法無不從流血而成，今中國無人為變法流血，此國運之所以不昌也，有之請自嗣同始。」我要以頸中鮮血喚醒國人，而且告訴梁啓超：「不以死者無以酬聖主，不有行者無以圖將來。」你說一死酬聖主容易啊，還是逃到外地將來東山再起容易啊，當然是你難我容易，一死酬聖主，頸中鮮血喚醒國人。但國人能被你的血感動嗎？開玩笑。你哢一刀被砍了，魯迅說得好，拿著饅頭蘸血吃，我管你是為什麼死的，你的血能治病，這是典型的國人。你看所有留下來的歷史照片，殺人的時候，老百姓圍觀都是一副興高采烈的樣子，好玩。為什麼要在菜市口殺人，繁華啊，鬧市啊，老百姓娛樂一下，占個座啊，給我買爆米花我給你占一座，多好玩這個。你想讓自己的死感動別人，根本就不可能，所以死了幾乎白死。

慘死菜市口的戊戌六君子四個四品官，一個六品官，一個老百姓，康有為的弟弟康廣仁是老百姓，他哥跑了，所以殺他。清朝的潛規則是殺官的時候，官越大，刀越鈍，砍幾刀這腦袋才能掉下來，這叫鋸頭。結果這監斬官是一個頑固派，刑部尚書剛毅。好，讓這幾個人都享受一品官待遇，拿鈍刀砍。六君子臨難不苟，慷慨殉節。讀書人知道自己為什麼死，平時袖手談風月，臨事一死報君王。我知道我為什麼死，哪怕皮開肉綻，都能挺住，我有這種信念。這跟我就為吃一頓飽飯，哪給飯我就給誰幹是不一樣的。

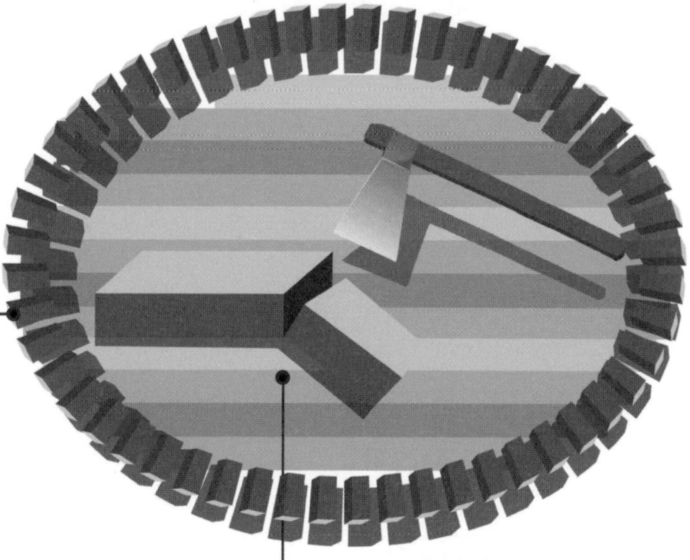

劣根麻木的中國人

中國自古有云：「一死酬聖主，以鮮血喚醒國人。」可惜所有能見的歷史，留下看殺人，圍觀百姓都興高采烈。想讓自己的死感動中國人，根本不可能。

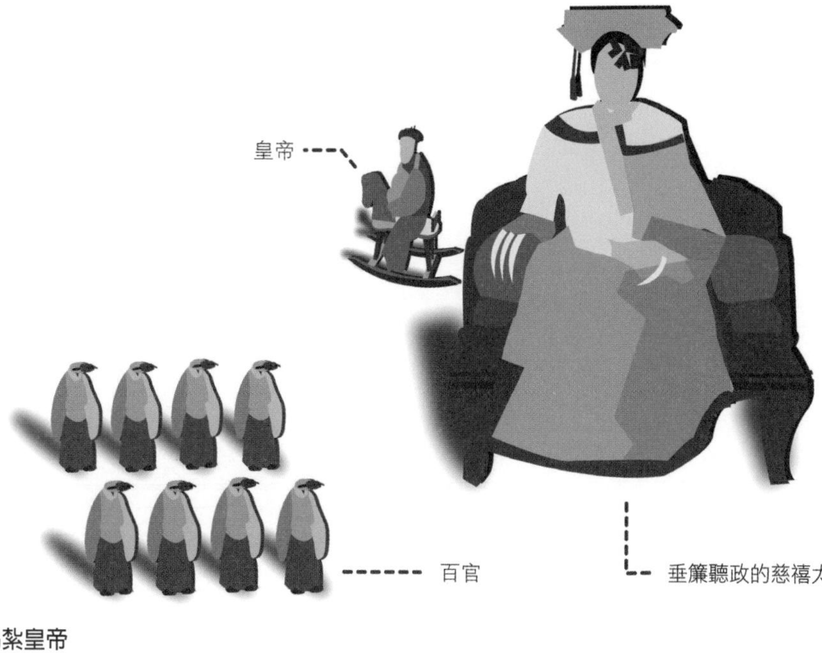

馬紮皇帝

藉由維新變法，慈禧太后以六十一歲的高齡，從頤和園請出，重掌大權維持政局。光緒重新淪為坐馬紮的小傀儡。

7 端了洋教祭大神

巫仙總動員

十九世紀末，洋教遍佈山東。中國的文化人都受儒釋道薰染，加入洋教的中國教徒就有些是地痞流氓。他們入教的目的是指望洋人罩著，見了知縣可以不跪，可以橫行鄉里，欺男霸女。這本是教徒個人素質問題，跟宗教沒有關係。而身受多重壓迫的農民，滿腔仇恨找到了一個出口，他們把仇恨的目標對準了洋教，進而指向洋人。這種樸素的心理發展為義和團的口號：扶清滅洋。

義和團一大特點是幾乎完全靠迷信、巫術來維持群眾。練功能刀槍不入，能任意請出中國古代歷史或傳說中的人物如關公、趙雲、武松、孫悟空、豬八戒、黃天霸、樊梨花、觀世音……出來為自己助戰。許多團民時時念咒畫符，「降神附體」以「大仙」自居，聲稱具有魔法神力，任何洋槍洋炮都不在話下。對此，越來越多的人信以為真，全社會的迷信氛圍達到頂點。到處散發傳單，傳單上印有：「神助拳，義和團，只因鬼子鬧中原。勸奉教，自信天，不信神，忘祖仙。男無倫，女行奸，鬼孩俱是子母產。如不信，仔細觀，鬼子眼珠俱發藍。天無雨，地焦旱，全是教堂止住天。神發怒，仙發怨，一同下山把道傳。非是邪，非白蓮，念咒語，法真言。升黃表，敬香煙，請下各洞諸神仙。仙出洞，神下山，附著人體把拳傳。兵法藝，都學全，要平鬼子不費難。拆鐵道，拔線杆，緊急毀壞火輪船。大法國，心膽寒，英美德俄盡消然。洋鬼子，盡除完，大清一統靖江山。」義和團的詩遍地都是：「弟子同心苦用功，遍地草木化成兵，愚蒙之體仙人藝，定滅洋人一掃平。」當時的官府也受洋人欺負，對於把矛頭指向洋人的義和團也就睜一隻眼，閉一隻眼。

借員擋子彈

山東一鬧，列強抗議。上頭一看，鬧大了也不成，於是朝廷派袁世凱就任山東巡撫，袁世凱到任以後請最有實力的十個大師兄來撫台衙門吃飯。酒過三巡，哥們，你們真刀槍不入啊？這十人一放杯子，沒問題，刀槍不入。袁世凱說拉到後面試試去。十個人這時候想反悔來不及了，拉到帥府，德國毛瑟槍一打，沒一個不入的。袁撫台用科學的方法反迷信，義和團一看，撫台大人不信邪，這地方不適合咱混，於是轉奔河北，進逼京津。

皇宮裡，慈禧太后正為廢光緒煩心，老太太想把光緒給廢了，立端郡王載漪的兒子為大阿哥，準備接光緒的班。年號都想好了，叫保慶。慈禧為了廢黜光緒，對外宣稱光緒得了重病，要求各地推薦名醫診治。誰料，此舉弄巧成拙，遭到朝廷上下反對，外國公使對此事非常關注，並派人跟總理衙門交涉，要求為光緒帝治病。慈禧被迫帶著洋醫生前往瀛台，結果發現光緒皇帝身體很好，借病廢帝的想法不攻自破。在隨後冊立大阿哥的典禮上，列強公使無一到場，不給老太后面子。列强說你憑什麼把皇帝給關起來，你不合法，人家是近代法治國家。慈禧說這是我們家事你管得著嗎？既然義和團扶清滅洋，民心可用，讓他們去跟西方列强鬥一鬥。就算打不死洋人，還打不死義和團？這玩意它最起碼能擋子彈，義和團勢力就此壯大。

設壇敢宣戰

義和團有了老佛爺撐腰更是不可一世。莊親王、端郡王兩位王爺都在府裡設壇，兩王都變成大師哥了，莊親王領著人進皇宮要抓二毛子頭，就是光緒。北京的義和團在前門外大柵欄，老德記洋藥行放火，賣阿司匹林的地方，燒。五千多間房子給燒了，繁華的大柵欄一片焦土。有人央求放火的大師哥施法滅火，大師哥裝模作樣地比劃了一下，說有妖人破了他的「法術」，溜之乎也。義和團在北京懸賞，殺一個洋人一百兩銀子，洋女人七十兩，洋小孩四十兩，各省遇難的主教六人，教士四十五人，修女四十多人，修女是侵略者的可能性比較小，義和團幾乎是見到洋人就殺。教徒遇害是一萬八千人，一萬八千人都是中國人，誰要是教徒誰就是漢奸二毛子，漢奸這一頂帽子，扣上就完蛋了。你敢說我們中國的軍艦不如日本，你敢這麼說，你完蛋了，我不跟你比什麼軍艦噸位排水量，我不比那個，你說中國不行你就是漢奸，你說我們中國的裝備比美國落後，你敢這麼說，你漢奸。你說中國現在官場存在腐敗，漢奸。義和團好幾萬人圍著使館區，打使館。使館裡面的各國守兵才一百多人，能拿槍的全趴在牆頭上開槍。一百多天就是打不進去。當時，端郡王偽造列强逼迫慈禧退位的詔書，慈禧一看大怒，覺得列强欺人太甚，向他們宣戰。慈禧應該是憤青心目中的偶像，最偉大的中國老太太，沒有一個人比慈禧還偉大，她一口氣向十一國宣戰。大清創古今未有之舉。這一宣戰，人來了。

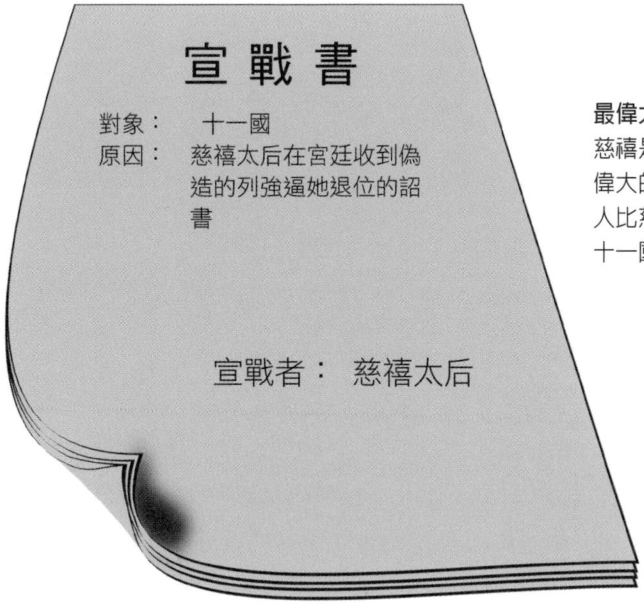

最偉大的中國老太太

慈禧是憤青心目中的偶像，最偉大的中國老太太，沒有一個人比慈禧還偉大，她一口氣向十一國宣戰。

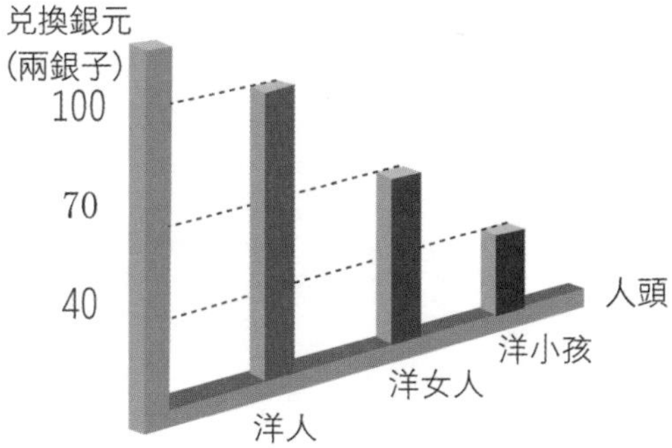

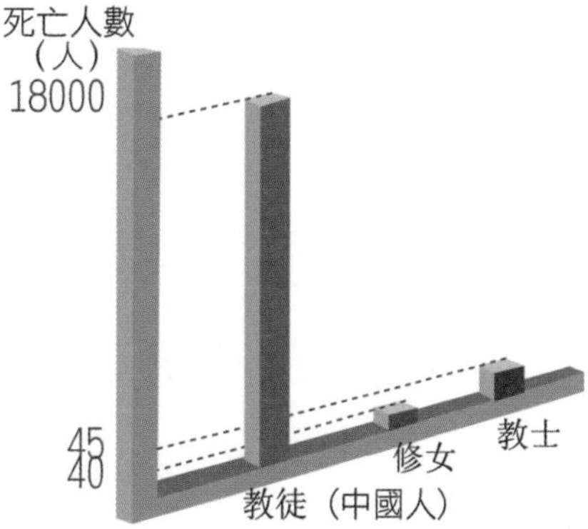

義和團期間，洋人頭兌換銀元價目表

義和團在北京燒殺搶掠，拿人頭換銀子。死在義和團刀下的洋人不少，更多不能免於成為刀下鬼的，是戴著漢奸二毛子帽子的中國教徒。帽子不能亂戴。

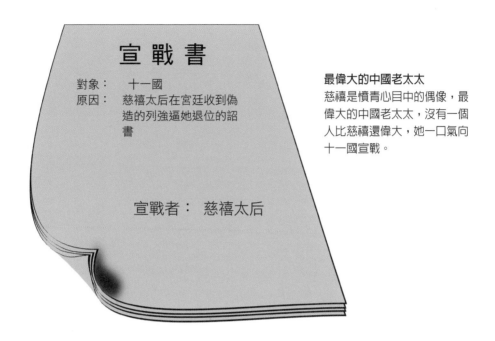

一九○○年，英俄德法美日意奧八國聯軍，從天津向北京進犯，義大利出兵五十三個，奧地利出兵五十八個，加一塊兒一百一十一個，也算八國聯軍組成的一部分。八國聯軍從天津坐火車到北京，那會兒的火車慢，不像現在半個鐘頭。那會兒怎麼著開半天就該到了，結果聯軍走了四天三夜剛到廊坊，因為義和團厲害，「挑鐵道拔電杆，海中去翻火輪船」，火車想走，得自己鋪鐵軌，聯軍成工兵了。所以聯軍打到廊坊，進退無路，八千多義和團員在兩千多愛國清軍的配合下向八國聯軍發動了奮勇的進攻，取得了廊坊大捷，以死傷兩千多人的代價打死八國聯軍六十二人。義和團員抱著一罐子一罐子的血和尿撲向八國聯軍，機槍是妖法，拿血一潑它就不響了。你抱著一罐子真衝到陣地上，都灑自個兒身上了。聯軍被潑一身尿，很生氣，後果很嚴重。

進京觀「光」團

八國聯軍攻陷大沽向天津進犯，攻陷天津，直逼北京。聯軍被稱為雜種雜牌軍。雜牌不用說了，八國。雜種就是黑的白的黃的全有，聯軍裡面法國兵八百多，主要由越南人構成的，還有什麼摩洛哥、阿爾及利亞人。英軍是三千多人，以印度人為主，另外就是香港和威海衛華人，經常香港和威海衛華人組成的中國軍隊被誤認為是清軍，實際上看軍服就可以看出來是英軍，可能純一點的就是美國人。這軍隊，連一個總司令都推舉不出來，八國誰也不服誰，憑什麼你當司令，誰要你。最後爭來吵去，俄國人提議誰出兵多誰當總司令，當時俄國人最多，四千八百人。日本馬上同意，我們的福島師團馬上在中國登陸一萬五千人，俄國人說就當我沒說吧。吵完了以後俄國人靈機一動又提了一個提議，誰軍銜高，誰當總司令，因為我是中將。德國說可以，我們皇帝正在派瓦德西元帥來華，馬上就到。俄國説那還算我沒説吧。最後美國和稀泥，淩晨三點出兵沿運河兩岸向北京進發，德國説，我不去，我得等到瓦德西元帥來，我們只聽瓦德西元帥的，打北京的是七國聯軍，北京打完了瓦德西才到，德國兵才開始北上。

七國聯軍打北京三點出發，小日本兩點半就起床了。反正不管幾點出發，時間沒一個人遵守。那感覺是來晚了就沒了。一萬六千人的聯軍，日軍八千人，俄軍四千八百人，英軍三千人，美軍二千一百人，法軍八百人，奧軍五十人，義軍五十三人。北京城裡面的守兵十一萬，還有二三十萬「刀槍不入」的義和團，當然這二三十萬的「刀槍不入」的義和團一聽槍響，大多數就腳底抹油了。這就跟今天的憤青一樣，平時嚷嚷打這個滅那個，歡極了，因為那是讓別人流血，真到自己了，不知道大小便失禁不?偌大的北京城五個多小時，宣告淪陷。

聯軍攻破東直門，老太后趕緊跑。

老太后化裝成漢族農婦，帶著皇上就跑了，一路上貼餅熬粥，風餐露宿，什麼都沒來得及拿走。聯軍一進北京，花花世界，朗朗乾坤。北京城各級官員及其眷屬自殺殉國的高達一千一百多人，洋兵特別納悶，中國人打仗這麼沒本事，怎麼自殺那麼有勇氣。你跟我玩命唄，拼一個夠本，拼兩個賺一個，自殺算什麼意思?有的官員全家投井，那井都滿了，最後一個跳下去都是磕死的，不是淹死的。還有的一家好幾十口懸樑自盡，一進門都飄著了。聯軍士兵手持國旗，闖進胡同，東城西城的大宅院，一插，這是我們國家的，進去就搶。大宅門搶劫一空，王府燒為灰燼，庚子國難，損失慘烈。據記載，城破之日，洋人殺人無算。但聞槍炮轟擊聲，婦幼呼救聲，街上屍體枕藉。北京成了真正的墳場，到處都是死人，無人掩埋他們，任憑野狗去啃食躺著的屍體。鄧小平同志說過：中國是帶著首都被敵人攻占的恥辱進入到二十世紀的。

偷雞反不成

目的是想救國的義和團，救國不成，招來大禍。也不知道是不是想救國，按他們說是想救國，結果呢，你禦侮不成，反而招禍，造成了八國聯軍打進北京。中國在近代史上三次首都被敵人攻占。一八六〇年北京，一九〇〇年北京，一九三七年南京，共三次。損失最大的其實應該是這一次了，庚子國難。北京這一次損失慘重，要說燒了圓明園搶了多少東西，還能統計，但聯軍搶老百姓的東西，永遠無法統計。連八國聯軍總司令瓦德西也供認：「所有中國此次所受毀損及搶劫之損失，其詳數將永遠不能查出，但為數必極重大無疑。」

接著就簽訂了《辛丑合約》。

一九〇〇年，清政府被迫與十一國簽訂了《辛丑合約》。主要內容有：

賠款。中國賠款白銀四點五億兩，分三十九年還清，年息四厘，本息共計九點八億兩，以海關稅、常關稅和鹽稅作擔保。

劃定使館區。將北京東交民巷劃定為使館區，成為「國中之國」。在區內中國人不得居住，各國可派兵駐守。

拆炮台、駐軍隊。拆除大沽及有礙北京至海通道的所有炮台，帝國主義列強可在自山海關至北京沿鐵路的十二個地方駐紮軍隊。

脅迫清政府承諾鎮壓反帝鬥爭。永遠禁止中國人民成立或加入任何「與諸國仇敵」的組織，違者處死。各省官員必須保證外國人的安全，否則立即革職，永不錄用。凡發生反帝鬥爭的地方，停止文武各等考試五年。對德、日「謝罪」。清政府分派親王、大臣赴德、日兩國表示「惋惜之意」，在德國公使克林德被殺之處建立牌坊。懲治支持過義和團的官員。從中央到地方被監禁、流放、處死的官員共百多人。設立外務部。將總理衙門改為外務部，班列六部之首，成為清政府與列强交涉的專門機構。

當時的東交民巷使館區可不只是就東交民巷一條胡同，北到長安街，東到崇文門内大街，南到前門大街，跟紫禁城就一牆之隔。賠款的四點五億兩銀子，三十九年還清，就是還到一九四〇年。到一九三六年我們大概支付了六億多兩白銀。這筆錢俄國分了一億多，德國分了九千萬，然而，俄國一九一七年十月革命一爆發就不要了，德國一九一八年一戰戰敗也就不給了，奥地利也戰敗了，奥匈帝國也不給了，法國、美國、荷蘭把這個錢退給了中國，美國是拿這個錢做中國公費留學生的經費，今天的協和醫院、清華大學都是拿這個錢建的。只有日本，棺材裡伸手——死要錢，一直賠到一九三六年。《辛丑合約》的簽訂，給中國造成了嚴重危害：巨額的賠款，是列强對中國空前的大規模勒索；為支付這筆賠款，清政府加緊搜刮人民，使中國人民生活更加貧困，社會經濟更加凋敝。

在北京設立的「使館界」，實際上是「國中之國」，是帝國主義策劃侵略中國的大本營。外國侵略者控制京津地區，使清政府完全處於軍隊的控制之下，便於侵略者直接派兵鎮壓中國人民的反帝鬥爭。

按照條約規定，清朝官吏嚴厲鎮壓中國人民的反帝鬥爭，進一步成為帝國主義幫兇。條約中設外務部的規定，便於清政府能夠按照外國侵略者的意旨實行賣國的外交政策。《辛丑合約》是中國近代史上賠款數目最龐大、主權喪失最嚴重、精神屈辱最深沉。

從而給中國人民帶來空前災難的不平等條約，確立了清政府為資本主義列强的忠實走狗地位。從此，清政府成為資本主義列强統治中國的工具。《辛丑合約》的簽訂，標誌著中國完全淪為半殖民地半封建社會。

INK PUBLISHING

從前 16

歷史是個什麼玩意兒 II
袁騰飛說中國史——明朝至甲午戰爭

作　　者　袁騰飛
總 編 輯　初安民
責任編輯　江秉憲
美術編輯　陳文德　黃昶憲
校　　對　江秉憲

發 行 人　張書銘
出　　版　INK 印刻文學生活雜誌出版股份有限公司
新北市中和區建一路249號8樓
電話：02-22281626
傳真：02-22281598
e-mail：ink.book@msa.hinet.net
網　　址　舒讀網 http：//www.inksudu.com.tw

法律顧問　巨鼎博達法律事務所
施竣中律師
總經銷　成陽出版股份有限公司
電　　話　03-3589000（代表號）
傳　　真　03-3556521
郵政劃撥　19785090　印刻文學生活雜誌出版股份有限公司
印　　刷　海王印刷事業股份有限公司

港澳總經銷　泛華發行代理有限公司
地　　址　香港新界將軍澳工業邨駿昌街7號2樓
電　　話　852-27982220
傳　　真　852-31813973
網　　址　www.gccd.com.hk

出版日期　2011年 2 月　初版
2021年 10月18日　初版四刷
ISBN　978-986-6135-16-3（平裝）
978-986-6135-14-9（套書）

定價　平裝 280元
套書 820元

國家圖書館出版品預行編目資料

歷史是個什麼玩意兒 II：
袁騰飛說中國史—明朝至甲午戰爭／袁騰飛著.
－－初版.－－新北市中和區：INK印刻文學,
2011.02　面；　公分.－－（從前；16）
978-986-6135-16-3（平裝）
978-986-6135-14-9（套書）
1.中國史
610　　100000671